Henri Gougaud

Erotische Volksmärchen aus aller Welt

Henri Gougaud

Erotische Volksmärchen aus aller Welt

Das Buch der Liebenden

Aus dem Französischen von
Antoinette Gittinger und Michael Farin

Anaconda

Titel der französischen Originalausgabe: *Le livre des amours. Contes de l'envie d'elle et du désir de lui* (Paris: Editions du Seuil 1996).
Titel der deutschen Originalausgabe: *Das Buch der Liebenden. Die schönsten erotischen Volksmärchen aus aller Welt.*
Lizenzausgabe mit freundlicher Genehmigung von Sanssouci im Carl Hanser Verlag München,

Die Deutsche Nationalbibliothek verzeichnet diese Publikation in der Deutschen Nationalbibliographie; detaillierte bibliographische Daten sind im Internet unter http://dnb.d-nb.de abrufbar.

Umschlagmotive: Lucas Cranach, der Ältere (1472–1553), »Eva« (1528), Galleria degli Uffizi, Florenz / bridgemanart.com (oben). – Lucas Cranach, der Ältere (1472–1553), »Adam« (1528), Galleria degli Uffizi, Florenz / bridgemanart.com (unten)
Umschlaggestaltung: www.katjaholst.de
Satz und Layout: GEM mbH, Ratingen
Printed in Czech Republic 2008
ISBN 978-3-86647-223-5
info@anaconda-verlag.de

Soll man jenen, die sich lieben, Gesetze geben?
Die Liebe hat einzig sich selbst zum Gesetz!

Boethius

Einleitung

Märchen handeln nicht von der Welt der Kindheit, sondern von der Kindheit der Welt. In ihnen finden sich die Kraft und die Unschuld des ersten Lebensfrühlings, ein ungebrochenes Verhältnis zu Gott, ein Dasein jenseits aller Zweifel.

Doch gibt es in diesem vom Lobgesang aller erfüllten Universum auch ein Land, das die Forscher stets hartnäckig umgangen haben – es ist das Land, in dem die Lust herrscht, die Anziehung zwischen Mann und Frau, das Verlangen nach Sinnentaumel, kurzum der lustvolle Gebrauch jenes Körperteils, mit dem uns der Schöpfer zwischen Bauch und Beinen ausgestattet hat. Studiert man hingegen die Erzählungen und Mythen primitiver Völker, gewinnt man den Eindruck, daß die tausendfältigen erotischen Spiele überall genauso zelebriert wurden wie die heiligsten Äußerungen der Lebensfreude.

Warum die Geschichten von Stacheln und feuchten Höhlen dennoch lange Zeit kaum Beachtung, geschweige denn Aufmerksamkeit fanden, liegt vermutlich in der unüberwindlichen Scham, die die Feingeister (oder angeblichen Feingeister) stets gegenüber den unziemlichen Bedürfnissen des Körpers empfunden haben. Heutzutage halten wir sie hier im Westen nicht mehr für vom Teufel eingegeben, wagen es aber immer noch nicht, uns vorzustellen, daß sie Gott eines Tages gefallen könnten oder dies jemals getan haben. Für uns scheint der Himmel unverrückbar, in jedem Fall beginnt er oberhalb unserer Köpfe. Für unsere primitiven Vorfahren jedoch gab es keinen Ort, mochte er auch noch so profan sein, an dem er nicht gegenwärtig war. Kaum vorstellbar also, daß der Hüter unserer Seelen den Körperteil, aus dem der Baum des Lebens erwächst, verachtet hätte? Als heiliger Vater ist er nun einmal allgegenwärtig, kümmert sich um die Lust seiner ungeschickten Söhne, verteilt die Rollen, sorgt für das Erwachen der Begierde, vermittelt bei Liebeshändeln und schlüpft bisweilen auch in die Rolle eines wollüstigen Spielers. Und da er ständig neben den Liebesbetten steht, wenn er sich nicht gar selbst hineinlegt, darf man zu Recht annehmen, daß jene Vorfahren, die uns zur Welt gebracht haben, den Liebesakt als eine Art Gebet betrachteten und das Gebet als überschwenglichen Ausdruck der Lebenskraft.

Sie besaßen noch diese ursprüngliche Unschuld, die uns heute fehlt Der Umgang mit mündlichen Überlieferungen lehrt uns: Je zivilisierter eine Gesellschaft ist, desto abstrakter wird Gott, desto weiter entfernt er sich von der Erde und dem Körper seiner Kinder, desto mehr werden die Liebesspiele mit Verboten belegt, von engstirnigen Richtern unterbunden oder als schuldhafte Geheimnisse verdrängt. Und wenn sich die derart unterdrückte Lust auflehnt, ihr Recht verlangt und diese Einschränkungen abschüttelt, bleibt sie sich selbst überlassen, eine Lust ohne Freude, eine Erde ohne Himmel, eine Seele ohne Glauben. Gott ist dem Leib entflohen und kann nicht mehr dorthin zurückkehren.

Diese zu Unrecht mißachteten Märchen lehren uns, daß sich der Schöpfer der Welt weder um unsere menschlichen Tugenden noch um unsere Schwächen kümmert. Er begibt sich ganz einfach dorthin, wo er willkommen ist. Und wenn man ihn hereinläßt, erfüllt er die Zimmer mit Duft, bringt die Farben zum Leuchten, gibt dem kleinsten Seufzer einen Sinn, läßt jedes Wort erhaben erscheinen, kurzum, er leistet göttliche Arbeit. Für unsere Vorfahren war es selbstverständlich, daß die Liebeskraft vom Herrn der Schöpfung ausgeht und daß es keine erfreulichere Aufgabe gibt, als die Werkzeuge zu preisen, die uns geschenkt wurden, um ihr zu dienen. Wenn man sich davon überzeugen möchte, genügt es, die unvergleichliche Sprachfülle zu kosten, die unaufhörlich jener Stelle zwischen den Schenkeln entströmt. Allein im Französischen gibt es mehr als dreihundert Begriffe für das männliche Geschlechtsteil, ebenso viele für das weibliche, und für die Vereinigung der Leiber existieren noch mehr. Es sind dies die Worte des Gebets der Körper. Sie entfachen die Lust, erregen die Sinne, erhitzen das Blut, entzünden die Blicke. Wie die Gebete sind auch sie bereits Handlungen. Ob subtil oder gewöhnlich, blumig oder direkt, offen oder metaphorisch – sie alle drücken jene unwiderstehliche Lebenskraft aus, jene Energie, die unseren Körper durchströmt und sich weder um das Schickliche noch das Unschickliche kümmert.

Selbstverständlich sind diese Märchen auf der ganzen Welt verbreitet wie die menschliche Begierde selbst. Alle, die in diesem Buch versammelt sind, wurden mündlich überliefert. Aus welchem Land sie auch stammen, sie drücken alle das gleiche Erstaunen darüber aus, nach dem unergründlichen Dunkel endlich das Licht des Tages zu erblicken, dieselbe Verwunderung über die Liebe, die dort, wo vorher nichts war, einen Mund, Augen und Ohren, ein Gesicht und ein Herz in der Brust schuf, in dem insgeheim ein Sklave und ein König wohnen. Mit Vergnügen präsentiere ich diese Geschichten, die uns so viel über ein Glück lehren können, das es wiederzuentdecken gilt. Noch mehr gefällt mir, daß sie mir erlauben, mich in diese Familie zeitloser Menschen einzureihen, deren Worte unablässig um das Mysterium des Auf-der-Welt-Seins kreisen, das einfachste Mysterium von allen, aber auch das tiefgründigste.

Afrika

Schwarzafrika

Die Spaltung

Wer erschuf unsere Welt? Gottvater natürlich. Wie aber schuf er Mann und Frau, und warum lieben sie sich, schlafen miteinander und heiraten? Die Seele tief im Innern der Menschen weiß es, doch sie ist schüchtern, sie schweigt. Erfahrt also die Wahrheit.

Das erste Lebewesen, das Gott schuf, besaß einen Körper und zwei Gesichter. Es war stark, es war weise und verstand es, Himmel und Erde mit Herz und Seele zu genießen. Es wußte, daß man das reine Licht nur mit geschlossenen Augen sehen kann, es wußte, was die Toten wissen und was auch das Kind weiß, bevor es noch im Leib der Mutter ist. Es wußte alles im Himmel und auf Erden. Und es hatte keinen anderen Wunsch, als das Leben zu führen, das ihm geschenkt worden war.

Nun, Gott liebte die Freuden des Lebens. An einem heiteren Sommertag entdeckte er einen berauschenden Palmwein. Er nippte daran, schnalzte mit der Zunge, seine Augen glänzten, seine Nase rötete sich, sein Verstand verließ ihn. Er lachte los ohne jeden Grund, klatschte in die Hände, begann zu tanzen und wurde so ausgelassen, daß er sich in die Sterne verwickelte und die Treppe herunterkugelte. Er donnerte herab wie ein Blitzschlag. Wohin aber fiel er? Genau auf das zweigesichtige Wesen, das an einem Bergbach den Einbruch der Nacht beobachtete. Der Aufprall spaltete es mitten entzwei.

Das Gesicht der einen Hälfte war zum Himmel gekehrt, das der anderen zur Erde. Aber sie erhoben sich und wollten wieder eins werden. Da spürte das eine Wesen, wie ihm zwischen den erregten Schenkeln ein männliches Glied wuchs, das andere stöhnte, wölbte seinen Leib, um dieses Gebilde aus Fleisch und Blut aufzunehmen, sein eigen Fleisch, sein eigen Leben. Das Entzücken über ihre erneute Vereinigung währte einen Lustschrei lang. Und sie trennten sich erneut, wie sie von Gott geteilt worden waren.

Seit dieser Zeit vereinigen sich Mann und Frau, umarmen und verlassen sich, suchen sich aber immer wieder von neuem. Sie leiden an dieser Spaltung und leben nur dafür, sie zu überwinden. Sie lieben, als wäre es ein Gebet. Sie genießen. Ihre Körper wissen, daß sie im Geiste nur ein Wesen sind.

Das trockene Laub

Gott erschuf also die Welt, Bäume, Wiesen und Büsche, Tiere mit Fell, Vögel, Kriechtiere. Danach formte er einen Mann und eine Frau, errichtete für ihn eine Hütte auf einem Feld am Waldrand und für sie ein Häuschen am Flußufer. Zwischen diesen legte er einen Weg an. Aber keiner der beiden konnte ihn sehen, denn sie waren blind. Ihre Augen waren wie die der Neugeborenen, die Lider noch geschlossen. Eine kurze Zeit lebten sie so, ohne sich zueinander hingezogen zu fühlen, und in dieser Zeit konnte Gott unbekümmert schlafen.

Aber eines Tages, als sie vor ihrer Behausung Wasser schöpften, erfaßte beide im gleichen Augenblick das unerklärliche, doch sichere Gefühl, daß sich am Ende des Weges, der durch das Gras lief, ein Lebewesen befand, unendlich wichtig für ihr Leben und ihre Träume. Als Gott sah, wie ihre Begierde erwachte, dachte er hoch oben im Licht, daß sich einer bald zum anderen begeben werde. Er wollte wissen, wer, ob Frau oder Mann, den ersten Schritt tun würde. So ließ er eine Fülle trockenen Laubs auf den Weg herunterfallen. »Wenn es raschelt«, überlegte er, »wache ich auf und sehe, wer darüber läuft, und weiß folglich, welches meiner Kinder am empfänglichsten für die Liebesglut ist.« Mit diesen Gedanken legte er sich in seinem Wolkenbett schlafen.

Am gleichen Abend trat die Frau vor die Tür und suchte mal hier, mal dort etwas zum Essen. Dabei berührte sie zufällig eine dickbäuchige Kröte. Das Tier spuckte ihr sein Gift ins Gesicht und verschwand entrüstet quakend mit einem Sprung im Schilf. Die Frau wischte sich verärgert das Gesicht ab und streifte dabei mit dem Nagel ihres kleinen Fingers über ihre Augen. Ihre Lider öffneten sich. Sie sah und staunte. Über ihr war der Himmel, um sie herum waren die Erde, ein glitzernder Fluß, Bäume, Sträucher, tausend schillernde Farben, die Abendsonne, die im Westen am Horizont unterging, ein Haus in der Ferne und vor ihren nackten Füßen ein Weg, der zu diesem begehrenswerten Ort führte. Sie sah auch das trockene Laub und witterte die göttliche Falle. »Gehe ich dorthin, wohin mich das Feuer lockt, das in mir lodert, wird es Gottvater erfahren«, überlegte sie schlau. »Es wäre mir aber lieber, wenn er es nicht erfahren würde.« Sie setzte sich und grübelte, wie sie die göttlichen Ohren täuschen könnte. Dann lächelte sie schelmisch und eilte, ihren Eimer am nahen Fluß zu füllen, begoß damit das trockene Laub und weichte es so auf, daß es nicht mehr raschelte. Als sie dies umsichtig und flink erledigt hatte, schlich sie auf Zehenspitzen zu dem, den sie kennenzulernen begehrte. Gott drehte sich im Schlaf, murmelte etwas und versank wieder in tiefen Schlummer.

Die Frau fand den Mann sehr anziehend. Sie öffnete ihm mit einem sanften Streich ihrer Nägel die Augen. Er entdeckte, daß seine Gefährtin genau jener Frau glich, die er als Blinder in seinen Träumen vor sich gesehen hatte. Ihr Verlangen erwachte, sie streichelten sich gegenseitig und zitterten dabei so sehr, daß sie sich niederlegten. Sie tasteten sich zu den Stellen ihrer Begierde vor, genossen ihre Lust und wunderten sich, wie sie ohne die Blicke, ohne das Gesicht des anderen hatten leben können. Sie liebten sich. Dann hauchte die Frau:

»Sieh! Die Sonne geht auf. Gott wird bald aus dem Bett fallen, und ich möchte nicht, daß er uns hier zusammen überrascht, einer auf dem anderen liegend. Geliebter, ich muß jetzt gehen. Morgen abend bei Einbruch der Nacht kommst du zu mir.«

Der Mann sah zum ersten Mal, wie der Tag erwachte, sah seine langen Schatten und wie sie kürzer wurden, sah, wie die sengende Sonne das Laub austrocknete und die Schatten bis zum Abend wieder wuchsen. Endlich erblickte er den Mond mit seinem Heer von Sternen, die aus ihren Ställen im Himmel hervorkamen. Da schlüpfte er in seine Sandalen und brach leise summend zu seiner Liebsten auf.

Er ging mit festen Schritten über das Laub. Die Blätter knisterten und raschelten. Er achtete nicht darauf, denn in Gedanken war er schon ganz bei seinem neuen Vergnügen. Da hörte er über sich eine Donnerstimme:

»Wohin gehst du denn, mein Sohn?«

Der Mann duckte sich und bedeckte den Kopf schützend mit den Händen.

»Du also«, fuhr die Stimme fort, »erliegst als erster der Liebesglut. Bis zum Ende aller Zeiten soll es also so sein. Du gehst zur Frau, und die Frau wartet darauf, daß du sie zur Liebe aufforderst.«

»Aber, Herr …« versuchte der Mann einzuwenden.

Doch dann schwieg er. Er war verliebt und wollte der Geliebten das Gottesurteil ersparen. Seit diesem Augenblick, da Gott ihn anrief, weiß er allein, daß die Frau immer als erste Verlangen verspürt. Ihre Lust setzt alles in Flammen. »Schau mich an«, fordert sie lockend, und der Mann kommt zu ihr, und Gottvater im Himmel lächelt im Schlaf.

Wie die Lust ins Dorf gelangte

In grauer Vorzeit lebte der Schöpfer im Dorf der Menschen. Himmel und Erde waren Bruder und Schwester. Die Bewohner kannten weder Angst, Kummer oder Leiden, weder Kopf- noch Zahnweh. Gottvater war glücklich und ungezwungen, er spielte gern. Es machte ihm Spaß, Lehm zu formen, ihm Atem einzuhauchen und ihn mit Herz und Verstand zu erfüllen. So erschuf er die Menschen. Er ließ aus seinen Händen Worte in ihren Mund fallen, Kraft in ihre Muskeln fahren und ein Funkeln in ihre Augen treten. Sie waren frei von allem Übel, kannten weder Vergangenheit noch Zukunft und wollten auch nichts anderes als die immer lebendige Gegenwart.

Als Gott eines Tages mit aufgespanntem Sonnenschirm an den Rundhütten vorbeischlenderte, blieb er plötzlich stehen. Er blickte sich aufmerksam um. Ein köstlicher Duft stieg ihm in die Nase. Durch eine offene Tür sah er einen Hasen am Spieß. Eine Frau würzte ihn gerade mit Safran.

»Welch köstlicher Duft«, sagte er und beugte sich über den saftigen Braten. »Darf ich einen Bissen von diesem goldenen Rücken kosten?«

Sie antwortete ihm:

»Untersteh dich. Ich habe großen Hunger und mein Mann ebenfalls. Dies ist unsere Mahlzeit, Herr, und nicht die deine.«

Zum ersten Mal spürte Gott, wie ihm in seinem unendlichen Leib eng ums Herz wurde.

»Weib«, sagte er, »du tust mir weh. Wer hat dieses Tier geschaffen? Ich, der Herr aller Dinge. Sei nett, gib mir zu essen. Ein winziges Stück, nicht mehr, hier auf meine Fingerspitze.«

Die Frau fächelte mit verschlossener Miene den Rauch über dem Braten fort und stieß schroff die ausgestreckte Hand zurück.

Gott war betrübt. Plötzlich sah er das Dorf in einem anderen Licht. Die Häuser, Bäume und Wege schienen ihren Zauber verloren zu haben. Er schloß seinen Sonnenschirm und verließ das Land, das ihm nicht mehr gefiel. Er zog sich in den Himmel zurück, wo er hinfort als Eremit lebte.

Aber er fühlte sich nicht wohl in seinen himmlischen Sphären. Zuerst war er übellaunig, dann kehrte langsam wieder Ruhe in sein Herz ein, schließlich langweilte er sich tödlich. »Welchen Sinn hat es«, fragte er sich, »Kinder in die Welt zu setzen und dann doch allein zu sein?« Er warf einen Blick ins Dorf hinunter. Was sah er dort? Männer und Frauen, die wie immer mit ihrer Arbeit und ihrem Wohl beschäftigt waren. Beteten sie manchmal zu ihm? Betrachteten sie den Himmel mit einem gewissen Bangen? Sie gingen auf die Jagd, aßen und tranken, lachten, spielten, und wenn sie zum Himmel aufschauten, dann aus Angst, daß es regnen könne. »Sie lieben mich nicht mehr«, seufzte der Vergessene. Er wollte zu seinen Söhnen und Töchtern zurückkehren. Aber die Menschen waren nur von irdischem Verlangen beseelt, ihr Verlangen nach Gott war nicht mehr stark genug. Da kam ihm die Idee, diejenigen, die ihn nicht mehr bei sich haben wollten, zu sich zu holen. Und so erfand er den Tod. Keineswegs etwa, um die Menschen zu bestrafen oder sich an ihnen zu rächen, sondern nur, damit sie zu ihm kämen. Er lockte die Seelen dorthin, wo das wahre Leben herrscht. Die Körper, die viel zu schwer für die dünne Luft der azurblauen Höhen waren, blieben unten und nährten die Erde.

So starb das Dorf aus. Die Strohdächer verfaulten auf den verlassenen Häusern der dahingeschiedenen Besitzer, da niemand mehr neu hinzukam. Wie aber kann man ohne den von Gottvater geformten Lehm, den er mit Leben erfüllt und mit Augen und Mund versieht, sehen und genießen? Wie aber kann man zur Welt kommen? Die Menschen hörten auf zu spielen und fürchteten sich vor allem, was ihnen begegnete. Gott sah dies, und dieses neue Unglück gefiel ihm überhaupt nicht.

Er befragte die Liebe, die Gefangene seiner Tränen, und auch das Glück, das um ihn herumtanzte. Danach entdeckte er ein Wesen in seiner nächsten Nähe.

»Wer bist du?« fragte Gottvater.

»Dein Bote, wenn du es willst«, erwiderte das neue Lebewesen. »Deine Gedanken haben mich zum Leben erweckt. Da du nicht mehr fähig bist, den Menschen Leben einzuhauchen, tun sie dies selbst, und ich helfe ihnen dabei.«

»Wie?« erkundigte sich Gott verblüfft.

»Ich schlüpfe in ihre Haut, errege ihre Sinne, wecke ihre Begierde und zwinge sie, sich lustvoll zu vereinigen. So vermehren sie sich auch ohne deine Hilfe.«

»Wie ist dein Name, du unverhoffter Sohn?«

»Nenne mich, wie du willst, Herr. Ich bin dein Werk.«

Gottvater erwiderte:

»Du wirst die Lust im Körper der Lebenden sein, von kurzer Dauer nur, aber immer wieder neu erwachend. Geh, mein Bote. Tröste meine Kinder, da sie auf mich verzichten müssen. In Zukunft werden sie geboren, aufwachsen und altern. Die Zeit ist künftig ihr Herr, und du bist ihr hilfsbereiter, diskreter Begleiter.«

Gott schwieg. Die Lust stieg zur Erde hinab, und bis zum heutigen Tag hat sie ihre Pflicht erfüllt.

Das Salz

Jenes Instrument, das man Rute, Fackel, Schwert, Flöte, Spargel, Finger ohne Nagel, Dorn, Stange oder Latte nennt, kurzum, jenes hängende Ding, das ein menschliches Wesen als Mann kennzeichnet, war in ferner Zeit ein Lebewesen ohne Familie. Es konnte ungehindert kommen und gehen, essen, reden und schlafen, so wie es eben gewöhnliche Menschen tun. Es soll in dieser Geschichte Herr Stachel genannt werden, da man ja nun einmal einen Namen haben muß. Die Vagina oder Aprikose, Mandel, Muschel, Feige, Quelle, Festung, das niedliche Loch oder der Tunnel der Liebe, kurzum, dieser Gral, den heute eine jede Frau verwahrt, war damals gleichermaßen unabhängig. Frau Zaubervase lebte genau wie Herr Stachel ihr Leben.

Ihr Dorf war arm, es herrschte Hungersnot. So beschlossen sie eines Tages – sie waren gute Freunde –, gemeinsam zur nächsten Stadt zu gehen, und hofften, ihre letzten Muscheln dort gegen etwas Brei einzutauschen. Frau Zaubervase liebte Hirsebrei und kaufte die Zutaten für einen Topf davon. Herr Stachel glaubte, daß das Meersalz ein Allheilmittel sei, vor allem für die Probleme müder junger Leute. Er ließ sich also einen Beutel mit einem Pfund Salz abwiegen. Dann kehrten sie, zufrieden mit ihrer Reise, in ihr Dorf zurück.

Unterwegs überzog sich der Himmel. Donner grollte, über den schwankenden Bäumen entluden sich Blitze, und als Herr Stachel beunruhigt den kahlen Kopf zurückwarf und zum Himmel hochblickte, klatschte ihm das tobende Gewitter die ersten zwei Tropfen ins Gesicht.

»Mein Salz!« rief er mit bebender Stimme. »Es wird den Regenguß nicht überstehen. Es wird sich auflösen. Welch ein Unglück! Frau Zaubervase, rettet mich! So helft doch! Wo kann ich es nur in Sicherheit bringen?«

Seine Miene hellte sich auf.

»Dem Himmel sei Dank, ich weiß jetzt, wo, in Eurem großen Mund. Öffnet ihn, damit ich eindringen kann.«

Frau Zaubervase öffnete willig ihre schönen roten Lippen, der andere schob sein Pfund Salz hinein. Dann suchten sie gemeinsam einen Ort, wo sie vor dem Regen, der bereits aus tausend Himmelsöffnungen herunterprasselte, Unterschlupf fänden. Frau Zaubervase erspähte einen Termitenhügel und eilte sofort darauf zu.

»Das ist genau das richtige«, sagte sie zu Herrn Stachel, der, bereits dicht hinter ihr, ausrief:

»Bitte, rückt ein wenig zur Seite. Macht mir Platz!«

»Geht woandershin«, erwiderte sie. »Hier ist es zu eng für zwei.«

Herr Stachel bückte sich und kroch unter einen Baum. Aus ein paar Ästen machte er sich einen sicheren, fast trockenen Unterschlupf.

Der heftige Regen verwandelte den Termitenhügel binnen kurzem in eine unwirtliche Schlammpfütze. Und ohne eine Tür geöffnet zu haben, befand sich Frau Zaubervase plötzlich im Freien. Sie rannte zur Hütte von Herrn Stachel. Der hatte Feuer gemacht und kochte gerade eine Suppe.

»Kommt schnell«, sagte er, »und gebt mir mein Salz, ich will sie würzen.«

»Das Salz? Schande über mich! Ich habe keines mehr im Mund.«

Herr Stachel wurde puterrot.

»Ihr spielt mir wohl einen üblen Streich! Gesteht es, Schelmin.«

»Ihr glaubt mir nicht? So kommt nur herein«, forderte ihn Frau Zaubervase auf, »überzeugt Euch selbst.«

Herr Stachel machte sich steif, drang entschlossen in seine willige Gefährtin ein, stöberte etwas herum, stieß zu, schlüpfte heraus und begann wieder von vorn.

»Weiter, weiter, stöbert überall herum«, forderte ihn Frau Zaubervase mit bebender Stimme auf. »Und laßt Euch nur Zeit, ich habe alle Zeit der Welt.«

Herr Stachel wurde wütend, denn er fand nirgendwo das alles heilende Salz, er spritzte noch einen langen, weißen Strahl und zog sich schließlich zurück. Für einen Augenblick war er kraftlos und senkte erschöpft den Kopf.

»Vielleicht habt Ihr nicht richtig gesucht«, sagte Frau Zaubervase. »Wer weiß, vielleicht habt Ihr eine geheime Nische übersehen. Wollt Ihr Euch nicht noch einmal ans Werk machen?«

Und Herr Stachel hob tapfer den Kopf und machte sich wieder auf die Suche.

Immer wieder geht er seither auf die Suche und wird es wohl bis ans Ende aller Zeiten tun. Ist er müde, spritzt er und wendet sich wieder alltäglichen Dingen zu. Doch er erholt sich schnell. Frisch gestärkt, schlüpft er abermals in den dunklen Mund, um nach dem Salz zu suchen, von dem zwischen den zwei zarten Lippen nur ein leichter Geruch nach Meer zurückgeblieben ist.

Weichtopf, Liebesstößel und Kugeln-im-Sack

Liebesstößel und Kugeln-im-Sack waren zu jener Zeit Nachbarn von Frau Weichtopf. Im Dorf herrschte Hungersnot. Die Sonne trocknete die Bäume, die Brüste der Frauen, die Kinder aus, und der Wind verwehte die Erde in den trockenen Flußbetten.

»Freunde, laßt uns Früchte sammeln«, sagte eines Morgens Frau Weichtopf zu den Bewohnern der Nachbarhütte. »Kopf hoch, wir müssen versuchen zu überleben.«

Alle drei begaben sich daher zum Rand eines Feldes, wo zwischen kargem Gras und Felsen Maulbeersträucher wuchsen.

Weichtopf setzte sich auf den Stumpf eines Feigenbaums, fuhr sich durchs Haar und sagte zu ihren Gefährten:

»An die Arbeit! Ich beaufsichtige euch. Wenn eure beiden Körbe bis zum Rand voll sind, leert ihr sie auf diesen flachen Stein, und ich teile alles in zwei Hälften. Die erste ist für mich, die zweite für euch.«

»Wie«, murrte Kugeln-im-Sack, »du nimmst dir heraus zu faulenzen, dir die Haare zu kämmen und auch noch zuzuschauen, wie wir gutmütigen Kerle uns die Finger wund kratzen?«

Weichtopf riß verächtlich den Mund auf und strich über ihre Wimpern.

»Und dann willst du auch noch deinen Anteil an den Früchten?« stöhnte Kugeln-im-Sack, der schon im voraus ermattet wirkte.

Liebesstößel sagte zu ihm:

»Laß es gut sein, Weichtopf möchte sich halt nicht die Haut verderben. Sie ist ein geheimnisvolles Wesen, zart und empfindlich. Die Sonne erschreckt sie.«

»Von mir kriegt sie nichts«, grummelte der andere störrisch.

So gingen sie aufs Feld. Kugeln-im-Sack stopfte sich die Beeren, die er pflückte, in den Mund, so daß sich seine Backen aufblähten, und leckte sich die Lippen. Liebesstößel trällerte während der Arbeit eine muntere Weise.

Als es Mittag wurde, zeigten sich schwere graue Wolken am Himmel. Donner grollte. Blitze zuckten auf. Liebesstößel blickte nach oben.

»Gottvater da oben zündet seine Pfeife an, seht nur, wie er die Feuersteine gegeneinanderschlägt. Bald wird er niesen.«

»Ruhig Blut«, sagte Weichtopf. »Wenn es anfängt zu regnen, meine Freunde, gewähre ich euch Schutz.«

Das Niesen Gottes ließ Himmel und Erde erbeben. Das Gewitter entlud sich mit voller Wucht. Liebesstößel bückte sich, ließ seinen Korb im Stich und eilte an den Rand des Feldes.

»Warte auf mich«, rief Kugeln-im-Sack und watschelte eilig los wie eine aufgeschreckte fette Gans.

Sein Leib war schwer, da er so viele Früchte gegessen hatte. Liebesstößel stieß mit strahlendem Gesicht gegen Weichtopf. Sie öffnete sich.

»Komm herein«, sagte sie einladend.
Er schritt über die Schwelle und sang:

Ich tauche, tauche, tauche in dich ein,
du Geheimnis göttlicher Güte!

Weichtopf flüsterte:

Du tauchst, tauchst, tauchst in mich ein,
o starke zarte Wurzel!

Kugeln-im-Sack protestierte von draußen:

Oje, ich habe weder Feuer noch Dach!
Ich werde naß und schrumpfe!

So wird Liebe gemacht. So wird sie immer gemacht. Wenn Liebesstößel im Nest von Weichtopf herumtollt, bleibt Kugeln-im-Sack draußen vor der Tür. Schuld ist sein dicker Bauch, den er sich an feinem Regentag mit Maulbeeren gefüllt hat. Frau, öffne dich, das Märchen ist zu Ende.

Wie die Frauen den unteren Mund bekamen

Es geschah in den allerersten Tagen. Die Welt erwachte, die Menschen in den Dörfern hörten Musik, lachten, zart erblühte die Liebe, doch die Frauen besaßen in dem Dreieck ihres Unterleibs weder eine Spalte noch eine Quelle, die Männer hatten zwischen ihren braunen Schenkeln nichts, um diese Stellen erforschen zu können, und von Zeit zu Zeit beschenkte Gott sie – ohne zu fragen – mit Kindern.

In jener Zeit sagte ein Jäger eines Morgens zu seinem Jungen:

»Deine Faust ist jetzt stark genug, um einen Säbel halten zu können. Nimm diesen, mein Sohn. Er stammt von meinem Vater und wird dich schützen. Von nun an gehören das Flachland und sein Wild dir. Aber ich rate dir, meide den Wald. Dort lauert ein Ungeheuer im Dickicht. Eines Nachts habe ich es gesehen, es kauerte in der Dunkelheit. Ich habe mich, so schnell es ging, aus dem Staub gemacht. Dabei weißt du doch, wie mutig ich sonst bin!«

Was der Vater verbot, besaß ganz besonderen Reiz! Der Junge machte sich also auf den Weg. Und wohin? Natürlich in den dichten Wald.

Einen Augenblick lang verharrte er am Waldrand. Er empfand ein seltsames, heftiges Verlangen, eines Helden würdig. Zögernd ging er weiter, sah weder Tier noch Ungeheuer und verbarg sich im Schatten der großen Bäume, den Säbel fest umklammert. Er schritt immer weiter voran, zerhieb tief herabhängende Äste und Brombeergestrüpp und gelangte schließlich zu einer tiefen, schattigen und unzugänglichen Stelle. Nur einzelne Sonnenstrahlen drangen bis hierher, kein Vogel zwitscherte. Der Boden schien sich zu bewegen. Er blieb stehen und stöhnte, die Augen weit aufgerissen. Hier lauerte das furchterregende Tier.

In Wirklichkeit war es eine riesige Vagina. Ihre Spalte glich einem roten Tal, ihre Lippen überragten weit die Bäume im Umkreis, und in ihrem Vlies wimmelte es von Insekten und trockenen Zweigen. Der Junge, der mit beiden Händen seine Waffe umklammert hielt, holte tief Luft und fing zaghaft an zu singen:

Großer Jäger von Adler und Antilope,
ich habe das atemberaubende Ungeheuer gefunden!
Großer Jäger, eile, eile,
komm deinem Kind zu Hilfe!

Der Vater saß vor seinem Haus und schärfte seinen eisernen Säbel. Er spitzte die Ohren, lauschte.

»Ist das mein Sohn, den ich da höre? Dieser Taugenichts hat nicht auf mich gehört! Er hat sich aufgemacht – wußte ich es doch! –, den großen weichen Drachen herauszufordern!«

Er nahm seine Waffe, gürtete sich und folgte der Spur seines Sohnes.

Er fand ihn, am ganzen Leibe zitternd, hinter einem tausendjährigen Baum.

»Ich hatte dich gewarnt, du Unglücksrabe, nie hierherzukommen. Nun müssen wir kämpfen. Empfiehl Gott deine Seele!«

Nur die Furcht gebiert Ungeheuer. Die beiden wilden Krieger fanden nichts anderes vor als eine unschuldige Vagina, die allerdings groß war wie ein See. Bald war sie zerschnitten, zerstückelt, kleingehackt, so daß abends nicht mehr nur ein einziges weibliches Geschlechtsteil im Gebüsch lauerte, sondern Abertausende, in alle Windrichtungen verstreut.

Die Kunde verbreitete sich schnell in den Dörfern. Die Riesenkatze hatte Junge bekommen! Die Mädchen eilten neugierig herbei, um die haarige Zierde zu bewundern, die ihnen fehlte. Jede wählte eine und brachte sie an der richtigen Stelle an. Da beschloß Gott, daß diese geheime Öffnung Kinder und Liebeslust gebären solle. Die Frauen waren damit zufrieden, wenngleich verwirrt, denn zu diesem göttlichen Werk fehlte noch ein passendes Gegenstück. Wie es die Männer erhalten haben? Du, kannst es erfahren, wenn du bereit bist, folgendem Märchen zuzuhören.

Wie die Männer den Stachel bekamen

In grauer Vorzeit besaßen die Männer noch keinen beweglichen Stachel zwischen den Schenkeln. Dieser wuchs auf einem Baum. Jenseits des ersten Dorfes der Welt erstreckte sich ein Wald, und darin stand der Baum mit den Querflöten. Wer ihn entdeckte? Eine Frau. Als sie die appetitlichen Früchte an den hohen Zweigen hängen sah, lief ihr das Wasser im Mund zusammen. »Ich will sie, und ich werde sie bekommen«, schwor sie sich. Sie stellte sich, die Zunge im Mundwinkel, auf die Zehenspitzen und streckte die Arme hoch, doch sie spürte nur den sanften Wind, der durch die Blätter strich.

Sie eilte davon, um ihre Freundinnen zu holen.

»Meine Schwestern, legt eure roten Schurze an, wascht euch die Hände und das Gesicht, schmückt euren Hals mit Ketten und euren Nabel mit blauen Perlen! Dort unten auf einer Lichtung steht der Baum der Lust. Kommt, folgt mir schnell!«

Kreischend und lachend kleideten die Mädchen sich an, putzten sich heraus und machten sich auf den Weg. Ein junges Mädchen blieb allein zurück, Es litt an Krätze. Ihre Schwestern wollten es nicht dabeihaben. Atemlos versammelten diese sich im Schatten des Baums, an dem die Ruten hingen. Die schauten andächtig hoch, wußten aber nicht, was sie sagen oder tun sollten, und wandten sich ratlos wieder ab. Sie wünschten sich, leichtfüßig auf den Baum springen zu können, und beneideten die Vögel.

Das kranke Mädchen, das morgens im Dorf zurückgelassen worden war, ging der Gruppe entgegen.

»Große Schwestern, habt ihr die Früchte gefunden?«

Die anderen zogen eine Grimasse, brummten und murrten:

»Wir haben sie gesehen, konnten sie aber nicht erreichen.«

»Nehmt mich morgen mit. Ich werde die Früchte, die wir so sehr begehren, verführen. Ich weiß, wie man das macht.«

»Schweig, du stinkst. Wie sollte dir mehr gelingen, wo wir mit unseren wohlriechenden Körpern nicht einmal etwas ausrichten konnten?«

Sie spuckten ihr vor die Füße und kehrten heim.

Nachdem sie sich am nächsten Morgen gewaschen, gekämmt, angekleidet und Schultern und Brüste mit Mandelöl eingerieben hatten, begaben sie sich erneut zu dem prachtvollen Baum. Die ganze Nacht hatten sie von ihm geträumt. Bis zum Abend hüpften und tanzten sie um ihn herum, doch die Früchte in seinem raschelnden Laubwerk rührten sich nicht. Die Mädchen kehrten weinend und fluchend heim. Vor dem Dorfeingang kam ihnen das kranke Mädchen entgegen.

»Erlaubt mir, euch morgen zu begleiten. Glaubt, mir, große Schwestern, ihr werdet es nicht bereuen.«

»Laß uns in Ruhe, dein Geruch beleidigt uns.«

»Du und eine Rute brechen? Was würdest du denn damit anfangen?«

»Diese Schmutzliese hält sich für eine Göttin. Los, Mädchen, lassen wir sie stehen.«

Sie lachten hämisch und gingen weiter.

Doch am nächsten Morgen erlaubten sie ihr, sie zu begleiten. Jede trug ihren roten Schurz, nur die Kranke trottete nackt hinter ihnen her. Sie war an diesem Tag sauber, trug jedoch keine Perlenkette um ihren Hals, aber in ihren Augen funkelten Diamanten. Als sie an dem Baum angelangt war, stellte sie sich nicht auf die Zehenspitzen oder schrie hinauf, wie es die anderen taten. Sie versteckte sich im Dunkel, spreizte die Beine, schloß die Augen und Sang:

Komm, mein Vogel, komm, meine Schlange,
komm in das Nest der Frau,
sieh, ich halte dir die Pforte offen,
lange ich schon auf dich warte.

Ein spitzer Dorn erbebte oben in den Blättern, ein anderer, vom Gesang angerührt, neigte sich dem flachen Leib zu, blähte sich behaglich auf. Die Zweige senkten sich langsam zur Erde. Die Mädchen streckten die Hände nach oben, sprangen kichernd und lachend auf den Baum und füllten ihre Körbe. Dann kehrten sie ins Dorf zurück.

Am Abend rief das Mädchen sie vor dem Feuer zusammen.

»Gebt diese Ruten den Männern, sie können sie mit Leben erfüllen«, flüsterte es ihnen heimlich zu. »Wenn ihr sie allein am Fuß eures Bettes liegen laßt, sind sie bis morgen früh verkümmert. Ohne lebendige Wurzeln sind sie bald verdorrt.«

Alle gehorchten ihr. Seither sind die Jungen geschmückt, ganz wie es sich gehört. Dies verdanken sie der Ungeliebten, die man allein zu Hause zurückließ. Sie besaß zwar keinen roten Schurz, doch sie kannte das richtige Lied.

Die Wildkatze

Es heißt, in alter Zeit sei die Liebesmuschel, die jede Frau zwischen Beinen und Bauchnabel trägt, etwas gewesen, mit dem sie sich je nach Lust schmücken konnte. Manchmal ließ sie sie auf dem Regal liegen, wenn sie aber Verlangen verspürte, ließ sie sie an die dafür bestimmte Stelle gleiten und genoß die Liebe mit ihrem Mann. Dann legte sie sie ans Fußende des Betts und rollte sich zur Wand, den Leib wieder glatt und leer.

Eines Tages begaben sich zwei Eheleute auf eine Reise. Der Mann nahm seinen Bogen, seinen Beutel und seinen Stab mit. Die Frau legte Früchte, Fleisch und Kuchen in ihren Weidenkorb, verstaute darunter ihre Liebesmuschel, und so gingen beide der Sonne entgegen. Sie schritten hintereinanderher, umschwirrt von Bienen und zwitschernden Vögeln. Bald erreichten sie die Furt eines Flusses. Als sie diese durchquerten, erfaßte ein tückischer Windstoß die Frau. Sie hob ein Bein, fuchtelte mit den Armen in der Luft und fing gerade noch den auf ihrem Kopf schwankenden Korb auf. Dabei aber fiel ihr das Liebeskätzchen heraus und landete im Wasser. Sie sang:

Meine weiche Höhle, meine Spieldose,
meine Geheimtür, mein verborgenes Herz,
mein kostbarer Schatz, meine Zauberfurche,
hilf mir, lieber Mann, der Fluß trägt sie davon.

Das gespaltene Ding schwamm wie ein Fisch davon, verschwand und tauchte wieder auf. Der Mann sprang ins Wasser, kämpfte mit den Wellen. Er gurrte, die nassen, glänzenden Finger nach ihm ausstreckend:

Komm her, komm lachen, komm spielen,
komm in meine Hände, komm in meinen Mund,
laß mich dich verwöhnen,
o feine Blume mit den zarten Blättern.

Einen Moment lang ließ sich der Ausreißer anlocken, entwischte dann aber erneut in den tausend Lichtern, die auf den Wellen spielten. Die Frau lief zum Ufer.

»Ich sehe es, hinterher, Mann, ihm nach!«

Der Gatte stürmte hinterher, stolperte, stürzte, verfluchte den Himmel, tobte und schrie:

»Frau, hilf mir!«

Sie klatschte in die Hände und sang:

Die heiße Lust öffnet mir die Schenkel,
komm ins Warme, mein nasser Kater!

Und der Mann erwiderte tropfend:

Schau, mein schönes Süßholz,
wie es um Gnade fleht!

Sie mühten sich so sehr, daß die süße Quelle schließlich an das Ufer zurückkehrte. Ihr klaffender Mund war rot wie eine frische Wunde.

Der Mann legte seine Hand darauf, liebkoste und streichelte sie. Schließlich sagte er zu seiner Gattin:

»Leg dich hin und sing weiter.«

Während sich das Lied der ersehnten Lust erhob, legte er den Ausreißer, der seinen Dorn herausforderte, wieder an die richtige Stelle:

»Da bist und bleibst du, solange meine Frau eine Frau ist.«

Seine Worte hatten solche Macht, daß er überall gehört wurde. Seit jenem Tag wagt kein Kätzchen es mehr, das Nest zu verlassen. Ich habe die Wahrheit gesagt, und das Märchen endet hier.

Ogun und Oluré

Als unser himmlischer Vater sein Haus bezog, erschuf er einen Mann und eine Frau: Ogun und Oluré. Sie öffneten die Augen und betrachteten die Welt um sich her. Die Morgensonne tauchte Bäume, Flüsse, Berge, gerade Wege und einsame Wüsten in sanftes Licht. Die beiden erfreuten sich an dem blauen Himmel, dem raschelnden Laub und dem Geruch der Erde.

»Laß uns einen Spaziergang machen«, forderte Ogun seine Frau auf.

Oluré erwiderte:

»Ich will dich nicht dabeihaben. In diesem gesegneten Land möchte ich lieber allein sein.«

Also blieb er bei Gott, und sie begab sich auf die Erde.

Sie kostete das Quellwasser, die Früchte an den tiefhängenden Zweigen, das Flüstern der Felder, die unendlichen Wege. Lange streifte sie umher, genoß es, den ersten Staub unter den Füßen zu spüren, sich der kühlen Brise auszusetzen und die Hand nach den ängstlichen Vögeln auszustrecken. Als die Dämmerung hereinbrach, stieg sie auf einen Felsen, um die Schönheit der untergehenden Sonne zu bewundern. Doch vor dem Horizont stand ein Affenbrotbaum und versperrte ihr den Blick. Sie scheuchte ihn mit den Armen und rief:

»Du störst mich! Los, geh zur Seite!«

Der Baum verstand nicht. Sie rief Ogun. Im Nu war er da und setzte sich neben sie.

»Sieh diesen störenden Baum. Er ist mir ein Dorn im Auge, er stiehlt mir das Feuer, das Gott da unten am Ende der Welt entzündet hat. Du mußt ihn fällen, Mann.«

Ogun meißelte aus dem Felsgestein eine Axt zurecht und folgte Oluré. Sie legte sich ins Gras und sah ihrem Mann bei der Arbeit zu. Beim ersten Axthieb sprang ein Holzsplitter ab, spitz wie ein Stachel, und flog durch die Abendluft. Er zielte auf den Schoß zwischen Olurés offenen Schenkeln. Sie sprang auf, stieß einen leisen Schrei aus, spürte aber kurz danach fast nichts mehr. Als der Baum gefällt war, schickte sie Ogun weg und setzte in der Morgenröte ihren Weg fort.

Ihr Marsch erweckte den Splitter in ihrem Körper. Sie stöhnte, biß sich auf die Lippen. Bald bereitete ihr der kleinste Schritt Qualen. Sie sackte in die Knie und rief erneut Ogun um Hilfe. Kaum hatte sie seinen Namen ausgesprochen, erschien er vor ihr. Behutsam linderte er den Schmerz zwischen ihren Beinen, entfernte den Holzsplitter, streichelte sie weiter und murmelte:

»Wenn du Lust hast, könnten wir uns jetzt lieben.«

Oluré lächelte ihn an. Siebenmal kosteten sie die höchsten Liebeswonnen und kehrten dann in den Himmel zurück. Gott saß vor seiner Himmelspforte und formte gerade den Mond.

»In Zukunft«, sagte er zu ihnen, »werdet ihr auf der Erde leben, in einem Haus. Und da Ogun als erster seine Begierde gestand, soll es für immer so sein, solange ich über euer Leben wache. Der Mann macht den Anfang, die Frau geht darauf ein oder auch nicht, ganz nach ihrem Belieben.«

Was sind die Menschen? Nichts. Bettler, Sklaven. Wenn sie Lust erleben wollen, müssen sie darum bitten. Die Frau geht voran, der Mann trottet hinterher. Schuld daran sind Ogun und Oluré.

Der Liebeskrieg

Rundkopf-Männerstab und Kräuselhöhle wohnten in ferner Zeit in einem Haus im Gebüsch. Sie lebten ärmlich, verbargen sich im hohen Gras wie ängstliche Wildtiere und sammelten verlorengegangene Eier und Fallobst. Abends schliefen sie auf ihrem Strohlager, den Mund weit geöffnet, wie junge Vögel, die auf Futter warten.

Doch dann kam eine so elende und karge Zeit, daß die Schlangen im entlaubten Gebüsch verendeten.

»Ich habe von einem Reiher erfahren, daß im fließenden Wasser graue Tiere leben«, sagte Kräuselhöhle. »Wenn ich es recht verstanden habe, nennt man sie Fische. Morgen hänge ich meinen Korb in den Fluß. Mit Gottes Hilfe erwische ich ein paar und werde mich daran gütlich tun.«

Rundkopf-Männerstab erwiderte matt, während er die Sterne angähnte:

»Mit Gottes Hilfe schlafe ich morgen. Ich kann mich kaum noch aufrecht halten.«

Sobald die Sonne aufging, brach seine Gefährtin auf.

Nachts kehrte sie zurück, mühsam ihren schweren, tropfenden Korb schleppend. Tausend Splitter aus leuchtendem Silber leerte sie auf die Schwelle, entfachte das Feuer, band sich eine Serviette um und verschlang genüßlich die gebratenen Fische. Rundkopf-Männerstab trat in die Tür.

»Und ich, Frau?« fragte er, das Wasser lief ihm im Mund zusammen. »Bedien mich gut und bedien mich schnell.«

Er schob Kräuselhöhle seinen Teller zu. Sie streute eine Prise Salz darauf.

»Das ist dein Teil, mein Schöner«, sagte sie und wischte sich über den Mund.

Sein ganzes Abendessen bestand an diesem Abend aus dem Geruch nach frischem Fisch. Da zog er sich in seine Ecke zurück und sann auf Rache.

Am nächsten Morgen, zu jener Stunde, da die Sonne ihre rote Mütze abnimmt und das Universum begrüßt, begab er sich schnurstracks zum Fluß. Abends kehrte er zurück, stolz wie ein Affenbrotbaum. Auf dem Kopf trug er einen großen Korb, der von den köstlichen Schätzen des Süßwassers überquoll. Er hatte keinen Blick für Kräuselhöhle, die ihn auf der Schwelle des Hauses sitzend erwartete und an einem Grashalm kaute. Er schürte das Feuer, stellte den Kessel darauf, füllte ihn mit frischen Fischen und würzte sie mit Pfeffer.

»O Gott, was für ein köstliches Mahl«, flötete seine Gefährtin und sog den appetitlichen Geruch ein.

»Frau, das ist für dich«, erwiderte Rundkopf-Männerstab trocken.

Er reichte ihr eine Schale, in der ein Stein und ein paar Pfefferkörner lagen. Sie schniefte, murrte, nieste dreimal, schnaubte und sprang ihren Mann; mit gesenktem Kopf wütend an.

Der Kampf war erbittert und lange Zeit unentschieden. Rundkopf-Männerstab rollte sich aus der heißen Asche, in der die Fische brieten, und setzte sich rittlings auf die verblüffte Kräuselhöhle. Mit einer geschickten Kopfbewegung drückte er sie ins Gras und drang in ihre verborgenen, geheimen Stellen. Sie stöhnte heftig:

»Ich bin verletzt. Ich sterbe! Geh raus aus mir! Nein, komm zurück! Geh! Oh, nicht so schnell!«

Rundkopf-Männerstab brummte wild. Sie umschloß ihn fest, und ihr Körper bäumte sich auf.

»Ich will sterben«, rief sie, »und ich will, daß auch du stirbst.«

Vereint in einem gemeinsamen Lustschrei erlebten sie den süßen, kurzen Tod. Doch in demselben Atemzug wurden sie wiedergeboren, schöpften Hoffnung und Kraft und stürzten sich erneut in den Kampf.

Seit dieser Zeit währt der Krieg. Rundkopf-Männerstab, durch seinen Sieg bezwungen, und Kräuselhöhle, unbesiegt unterlegen, trotzen gemeinsam der Unendlichkeit, wo sie am Fußende eines grenzenlosen Bettes sanfter Friede erwartet.

Der Jäger und der Python

Es war einmal ein großer Jäger. Seine Augen waren flink und sein Bogen unfehlbar. Als er eines Tages lautlos durch den Wald schlich, gelangte er an den Rand einer runden Lichtung, blieb stehen und spähte nach allen Seiten. Im von der Sonne schimmernden Gras ruhte, eingerollt auf einem toten Tier, ein dicker Python.

»Guten Tag, Jäger«, sagte die Schlange.

»Guten Tag, Schlange«, erwiderte der Mann.

»Willst du mir helfen«, fragte die Schlange, »dieser Antilope das Fell abzuziehen?«

Der Mann hob tapfer den Kopf und zog sein Messer heraus. Die Arbeit war bald erledigt.

»Danke, Jäger«, sagte die Schlange. »Möchtest du meine Behausung kennenlernen? Komm, du bist mein Gast.«

»Friede sei zwischen uns! Geh, ich folge dir.«

Unter den großen Bäumen machten sie sich auf den Weg und zogen das gehäutete Wild hinter sich her.

So gelangten sie ans Ufer eines Sees. Große Vögel kreisten darüber, Algen schwammen auf dem dunklen Wasser. Vor Angst krampfte sich das Herz des Mannes zusammen, doch er verbarg es stolz.

»Jäger, dein Mut gefällt mir«, sagte der Python. »Tauchen wir gemeinsam hinein.«

Der Mann schloß die Augen und ließ sich in die kühle Finsternis fallen. Als er die Augen wieder öffnete, befand er sich in einem Haus. Es war geräumig und luxuriös. Diener huschten lautlos durch Räume aus grünem Marmor. Sonnenstrahlen, die durch die hohen Fenster fielen, tauchten die jungen Frauen des Hauses in goldenes Licht. Eine von ihnen gefiel dem Jäger ganz besonders. Es war die Tochter des Pythons. »Wie gern hätte ich, daß sie mir etwas zu trinken einschenkt«, überlegte er aufgewühlt. »Wenn sie sich dann über mich beugt, könnte ich ihren Atem spüren.«

»Geduld«, sagte der Python. »Sie schöpft gerade frisches Wasser.«

Der Jäger war erstaunt und runzelte die Stirn. »Kann diese Schlange meine Gedanken lesen?« fragte er sich. Er sagte aber noch immer nichts, sondern dachte im stillen: »Ich hoffe, daß sie mir eine Keule von unserer Antilope anbietet.«

»Aber gewiß«, sagte der Python. »Ich würde dich doch nicht mit einem minderwertigen Stück beleidigen wollen. Da ist ja meine Tochter. Mach es dir bequem.«

Der Mann nahm Platz. Man bediente ihn. Er wurde geehrt wie ein Bruder. Er trank, aß und rülpste vor Wohlbehagen. Dann erhob er sich, um sich zu verabschieden. Das Mädchen küßte ihm die Hand. »Wenn ich mich trauen würde«, schoß es ihm durch den Kopf, »würde ich dich in mein Bett einladen.« Die Schlange erwiderte auf seinen Stummen Wunsch:

»Bleib heute nacht bei uns, sie bietet dir ihres an.«

Alle lachten. Der Tag verlief angenehm und fröhlich. Nachts schlief der Jäger mit der Tochter in einem leeren Zimmer unter dem Sternenhimmel.

Am nächsten Morgen erhob er sich zufrieden, wenn auch etwas ermüdet. Die Schlange empfing ihn im Speisezimmer.

»Bist du glücklich, mein Sohn?«

»Verehrter Meister«, erwiderte der Mann, »zu meinem Glück fehlt nur noch eines. Deine Fähigkeit, Gedanken zu lesen, gefällt mir mehr als alles andere. Auch ich besäße gern diese Gabe.«

Die Schlange entnahm ihrem Gewand eine winzige Kapsel.

»Hier, mein Sohn, das ist mein Abschiedsgeschenk für dich. In diesem versiegelten Glas befinden sich drei Blutstropfen, vermischt mit einem Atemzug von mir. Kehre heim, öffne den Mund, und gieße dir den Inhalt zwischen die Zähne. Dann wirst du alle geheimen Wünsche erkennen können.«

In der Mittagsstunde verließ der Mann den See. Er kehrte nach Hause zurück, schloß sich ein, entkleidete und parfümierte sich und entnahm dann seinem Beutel die Zauberkapsel. Er öffnete sie und roch daran. Zum ersten Mal in seinem Leben zitterte er. Er streckte die Zunge heraus. Ein Sonnenstrahl, der sich durchs Fenster stahl, blendete ihn einen Augenblick. Er trat einen Schritt zurück. Ein Tropfen fiel auf die Erde, ein anderer spritzte auf seinen offenen Gürtel, der dritte rollte an die Spitze seines Glieds und verdunstete.

Dieser Jäger hatte viele Söhne – unsere Vorfahren. Nur ihr besprengtes Glied erbte die vom Python verliehene

Gabe. Wenn sich also ein Mädchen einem Mann nähert, wer hört den stummen Ruf ihres Verlangens? Wer erhebt sich und bewegt sich zwischen den Beinen und dem Bauchnabel? Das Herz ist unwissend und der Geist unstet, aber das Glied wird immer erraten, was das Schweigen einer Frau ausdrückt.

Das Mädchen, das sein Ding verlor

Es waren einmal ein Junge und ein Mädchen. Sie spielte die Kokette, er war ernsthaft verliebt. Jeden Abend bei Einbruch der Dunkelheit, zu einer Zeit, da man sich im Dorf zur Ruhe begab, trafen sie sich heimlich im lauen Schatten einer alten Mauer und redeten miteinander. Nur die Vögel, die über ihnen in den Zweigen saßen, hörten ihnen zu, den Schnabel zum roten Himmel gereckt.

»Komm, schlaf mit mir«, murmelte der Junge.

Das Mädchen girrte:

»Liebst du mich?«

»Wie soll ich es dir beweisen?« erwiderte er mit flehender Stimme.

Sie eilte lachend davon, und er ging schweren Schritts und gesenkten Hauptes nach Hause.

In einer Vollmondnacht schaute sie ihm ins Gesicht und sagte mit spöttischem Blick:

»Was würdest du für mich tun?«

»Sag mir deine Bedingung, dann weißt du es.«

»Geh morgen zum Markt. Laß mitten auf dem Platz deine Hose herunter, kauere dich mit nacktem Hintern zwischen zwei Ständen nieder und scheiße vor aller Augen.«

»Wenn das der Preis ist, um dich mit Leib und Seele lieben zu dürfen, will ich es tun«, erwiderte er.

Am nächsten Tag sagte er in der Abenddämmerung zu ihr:

»Ich hab's getan.«

»Ich weiß«, erwiderte sie. »Das ganze Dorf lacht über dich.«

»Schlaf mit mir«, forderte er sie auf.

Das Mädchen aber antwortete:

»Mit jemandem schlafen, der vor aller Augen scheißt? Für wen hältst du mich? Ich will dich nie wieder sehen!«

Mit wiegenden Hüften entfernte sie sich. In der Ferne krächzte ein Rabe. Der Junge vergrub das Gesicht in den Händen und fiel auf die Knie. Gegen Mitternacht schlich er sich entlang der dunklen Häuser nach Hause. Am nächsten Morgen nahm er seinen Stock, schulterte sein Bündel und verließ das Land.

Er ging lange Zeit Richtung Norden. In einem Dorf am Ufer eines Flusses lud ein Zauberer ihn ein, sein Brot mit ihm zu teilen. Dieser Mann war mächtig und weise und erkannte, daß das Herz seines Gastes ebenso zart war wie stolz. Er machte ihn zu seinem Lehrling. Der Junge wurde drei Jahre lang von dem Alten unterrichtet. Drei Jahre lang schwieg er. Er hörte zu, aß und schlief, ohne daß ihm ein Wort über die Lippen gekommen wäre. Eines Abends sagte der Alte zu ihm:

»Was hat dich hierhergeführt?«

Der Junge antwortete:

»Die Scham.«

Dann erzählte er ihm von seinem Unglück.

»Ist das alles?« fragte der Zauberer und servierte ihm die Suppe. »Das ist kein Grund, sich zu Tode zu grämen.«

Er nahm zwei Zauberbeutel vom Regal und legte sie dem jungen Mann vor die nackten Füße.

»Mein Junge, geh nach Hause. Verteile, was dieser Beutel vor deinem rechten Fuß enthält, am Rand des Wasserlochs, an dem die Frauen ihre Krüge füllen. Was du mit dem Beutel vor dem linken Fuß tun mußt, verrate ich dir jedoch nicht. Entweder du weißt es, oder du weißt es nicht.«

Im Morgengrauen umarmte der Junge seinen Meister und machte sich auf den Weg.

Als er sein Dorf erreichte, schien der Mond über den Dächern. Am Weg, der zum Wasser führte, verstreute er das weiße Pulver des ersten Zauberbeutels. Dann kletterte er auf einen Baum, der am Fluß stand, und richtete sich dort ein heimliches Nest ein.

Am nächsten Morgen war das Gras von Bohnensetzlingen übersät. Unzählige Schoten leuchteten daraus hervor. Die Frauen, die zum Wasser kamen, stellten ihre Krüge ab, äußerten lautstark ihr Erstaunen und ernteten das Gemüse. Jene, auf die der Junge wartete, kam als letzte, aufrecht und lebhaft. Sie blieb im Schatten des Baumes stehen mit tausend Fragen in ihren dunklen Augen. Mit offenem Mund starrte sie auf den wunderbaren Gemüsegarten. Da hatte der junge Mann einen Geistesblitz. Er lächelte und streute den Inhalt des zweiten Beutels dem Mädchen auf die Schultern.

Er sah, wie sie sich sofort zwischen die Schenkel faßte. Ihr buschiges Ding, mit dem man Liebe macht, fiel aus ihrem

Kleid, und wie ein böses Tier, das aus seinem Käfig ausgebrochen ist, streifte es zwischen den Bohnen umher. Das Mädchen rief ihm zu:

»Komm her zu mir!«

Genausogut hätte man einen Frosch rufen können, der über Seerosen hüpft. Das verstörte Mädchen kreischte so laut, daß seine Mutter herbeieilte. Doch kaum stand sie im Schatten des Baumes, mußte auch sie erleben, wie ihr behaartes Ding auf ihre Sandalen fiel und im dichten Gras hin und her lief. Der Vater kam mit gespanntem Bogen herbeigeeilt, da er glaubte, die Barbaren wären gekommen und würden die Frauen vergewaltigen. Einen Augenblick lang blieb auch er verblüfft stehen und konnte nicht fassen, daß sich sein Finger ohne Nagel, der sonst so stolz zwischen seinen Hoden ruhte, ebenfalls davonmachte. Er schrie, bis er heiser wurde, und rannte mit ausgestreckten Händen seinem behenden Glied hinterher.

Bald war das ganze aufgeschreckte Dorf im dunklen Schatten des Baumes versammelt.

»Das ist seltsam«, sagte einer.

»Das ist ungewöhnlich«, meinte ein anderer. Ganz bestimmt hat jemand sie verhext.«

»Wahrscheinlich«, bemerkte ein alter Mann, hat dieses Mädchen einem unserer Jungen große Schmach zugefügt. Habt ihr es etwa vergessen? Vor fast vier Jahren mußte er das Dorf verlassen. Seine Rache kommt spät, dafür ist sie aber um so einfallsreicher.«

Oben im Baum raschelte es. Alle hoben den Kopf. Der Junge kletterte bedächtig Ast um Ast herunter. Man empfing ihn mit verwundertem Respekt.

Alle scharten sich um ihn.

»Du solltest dich entschuldigen«, befahl der Vater seiner Tochter, während seine Querflöte um ihn herumhüpfte.

Sie verneigte sich vor ihrem ehemaligen Verehrer und stammelte:

»Entschuldigung.«

»Der Scheißer vom Markt sagt: Schwamm darüber«, erwiderte der Junge mit großem Ernst.

Sofort kehrte jedes Geschlechtsteil wieder an seinen Ort zurück.

»Ich möchte heute nacht gern mit dir schlafen«, sagte das beschämte Mädchen.

»Mal sehn, mal sehn«, antwortete der neue Zauberer und tätschelte ihre Wange.

Er machte auf dem Absatz kehrt und ging, von der Menge begleitet, nach Hause.

Man darf den Launen der Frauen nicht nachgeben. Läßt man die Zügel zu locker, tanzen sie bald sogar Gott auf der Nase herum!

Die Frau, die Hündin und der Stachel

Ein Märchen möchte zu Wort kommen.
Es ist wahrhaftiger als deine rechte Hand.
Laß es dir nicht entgehen.
Biete ihm Milch und Datteln an!

Es war einmal eine Frau, die war sehr unglücklich. Jeden Abend nahm ihr Mann sein Abendessen auf ihrem Rücken ein, verprügelte sie, vögelte mit ihr ohne Liebe und schlief dann auf ihr ein. Eines Morgens machte sie sich auf den Weg, um anderswo ihr Glück zu suchen.

Tagelang irrte sie umher. Sie begegnete dem Wind, der ihr die Kleider vom Leib riß. Sie begegnete dem Gewitter, das ihr den Körper wund stieß. Auf einmal spürte sie, wie sich in ihrem Bauch ein Kind rührte. Sie ging weiter, die Hände schützend über den Leib haltend. Die Gegend war einsam und verlassen. Zwischen zwei blauen Blitzen hörte sie in der Ferne einen Hund winseln. In dem hohen Gras entdeckte sie eine Hütte, deren Umrisse sich aus den Nebelschwaden abzeichneten. Sie rannte los. Mit der Schulter stieß sie die wurmstichige Tür auf, fiel hinein und landete auf der gestampften Erde. Sich die Augen reibend, hob sie den Kopf, zog sich jäh bis zur Wand zurück und stöhnte auf.

Im feuchten Halbschatten stand eine Hündin mit schwarzem Fell unbeweglich neben einem männlichen Geschlechtsteil. Es war lebendig, kaum gekrümmt und fest zwischen den zwei haarigen Kugeln eingebettet. Die Eichel bewegte sich leicht hin und her. Die Hündin spitzte die Ohren und neigte sich zu ihr hinunter. Dann richtete sie sich wieder auf und sagte:

»Mein Begleiter, der Stachel, grüßt dich.«

»Sag ihm, ich bedanke mich«, antwortete die Frau, ein Schluchzen schnürte ihr die Kehle zu. Die rauhe Wand rieb ihr den Rücken, die Hände und Hüften auf. Der pralle Pfahl bewegte sich noch immer. Das Tier daneben beugte sich wieder vor.

»Mein Begleiter, der Stachel, möchte wissen, woher du kommst«, erklärte es ernst.

»Mein Mann schlug mich, da bin ich aus unserem Haus geflüchtet. Ich bin immer geradeaus gegangen, vielleicht, um zu sterben, vielleicht aber auch, um zu überleben.«

»So herumzustreifen«, brummte die schwarze Hündin, »mit deinem dicken Bauch, der neues Leben in sich trägt.«

Die Frau schlug die Hände vors Gesicht.

»Mir blieb nichts anderes übrig.«

Drei Schritte von ihr entfernt richtete sich das männliche Glied so hoch auf, daß es fast das Ohr der Hündin beruhrte. Es redete lange, jedoch ohne daß ein Wort zu hören war. Die Hündin übersetzte:

»Mein Gefährte, der Stachel, empfängt dich und segnet dich, da du bald ein Kind zur Welt bringen wirst. Wir haben hier ein Bett, wo du dein Kind zur Welt bringen kannst, dann aber mußt du dorthin zurückkehren, woher du kommst, zu deinem Mann.«

»Ich werde weder Sonne noch Mond wiedersehen«, schrie die entsetzte Frau. »Ihr seid Dämonen, du sprechende Hündin und du lebender Stachel.«

Das Tier erwiderte:

»Ob er ein Stachel oder ein Dämon ist, muß dich nicht kümmern. Er lebt. Du willst das Leben. Er gibt es dir.«

»Ich habe Hunger«, stöhnte die Frau.

»Entzünde ein Feuer und bereite dir eine Mahlzeit.«

Auf der Feuerstelle lag nur ein einziges Reiskorn. Die Frau nahm es und erkundigte sich, wo es mehr davon gebe.

»Hab Vertrauen«, gab die Hündin zur Antwort.

Die Frau brachte einen Kessel voll Wasser zum Kochen und warf achselzuckend das Korn hinein. Der Reis quoll so üppig auf, daß er über den Rand schwappte. Die Frau füllte drei Kürbisschüsseln, verzog sich in eine Ecke und leckte sich die Finger, nachdem sie ihre Portion gegessen hatte. Das Tier verzehrte seinen Reis in aller Ruhe. Der Stachel krümmte seine Eichel und verschlang sein dampfendes Mahl auf einen Schlag.

Am nächsten Morgen griff sich die Verlorene stöhnend an den Leib. Unversehens stand eine alte Frau neben ihrem Bett. Sie strich ihr über die Stirn, half ihr, das Kind zur Welt zu bringen, und legte es in eine Wiege aus Heu. Sie blieb acht Tage, kümmerte sich um das Neugeborene und versorgte die Mutter. Eines Abends verschwand sie wieder. Im Morgengrauen kehrte die Hündin zurück.

»Du wirst uns heute verlassen«, sagte sie. »Wasch dich.«

»Mein Heim ist hier«, erwiderte die Wöchnerin. »Erlaubt mir, hier zu leben.«

Der Stachel schickte sich an, mit dem aufmerksamen Tier zu reden. Nach langem Schweigen hob dieses den Kopf und sagte:

»Nun bist du an der Reihe, Erbarmen mit uns zu haben. Ich begleite dich. Komm vor die Tür.«

Alle drei gingen gemeinsam hinaus.

Vier mit Vorräten, Früchten, Lendenschurzen und Goldschmuck beladene Wagen standen in der Morgensonne. Vor jeden war ein weißer Büffel gespannt. Die Hündin verwandelte sich in einen gutgekleideten Mann und wies den Weg. Die Mutter und ihr Kind folgten dem Zug. In der rötlichen Morgendämmerung gelangten sie ins Dorf. Der Gatte kam ihnen über den Hof entgegen.

»Deine Frau ist zurückgekehrt«, sagte der Übermittler von Wundern ernst. »Sie kam hochschwanger zu uns. Wir haben sie aufgenommen und ihr geholfen, ihr Kind zur Welt zu bringen. Von nun an beschützen Dämonen sie. Gott hat es so gewollt. Verhältst du dich anständig, wirst du leben, benimmst du dich schlecht, werde ich dir die Hölle heiß machen.«

Ohne noch ein Wort zu verlieren, ging er. Eine Hündin mit schwarzem Fell verschwand in der Nacht.

Das Märchen hat gesprochen, nun schweigt es.
Was hat es gesagt? Befrage deine Seele.
Gott ist zu uns herabgekommen, dann wieder hinaufgestiegen.
Gute Nacht, ihr Männer und Frauen!

Wie Schön-wie-eine-schwarze-Lilie einen Ehemann fand

Es war einmal ein mächtiger Häuptling, der seine geliebte Tochter Schön-wie-eine-schwarze-Lilie genannt hatte. Immer wenn er sie betrachtete, leuchteten seine Augen auf. Doch dann kam die für ihn schmerzliche Zeit, da er sie verheiraten mußte.

»Ich will einen starken Mann«, sagte er zu seinen Ministern. »Er soll feinfühlig sein und sein Liebespfahl der stärkste der Welt. Ich möchte, daß er unbesiegbar ist und so unermüdlich, daß er sogar den Mond und seine Sternenherde in Erstaunen versetzt. Nach langem Nachdenken habe ich folgendes beschlossen: Ich gebe meine Tochter jenem zur Frau, der es versteht, mit seinem Lustrüssel die sieben reifen Früchte, die eine leichte Brise auf der höchsten Palme in meinem Hof hin und her wiegt, mit einem gut gezielten Schlag abzutrennen.«

Schnell verbreitete sich die Nachricht im Dorf und in der Umgebung. Jeder schüttelte den Kopf und betrachtete seinen Körper. Niemand wagte es, auf den bezeichneten Baum zu klettern.

Eines Tages kam ein Landstreicher des Wegs. Auch ihm kam das Gerücht zu Ohren, und er sprach beim König vor.

»Herr des Landes, morgen heirate ich Schön-wie-eine-schwarze-Lilie.«

Er war recht mager, aber eitel wie ein Hahn. Man stieß sich heimlich an, zeigte mit dem Finger auf ihn und verspottete ihn.

»He, Vogelständer, he, kleiner krummer Finger, paß auf, daß dich der Wind da oben nicht wegweht.«

»Morgen«, sagte der König zu ihm, »kletterst du auf den Baum. Trenn die Früchte mit einem Hieb deines Stachels vom Baum, und ich halte mein Wort. Gelingt es dir nicht, dann brauchst du erst gar nicht wieder herunterzuklettern, sondern steigst am besten gleich hoch zu unserem Schöpfer. Denn so wahr ich ein Vater bin, ich schwöre dir, sobald du den Boden berührst, bist du einen Kopf kürzer.«

Er lachte übermütig. Der Mann verabschiedete sich schnell.

Der Landstreicher war ein schlauer Fuchs. Geduldig wartete er bis zum Abend. Als die Sonne im Westen ihre Nachtmütze aufgesetzt hatte, schlich er lautlos in einen gut bestückten Hühnerstall, drehte einer kleinen Henne den Hals um, leerte ihr Blut in eine Phiole und begab sich beim Licht des Vollmonds zur Palme im Hof des Königs. Er kletterte hinauf, pflückte die Früchte und band sie mit einem dünnen Faden seines Hemdes wieder an ihren Stiel. Dann kletterte er hinunter und legte sich im feuchten Staub im Schatten einer alten Mauer schlafen, den Kopf auf seinen Beutel gebettet und die Hände über dem Bauch gefaltet.

Früh am nächsten Tag versammelte sich das Volk um den Baum. Der König ließ seinen Sessel hinaustragen. Man wartete auf den Vagabunden. Der kam gähnend in seinen schiefgetretenen Schuhen herangeschlurft. Vor der Palme blieb er stehen. Alle beobachteten ihn mit offenem Mund.

»Beeil dich«, sagte der König. »Mein Frühstück wartet. Ich werde schnell ungeduldig.«

Der Mann umfaßte den Stamm und begann, daran hochzuklettern. Oben angelangt, öffnete er Hemd und Hose, schwenkte seine Kerze aus Fleisch und Blut und zog heimlich die Phiole mit dem Hühnerblut heraus. Mit viel Geschrei goß er es in einem Streich über den Faden, der kaum die üppige Traube aus reifen Früchten zu halten vermochte. Blutgetränkt fielen die Früchte herunter.

»Oh, mein Schwanz! Oh, mein brennendes Flammenschwert«, wehklagte der Vagabund auf der Palme.

»Mein Gott, was für ein Hieb! Er hat sich verletzt«, sagte einer der Männer unten.

»Er ist ein Held«, rühmte ein anderer. »Er fürchtet den Schmerz nicht.«

»Wer leiden kann, verdient, daß man ihn ehrt«, bemerkte ein buckeliger Alter mit hocherhobenem Zeigefinger.

»Die Tochter des Königs hat einen Mann gefunden«, jubelte eine Frau.

Die Hochzeitsfeierlichkeiten dauerten acht Tage. Der König war traurig, doch es blieb ihm nichts anderes übrig, als die vom Baum gefallenen Früchte zu verspeisen und seine Tränen heimlich zu vergießen. Der Vagabund aber zog mit Schön-wie-eine-schwarze-Lilie von dannen.

Bei der ersten Rast am Ufer eines blauen Flusses liebten sich die Frischvermählten im Gras, zärtlich, fröhlich, natürlich wie der neue Morgen. Sie genossen die Liebe dreimal, dann streckte sich der Mann aus und sagte zu seiner Frau:

»Hol Wasser!«

Sie lachte erstaunt.

»Ich habe weder einen Topf noch einen Krug.«

»Zwischen deinen schönen Beinen befindet sich eine Kalebasse. Ich kenne sie, denn ich bin daraus hervorgekommen. Fülle sie und komm damit zurück.«

»Mann, wie soll ich mit meinem behaarten Nest Wasser schöpfen? Der Himmel stehe mir bei«, klagte sie in Tränen aufgelöst. »Mein Mann verliert den Verstand.«

»Ich bin auch nicht törichter als dieser alte König, der für seine Tochter einen Gatten mit einem Stachel voller Sägezähne wollte. Die Liebe ist viel stärker als der Degen am Unterleib. Sie hat mich besiegt. Ich liebe dich.«

Sie nahm ihn in ihre Arme.

»O verrücktester Weiser unter allen Narren dieses Landes!« rief sie entzückt.

Gemeinsam gingen sie weiter. Und zu der Stunde, da ich verstumme, leben die Nachkommen ihrer Kinder noch immer auf der Welt.

Froschmann, Katze und Schön-Huhn

Froschmann, Katze und Schön-Huhn waren drei Vagabunden. Sie zogen bis ans Ende der Welt, kehrten zurück und setzten sich schließlich zwischen die Pfoten Gottes.

»Laßt uns ein Haus bauen«, meinte Schön-Huhn zu den anderen.

»Wozu?« fragte Froschmann. »Ich hasse es, ein Dach über dem Kopf zu haben.«

»Ich mag nur die Fenster. Ich beneide die Vögel«, sagte Katze. »Und zudem habe ich Appetit auf dich. Ich glaube, meine Krallen sind ganz verliebt in dich. Bau dein Haus lieber ohne mich.«

Schön-Huhn machte sich daher allein aus Rundholz, Blättern und Zweigen ein Haus.

Ein Gewitter zog auf mit Donner und Regen.

»Schön-Huhn, ich bin's«, rief Froschmann von draußen. »Mach schnell auf, ich werde naß.«

»Du Idiot, du Einfaltspinsel, du beschmutzt meinen Teppich.«

»Tausend Millionen Wasserjungfern«, grölte der andere. »Ich rufe gleich Katze. Du hast sie ja gehört, sie liebt schöne Hühner. Sie wird dich auf der Stelle verschlingen.«

»Leiser, Froschmann, leiser. O weh, wenn sie aufwacht! Ich öffne dir. Komm ins Warme.«

Froschmann trat ein, schüttelte sich, schaute sich links und rechts um, trat ans Bett, befühlte es und sagte, die Augen rollend:

»Kann ich da drin schlafen?«

»Welche Unverfrorenheit«, japste Schön-Huhn. »Das ist mein Bett, ich schlafe allein darin.«

»Gut, gut, ich rufe Katze. Gerade hat sie mir gesagt, sie denke viel an dich. Ihr laufe schon das Wasser im Mund zusammen. Sie wird sich freuen.«

»Ich habe ja nur Spaß gemacht«, stammelte Schön-Huhn.

Zitternd machte sie sich im Raum zu schaffen, warf einen vorsichtigen Blick durchs Fenster und schüttelte die Daunendecke zurecht.

»Liegst du bequem? Soll ich das Bettlaken einschlagen?«

»Meine Schöne, komm her zu mir«, erwiderte Froschmann mit halb geschlossenen Lidern. »Oh, wie gern würde ich diese warme Stelle zwischen deinen runden Schenkeln berühren.«

»Du Ungeheuer, du Gauner, schamlose Pestbeule, stinkende Bestie!«

Fast wäre Schön-Huhn erstickt, laut schnappte sie nach Luft.

»Ich beherberge hier einen besessenen Eindringling. Ein Bandit kommt ohne meine Einladung her, und dann will er mich noch an meiner intimsten Stelle berühren. Wo kämen wir denn da hin, mein Gott, wenn ich nicht aufpassen würde.«

Froschmann stand auf, öffnete die Luke halb und rief:

»Katze, komm her. Schön-Huhn wartet auf dich, sie möchte dir ihre Knochen anbieten.«

»Nicht so laut, Unseliger! Wenn sie dich hört, bin ich tot.«

Sie wurde ganz klein, bekreuzigte sich dreimal und ergab sich dann mit der Miene eines Märtyrers der Begierde des Froschmannes:

»Also, dieses eine Mal gebe ich nach. Du kannst mich anfassen, aber sei leise.«

Froschmann liebkoste, kitzelte, wühlte, schmeichelte und keuchte. Schließlich fragte er:

»Kann ich mein Ding in dein Loch stecken, Schön-Huhn?«

»Nein, das erlaube ich dir nicht. Berühren ja, aber nicht mehr. Wo kämen wir hin, wenn ich nicht aufpassen würde?«

»Katze!« schrie Froschmann. »Schön-Huhn ist fertig! Komm, ich mache Feuer, du nagst die Knochen ab, ich behalte die Federn.«

Schön-Huhn ließ sich auf ihn fallen und hielt ihm den Mund zu.

»Dring ein, wenn du unbedingt willst, aber schweig, du brutales Tier. Dieser Teufel alarmiert noch die ganze Nachbarschaft! He, wenn man so etwas macht, muß man diskret sein.«

Sie nahm seinen Sporn und führte ihn höchstpersönlich dort ein, wo er es wollte.

»So. Bist du jetzt zufrieden? Hm, das ist gut. Stärker. Mein Gott, was macht er mit mir. Oh, tut der gut, der Bock. Weiter, weiter, weiter.«

»Es reicht, ich bin bedient. Zu viel Liebe ist bitter«, seufzte Froschmann am Ende der Liebesnacht.

»Komm ins Bett zurück, mein Schöner«, girrte Schön-Huhn. »Von der Liebe kann man nie genug bekommen.«

So sind die Männer und so die Frauen. Ich begehre dich, du entziehst dich. Ich halte dich umklammert, wer ist nun gefangen?

Das Mädchen, das einen Knochen suchte

Es war einmal ein Riese, der war faul wie ein Nilpferd. Eines Tages erbte er ein Bohnenfeld. Er legte sich an den Rand und schlief einhundert Tage im Schatten von einhundert Bäumen. In der hundertundersten Nacht schlenderte er ins Nachbardorf. Dort versammelte er alle Mädchen um sich.

»Mein Boden ist in einem erbärmlichen Zustand. Er braucht euch. Kommt und helft mir, ihn zu bearbeiten. Für einen Tag Arbeit gibt es eine Lammkeule.«

Das war ein guter Lohn, daher folgten sie ihm alle.

Als der Abend hereinbrach, röstete jede ihren Braten. Eine von ihnen verschlang das Fleisch mitsamt dem Knochen. Ein Hund bellte hinter ihr her, er wollte seinen Anteil am Mahl. Sie verjagte ihn, doch er folgte ihr.

»Geh weg!« schrie das Mädchen und fuchtelte abwehrend mit den Händen.

»Wo du hingehst, da geh auch ich hin«, erwiderte der Hund.

»Was willst du böses Tier denn?«

»Den harten Knochen unter dem Fleisch.«

»Wenn das alles ist, damit du verschwindest, dann warte auf mich. Ich hole ihn.«

Eine Ziege weidete auf der angrenzenden Wiese. Dorthin begab sich das Mädchen.

»Gib mir ein Geißlein, gute Mutter, ich brauche seine Knochen.«

»Gern«, erwiderte die Ziege, »aber sieh, mein Gras wächst kärglich und ist voller Steine. Bring mir zuerst ein paar saftige Blätter.«

Unter der sengenden Sonne stand ein hoher Baum. Sie lief zu ihm.

»Die Ziege möchte deine saftigen Blätter kosten. Baum, sei großzügig, fülle meine offenen Arme.«

»Sieh dir meine Zweige an, sie sind leer. Bitte Gott um ein erfrischendes Gewitter. Wenn ich wieder Blätter habe, bekommst du sie.«

Das Mädchen machte sich auf den Weg, um Gott in seiner blauen Höhle aufzusuchen.

»Herr, alles geht zugrunde. Deine Tochter bittet dich, deinen Garten zu bewässern.«

»Das Tamtam allein hat die Macht, am Himmel die Wolken zusammenzuballen. Sorge dafür, daß die Trommeln geschlagen werden, und es wird regnen.«

Das Mädchen kehrte ins Dorf zurück.

»An die Arbeit, Trommler, spiel für mich das Lied vom Regen.«

»Ich kann nicht, ich bin nicht in der Stimmung dafür. Denn ich liebe deine jüngere Schwester, aber sie flieht vor mir.«

»Meine Schwester, meine Schwester«, rief das Mädchen, als es zu seiner Hütte zurückkehrte.

»Ich verschenke meinen Körper und mein Herz nur auf einem Pferd mit schwarzem Hals«, erwiderte ihr die Begehrte.

Das Mädchen suchte bis zum Abend. Zwischen Mond und Sonne erschien der schöne Hengst. Er löschte seinen Durst am Fluß. Sie tätschelte seinen Hals.

»Komm und trage meine Schwester zur Liebe.«

Der Hengst sagte, das Maul ins Wasser getaucht:

»Ich folge dir, wohin du willst, wenn du mir ein Huhn ohne Federn vor die Hufe legst.«

Nachts entdeckte sie auf einem Weg ein nacktes Huhn, das auf einer dunklen Schwelle herumpickte. Sie trat ein und erblickte einen Mann, der seine Suppe löffelte.

»Hör mal, ich kann dir nichts geben. Doch wenn es dir recht ist, Mann, hätte ich gern dein Huhn mit den mageren Flügeln.«

»Wenn du mit mir schläfst, kannst du es im Morgengrauen mitnehmen.«

Das Mädchen entkleidete sich, legte sich auf den Boden, breitete die Arme aus und spreizte die Beine. Dann empfing es den Mann und verschaffte ihm Lust, an der auch sie ihre Freude hatte. Am nächsten Morgen trennten sie sich.

»Ob du zurückkommst oder nicht, sei gesegnet. Nimm, was du willst.«

Das Mädchen machte sich mit dem Huhn auf den Weg. Das Pferd fand sich bei der jüngeren Schwester ein, diese wiederum beim Trommler. Die Trommel blähte die Wolken auf, und Gott sorgte dafür, daß sie sich öffneten. Regen fiel auf die Erde, und sofort ergrünte der Baum. Die Ziege verschlang die Blätter und gab dem Mädchen ein Zicklein. Und der Hund bekam seinen Knochen.

Es ist spät, meine Geschichte ist müde. Möge sie im Ohr gut einschlafen und im Munde wieder erwachen, wie die Sonne an einem neuen Morgen.

Der junge Mann mit den drei Liebschaften

Es waren einmal drei Jungen mit staunendem Herzen. Ihre Augen sprühten vor Fröhlichkeit, ihre Brust war stark, und ihre Schenkel glänzten wie schwarzer Marmor. An einem sonnigen Morgen begaben sie sich gemeinsam zum Haus des Königs. Der erste sagte:

»Herr, leih mir dein Pferd und laß mich darauf reiten. Wenn das geschehen ist, wird mein Leben sein wie ein Becher, der bis zum Rand mit einem berauschenden Trank gefüllt ist. Dann kannst du mich töten.«

Man führte ihm das königliche Reitpferd vor. Er sprang in den Sattel, gab dem Pferd die Sporen und ritt davon. Später kehrte er zurück und legte sein Haupt auf die Erde. Ein Säbel sauste auf seinen gesenkten Kopf nieder. Der König knackte zwei Nüsse.

»Und was willst du?« fragte er den zweiten Jungen.

»Herr, ich möchte gern das zarteste Lamm auf deiner Weide verspeisen. Wenn das geschehen ist, wird mein Leib voll sein wie eine gefüllte Truhe. Dann kannst du mich töten.«

Bald wurde ihm das Lamm auf einem Tisch mit weißem Tischtuch serviert. Der Junge verspeiste es, wischte sich die Wangen und das Kinn, erhob sich und lächelte. Ein Säbel drang ihm durch Herz und Schulter. Dann trat der dritte vor den König.

»Herr, ich liebe deine Tochter. Ich muß heute nacht in ihrem Bett schlafen. Habe ich das getan, so bin ich an der

Schwelle des Paradieses angelangt. Dann kannst du mich töten.«

Der Junge wurde in ein rotes Schlafgemach geführt. Die Prinzessin lag nackt auf einem breiten Bett. Er ließ seine Lippen über ihren ganzen Leib gleiten, öffnete ihre Schenkel, drang in sie ein und bereitete ihr fünfmal größte Lust. Als die Nachtigall im Morgengrauen ihr Lied anstimmte, sagte sie zu ihm:

»Ich höre meinen Vater! O mein hinreißender Geliebter, rette dich!«

Das Mädchen öffnete das Fenster. Er schlich mit nackten Füßen durch das taunasse Gras.

Gegen Mittag gelangte er auf einem morastigen Weg zum Ufer eines breiten Flusses. Dort sah er auf einem Felsen ein Mädchen und seine Mutter. Sie hielten sich weinend die Hände vor den Mund, blickten zum anderen Ufer und schluchzten erbärmlich. Stammelnd erklärten sie dem erstaunten jungen Mann:

»Wie sollen wir da hinüberkommen, ohne daß Krokodile und Flußpferde unsere Beine und Arme fressen?«

Der Junge beugte sich über sein Spiegelbild im Wasser.

»Großer Fluß«, rief er, »welchen Preis verlangst du für ein Kanu und zwei Ruder?«

Der Fluß erwiderte:

»Junge, recht wenig. Nur ein Leben, mehr nicht.«

Das Mädchen näherte sich, ergriff die Hand des jungen Mannes und forderte ihn mit zarter Stimme auf:

»Gehen wir ins Gebüsch.«

Eilig zerrte sie ihn in den feuchten Halbschatten. Dann zog sie ihr Hemd aus und sagte zu ihm:

»Liebe mich. Dein Gesicht gefällt mir, dein Körper riecht nach Süßholz, und dein Stab aus Fleisch und Blut bringt mein Inneres in Wallung.«

Ihrer beider Lust störte einen Schwarm Turteltauben auf, der sich in die Lüfte schwang. Als sie sich wieder ankleidete, sagte sie:

»Was für ein guter Liebhaber du bist! Opfern wir meine Mutter dem Fluß und überqueren ihn. Wo du hingehst, dahin gehe auch ich. Ich werde deine Dienerin sein.«

Als sie zum Ufer zurückkehrten, tauchte die Alte bereits in den Fluß und verabschiedete sich weinend und klagend von den weißen Vögeln. Da kam ein Kanu und legte an der Böschung an. Sie sprangen hinein. Es trug sie hinüber zum anderen Ufer.

Als sich im Westen die Abendröte zeigte, erblickten sie zwischen den Affenbrotbäumen ein Dorf. Der Häuptling empfing sie. Er war alt und beleibt und besaß nur einen einzigen Vorderzahn, doch in seinen Augen funkelten zwei boshafte Monde. Er reichte dem jungen Mann eine Rindskeule und sagte zu ihm:

»Reisender, ich bin am Ende meines Lebensweges angelangt. Ich sterbe gern, aber zuerst muß ich für die Zukunft sorgen. Siehst du diese drei Kessel? Ich schenke dem, der errät, was sich in ihrem Eisenleib verbirgt, meinen Besitz, meine Macht und meine Tochter.«

Der Junge erwiderte:

»So Gott will, versuche ich morgen mein Glück.«

Er aß sich gehörig satt und ging in den Garten, um die Sterne zu betrachten. Die älteste Tochter des Häuptlings setzte sich neben ihn. Den Blick zum Himmel gewandt, sagte sie:

»Auch unter dem Laken meines Bettes ist die Nacht wunderschön.«

Sie vereinigten sich, und erst im Morgengrauen trennten sich ihre Körper. Das Mädchen seufzte:

»Mein teurer Geliebter, du sollst heute König dieses Dorfes werden. Im ersten Kessel sind drei Haare von mir, im zweiten drei weiße Barthaare, und im dritten hat mein alter Vater drei ehrwürdige Haare vom Leib meiner Mutter verborgen. Komm, lieben wir uns noch einmal, bevor die Sonnenstrahlen durch die Vorhänge dringen.«

»Sieben Jahre«, verkündete ihm der Häuptling, der auf einem erhöhten Platz saß, während die Menge in laute Hochrufe ausbrach, »sieben Jahre lang, mein Sohn, waren diese Kessel genauso stumm wie Gott. Doch zu dir haben sie gesprochen. Sei gepriesen. Du sollst meinen Platz einnehmen.«

Er überreichte ihm das Zepter und seinen Kopfschmuck aus Perlen. Da tauchte aus der Menge ein Geist auf. Doch nur der Junge sah ihn. Er schimmerte durchscheinend, aber sein Gesichtsausdruck war ernst.

»Den ganzen Weg über habe ich dir bis zu diesem Glückstag die Hand gehalten«, hauchte er mit leiser Stimme zwischen den niedrigen Ästen. »Jetzt bist du auf dem Höhepunkt deines Lebens angelangt. Was gibst du mir für deine Thronbesteigung?«

»Was ich besitze, ist dein. Nimm, was dir gefällt, o alter, nicht faßbarer Vater.«

»Junge, von deinen beiden Frauen nehme ich heute abend jene in den heiligen Hain mit, die dich mehr als ihre Mutter geliebt hat. Sie wird unsichtbare, mächtige Kinder bekommen. Diese werden später deinen Söhnen auf ihren Wegen zur Seite stehen.«

Nachdem er diese Worte gesprochen hatte, verschwand er mit dem Schrei eines schwarzen Vogels. Meine Geschichte ist ihm gefolgt. Wenn er sich bei dir niedergelassen hat, dann preise den Windstoß, der das Fenster geöffnet hat.

Wer?

Ein Junge und sein Mädchen schlenderten am Fluß entlang, ihre Herzen einander zugeneigt. Tausende verliebte Sonnen spielten mit den Wassern des Flusses. Der Junge schwieg, und das Mädchen glaubte, Engel zwischen Himmel und Erde schweben zu sehen. Als sie am Schilf vorbeikamen, brach er einen grünen Zweig und spitzte ihn mit dem Nagel.

»Was willst du damit tun?« fragte sie.

Der Junge piekte sie zärtlich in die linke Pobacke. Sie stieß einen piepsenden Schrei aus und ließ sich ins Gras fallen.

»Komm, liebe mich«, forderte sie ihn auf.

Wer empfand als erster Lust? Wer von beiden begehrte den anderen? Er lag auf ihr, sie auf ihm, wer war König und wer Bettler?

Du stellst zu viele Fragen. Ob du einen strammen Pfahl hast oder eine Höhle, wer hat dich so gemacht, wie du bist?

Die arabische Welt

Die Eltern des Herzens der Welt

Eines Tages formte Gottvater die Welt. Er setzte ein Menschenpaar hinein. Beide lebten fortan im geheimen Herzen der Welt, kannten weder Sonne noch Bäume, weder Sterne noch Berge. Jeder stellte für den anderen einen bezaubernden Spiegel dar. Sie fühlten sich einander sehr ähnlich.

An einem düsteren Morgen, als sie sich an eine dunkle Quelle drängten, stießen sie mit ihren Köpfen aneinander.

»Du hast mir weh getan«, maulte der Mann.

»Ich habe Durst, geh zur Seite«, forderte die Frau.

Sie gebrauchte ihre Ellbogen, er packte sie bei den Haaren. Sie zerkratzte ihm das Gesicht, er grollte und versetzte ihr eine Ohrfeige, die sie zu Fall brachte. Da löste sich die Schnur um ihre Taille, und ihr Gewand öffnete sich. Staunend sah er ihre nackten Schenkel, ihr behaartes Dreieck, ihre Spalte. Seine Frau hatte nichts an der Stelle, an der er plötzlich seltsame Regungen wahrnahm. Er beugte sich über sie, beschnüffelte und betastete sie, schob einen Finger hinein und sagte:

»Das ist ja warm und weich.«

»Das ist gut so«, erwiderte sie.

Auch sie berührte ihn. Aufgewühlt murmelte er:

»Oh, an der Stelle, die deine Hand berührt, wächst mir ein Horn. Spürst du, wie hart es ist?«

»Es zuckt, es besitzt ein Herz, es ist lebendig.«

Ihr Atem vermischte sich. Sie vereinigten sich acht Tage lang und kosteten ihre Lust zur Gänze aus.

Neun Monate später gebar die Frau vier Töchter. Nach weiteren neun Monaten vier Söhne. Jedes Jahr gebar sie weitere vier Kinder, die die Höhle im Mittelpunkt der Erde bevölkerten. Sie berührten sich nur zufällig im Dunkeln, sahen sich nicht und kannten sich nicht. Als es fünfzig Mädchen waren, gingen sie zusammen nach Norden, und die fünfzig Söhne bewaffneten sich mit Messern und begaben sich nach Osten.

Die Mädchen wanderten sieben Jahre durch den Fels. Eines Tages erblickten sie über sich ein Stück Himmel. Sie kletterten einen grauen Kamin hoch bis zur Sonne. Hier breiteten sie die Arme aus und atmeten die Luft, die durch die Bäume strich. Auch die Söhne irrten mit gekrümmtem Rücken durch das undurchdringliche Dunkel. Nach sieben Jahren entdeckten sie am Ende eines Tunnels ein blaues Licht. Sie liefen darauf zu. Ein frischer Wind strich ihnen über das Gesicht. Sie gelangten zu einer schroffen Klippe, verweilten lange dort, eng aneinandergepreßt, und betrachteten Nebelschleier von einzigartiger Schönheit.

Dann setzten sie ihren Weg fort. Eines Morgens gelangten sie an einen Fluß. Am gegenüberliegenden Ufer standen Wesen, die genauso aussahen wie sie: Es waren die Mädchen. Da riefen die Jungen:

»Kommt näher, wir können euch kaum sehen.«

»Wir sind menschliche Wesen«, erwiderten die Schwestern, »wir wurden unter der Erde geboren. Und ihr, wer seid ihr?«

»Menschliche Wesen wie ihr. Wir würden gern wissen, wer die Welt erschaffen hat.«

»Wir haben das Gras und die Sterne gefragt. Sie haben geantwortet, daß sie unseresgleichen seien, wissend und unwissend wie wir.«

Die Jungen sagten zum Fluß:

»Wie sollen wir dich überqueren? Warum können wir nicht auf deinem Rücken gehen?«

Der Fluß gab zur Antwort:

»Ich bin das wohltuende Wasser. Liebt mich, so erfahrt ihr es. Begebt euch zu meiner Quelle. Ein Schritt genügt, Kinder, und ihr seid am anderen Ufer.«

»Mädchen, folgt uns!« riefen die Jungen und schwenkten die Arme.

Alle setzten sich in Marsch, jeder auf seiner Seite.

So gelangten sie vom Fluß zum Bach und schließlich zur Quelle.

»Es ist heiß, laßt uns baden«, sagten die Jungen.

Sie warfen ihre Kleider fort, die sich in den Büschen verfingen. Die erschreckten Mädchen entfernten sich vom Ufer. Doch drei kehrten zurück, angelockt durch das Gelächter und die seltsame Begierde, die ihren Leib erhitzte. Sie versteckten sich hinter einem moosbewachsenen Felsen.

»Seht nur, meine Schwestern«, sagte die eine, »zwischen den Schenkeln baumelt ihnen ein seltsames Ding.«

»Seht ihre Brust an, sie ist flach«, meinte eine andere.

»Oh, mein Herz schlägt zum Zerspringen«, murmelte eine dritte.

»Spürt ihr auch diese Unruhe, die mich erfaßt hat?«

Doch schon kehrten die Jungen klatschnaß zum Ufer zurück.

Sie spielten und riefen:

»Schichten wir Steine auf und bauen ein Dorf. Dort schlafen wir besser als in der kühlen Nachtluft.«

Sie hoben den Kopf und sagten zu den Ulmen, Kastanien, Kiefern und Mandelbäumen:

»Bitte, gebt uns Zweige und Blätter, wir brauchen sie, um unsere Häuser zu decken.«

Während die Jungen eifrig Steine sammelten, warfen die Mädchen neugierige Blicke zum Waldrand und pflückten Maulbeeren.

»Was tun die Jungen?« fragte eine.

»Sie schichten Steine auf und schälen Rinde von Baumstämmen.«

»Sehen wir uns das näher an«, sagten die drei Mutigsten.

Unter den Dorfjungen war jedoch ein Unhold. Er wohnte allein, war immer mürrisch, besaß Krallen wie ein Raubvogel und war haarig wie ein Bär. Er sah, wie die gewitzten Mädchen vorsichtig die schattigen Mauern entlangschlichen. Er sprang sie an. Kreischend flüchteten sie. Die Jungen, die beobachteten, wie sie über die Büsche sprangen, liefen ihnen hinterher. Auch die Schwestern der Verfolgten eilten an den Waldrand und warfen sich der

Gruppe entgegen. Der Kampf, kurz und heftig, schreckte tausend verängstigte Vögel auf. Zerfetzte Kleider enthüllten Brüste und Geschlechtsteile. Die Mädchen stürzten sich auf die Jungen und spürten sogleich, wie diesen zwischen den Schenkeln etwas Unbekanntes, Lebendiges, Feuriges wuchs. Neugierig befühlten sie es, und behutsam ließen sie das Glied in die heiße Stelle zwischen ihren Schenkeln gleiten. Sie hatten ihre Feinde niedergeworfen ins Gras. Wer war Sieger und wer Besiegter? Die Schlacht endete in Liebesseufzern.

Unter den Mädchen befand sich eine rauhbeinige junge Frau. Sie liebte den Wilden. Gemeinsam gingen sie in den Wald, um dort zusammenzuleben. Sie wurden die Stammeltern der Menschenfresser, von denen wir aber nicht abstammen. Wer hat die Welt erschaffen? Seit grauer Vorzeit antworten uns die Gräser und die Sterne, daß sie unseresgleichen seien, unsere Schwestern, wissend und unwissend wie wir.

Der Pflüger feuchter Furchen

Es waren einmal drei tapfere Brüder. Einer war Maurer, der andere Tischler und der jüngste – und pfiffigste – war Pflüger feuchter Furchen. Als ihr Vater starb, schlossen sie das Haus ab, warfen den Schlüssel fort und machten sich auf, die Welt zu erobern.

Nach einem viertägigen Marsch gelangten sie in ein Dorf. Auf dem Platz stand ein weißes Haus mit einem Portal aus blauen Eisenbeschlägen. Sie traten in den Hof. Im Schatten eines Feigenbaums saß ein Mann, der in einem großen viereckigen Buch las. Es war der Dorfrichter.

»Friede sei mit Euch, Herr, wir suchen Arbeit.«

»Guten Tag. Was könnt ihr denn?«

»Ich bin Maurer«, sagte der eine.

»Ich bin Tischler«, erklärte der andere.

»Und ich«, stellte sich der jüngste Bruder vor, »bin Pflüger feuchter Furchen.«

Der Richter runzelte die Stirn.

»Was ist denn das für ein Beruf?«

»Fragt Eure Frau, sie findet gewiß Verwendung für mich.«

Die Frau kam herbei. Sie war jung. Der alte Richter ergriff ihre Hand.

»Meine Liebste, klär mich auf. Von den drei Jungen, die du hier siehst, scheinen mir zwei solide Berufe zu haben, aber der dritte verwirrt mich. Er ist, wie er uns versichert, Pflüger feuchter Furchen.«

»Ah, einen solchen habe ich gerade gesucht«, sagte die Schöne, und eine leichte Röte stieg ihr in die Wangen. »Er soll zu mir kommen, ich habe Arbeit für ihn.«

Der Richter kratzte sich den Bart, verblüfft wie ein Stummer unter Singvögeln.

»Wenn du Arbeit für ihn hast«, sagte er und küßte ihre Finger, »dann nimm ihn mit und beschäftige ihn sinnvoll.«

Der Junge wurde in ein hübsches Zimmer mit geschlossenen Fenstern gebracht. Am Abend besuchte ihn die junge Ehefrau mit kandierten Früchten und köstlichen Getränken. Sie setzten sich auf das Bett, naschten von den Früchten und nippten an den Getränken. Schließlich fragte sie:

»Junge, nun rate einmal: Worin besteht das Geheimnis, das ich dir nicht verraten kann?«

»Unter deinem Gewand befindet sich eine kostbare Frucht, die ich mit Wonne kosten werde.«

»An die Arbeit, Pflüger«, forderte sie ihn auf.

Er entkleidete sie, legte sie aufs Bett und liebte sie volle drei Stunden lang. Ihr schwand fast das Bewußtsein. Sie wagte neue Spiele mit ihm und verlor jede Hemmung, galoppierte mit ihm bis ans Ende der Welt und kehrte mit hängenden Zügeln zurück. Als alles gesagt, getan und nochmals getan war, bemerkte sie:

»Pflüger feuchter Furchen, ich stelle dich ein auf Lebenszeit.«

Er erwiderte:

»Das geht leider nicht, Gnädigste.«

»Bleib zumindest einen Mond, du einmaliger Mann. Zum Lohn gebe ich dir einen Vogel, der goldene Eier legt.«

Einen Monat lang trieb der Junge es mit der Gattin im Liegen, im Stehen, von vorne, von hinten und kopfüber. Dann sagte er zu seinen Brüdern:

»Meine Arbeit nähert sich dem Ende. Und eure?«

»Sie ist bereits beendet.«

»Dann laßt uns losziehen. Gott zeige uns den Weg!«

Frühmorgens brachen sie auf.

Nach fünf Tagen kamen sie in ein Dorf. Durch ein sonniges Gäßchen gelangten sie zum Haus eines Kaufmanns, der fett war wie eine Weihnachtsgans. Im Hof striegelten Stallknechte die Pferde. Der Mann aß im Schatten eines Olivenbaums getrocknete Feigen.

»Gott segne dieses Haus. Habt Ihr Arbeit für uns? Mein großer Bruder ist Maurer, der andere Tischler, und ich bin Pflüger feuchter Furchen zu Euren Diensten.«

»Ich verstehe«, grummelte der Dickwanst.

Aber er hatte es nur so gesagt und sah verständnislos drein.

»Die Damen schätzen meine Talente«, fügte der Junge mit einem einnehmenden Lächeln und verschwörerischem Augenzwinkern hinzu.

Der Kaufmann nickte. Nur mit Mühe verbarg er sein Unverständnis.

»Ich verstehe«, wiederholte er.

Aber es war offensichtlich noch immer nur eine Redensart. Dann rief er seine Frau.

»Ich habe da jemanden für dich. Er verrichtet irgendwelche Arbeiten in feuchten Gärten.«

»Oh, ich verstehe«, hauchte die Gattin mit einem Funkeln im Blick.

Ohne Zweifel wußte sie mehr als ihr Gatte. Sie führte den jungen Mann zu ihren Gemächern. Sie war in dem Alter, in dem »noch« und »schon« das gleiche Gewicht haben. Gewiß war sie von einnehmendem Äußeren, aber ihr Spiegelbild bereitete ihr zuweilen Kummer. Kurzum, sie hatte keine Zeit zu verlieren (was sie ihm zu verstehen gab, nachdem sich die Tür hinter ihnen geschlossen hatte). Stöhnend entledigte sie sich ihrer Kleider.

Am nächsten Morgen lag sie mit glühendem Leib auf dem zusammengebrochenen Bett, den Kopf auf dem Boden und die Beine auf dem Kissen.

»Hör zu«, seufzte sie mit leiser Stimme, »mein atemberaubender Pflüger, nimm dir, was du willst. Diese Nacht der Nächte, die ich mit dir verbracht habe, ist unbezahlbar. Was willst du? Meine Katzen? Meinen Mann? Meine Vergangenheit, meine Zukunft? Mein Haus und meine zwanzig Dienerinnen?«

»Dieses goldene Pferd da wäre eine schöne Erinnerung«, sagte der Junge und schnallte seinen Gürtel um.

Sie hob matt die Hand.

»Dein Wunsch soll dir erfüllt werden. Nimm es, ich schenke es dir«, sagte sie.

Der Maurer und der Tischler erledigten ihre Arbeit für zehn Taler. Bei Sonnenaufgang machten sich die drei wieder auf den Weg und ließen sich den Wind um die Ohren wehen.

Nach sechs Tagen erreichten sie ein weiteres Dorf. Die Fassaden der Häuser lagen zur Hälfte im Schatten, zur

Hälfte im blendenden Sonnenlicht. Geführt wurde es von einem alten Soldaten mit eindrucksvollen Narben. In seinem Garten standen drei Bäume, die einen duftenden Brunnen beschatteten. Sein geräumiges Haus war kühl, ebenso seine Gemahlin. Der alte Sóldat empfing die Reisenden auf der Schwelle zum Speisezimmer.

»Pflüger feuchter Furchen?« fragte er und zog nachdenklich die buschigen Augenbrauen zusammen. »Ihr seid bestimmt Fremde?«

»Herr«, erwiderte der Junge, »ich bin nur den Frauen nützlich.«

»Ja, das scheint mir auch so. Also begebt Euch zu meiner Gattin, die Tür links am Ende des Flurs.«

Er ging schnurstracks zu ihr. Was er dort trieb, beobachteten allein zwei Tauben, die in einem silbernen Käfig auf ihrer Stange saßen. Am nächsten Morgen sagte die Frau, das Laken über den Kopf gezogen und Sonnenlicht auf ihren Schenkeln:

»Sei gepriesen, du wundervoller Lüstling! Wenn ich an die Glut denke, die mich heute nacht erfüllt hat, wird mir ganz heiß. Gott! Geh, ich werde dich nie vergessen.«

Sie war schwärmerisch, aber auch fromm.

»Dies ist für deine Mühe – und für die Lust, die du mir bereitet hast«, sagte sie.

Sie deutete auf eine Puppe mit goldenen Wangen, die auf dem Sofa saß. In ihren Augen funkelten zwei Diamanten, weitere verbargen sich im Nasenwinkel unter Schönheitspflästerchen. Der Junge sagte:

»Vielen Dank, gnädige Frau.«

Er ruhte sich drei Wochen aus. Dann verkündete er eines schönen Morgens seinen beiden älteren Brüdern:

»Ich ziehe jetzt allein weiter. Lebt wohl.«

Nach sieben Tagen anstrengenden Marsches gelangte er in eine Stadt mit viereckigen Türmen, breiten Wällen, schlanken Minaretten, die im Mittagslicht hoch aufragten, und Märkten, auf denen es von Dieben, gewieften Händlern, grauen Eseln, Klatschbasen und Abenteurern nur so wimmelte. Eine einsame Prinzessin regierte über diese reiche Stadt. Vor kurzem war ihr Gatte gestorben. Unter den Fenstern ihres Schlafgemachs befand sich eine versteckte Wohnung. Der Junge mietete sie für ein paar Kupfermünzen.

Als es dunkel wurde, griff er nach seinem alten Wanderschuh und schlug damit, die ganze Nacht hindurch, an die Wand. Am Morgen rief die Prinzessin nach ihrer Dienerin.

»Ich möchte wissen, welcher Rüpel es wagt, von der Dämmerung bis zum ersten Hahnenschrei meine Nerven so zu strapazieren. Ich verlange eine untertänigste Entschuldigung. Schnell, Bohnenstange, geh und erkundige dich.«

Das Mädchen begab sich zum Nachbarn.

»Wie«, fragte dieser, »ich habe deine Herrin gestört? Welch ein Unglück! Was ich heute nacht getan habe? Dieser Vogel hier legt jede Nacht drei goldene Eier. Bei solchen Werken bedarf es der Gunst des Mondes, deshalb habe ich zu einer Zeit gearbeitet, in der deine Herrin ihre Ruhe pflegt. Übermittle ihr mein Bedauern.«

Bohnenstange klatschte angesichts des wunderbaren Vogels vor Freude in die Hände und blieb einen Moment mit offenem Mund stehen. Dann kehrte sie in das Zimmer zurück, in dem ihre junge Herrin gerade vor einem prachtvollen Spiegel gekämmt wurde.

Sie erzählte, was sie gesehen hatte.

»Goldene Eier, tatsächlich? Drei am Tag?« sagte die Prinzessin. »Ich will den Vogel haben. Geh, kauf ihn und komm schnell zurück.«

Die Dienerin eilte davon, fragte den jungen Mann nach dem Preis für den Wundervogel und wartete atemlos.

»Ich verkaufe ihn nicht, ich verschenke ihn nur«, antwortete der Pflüger feuchter Furchen. »Ich will die Brüste deiner Herrin sehen. Wenn sie diese vor mir enthüllt, gebe ich ihr den Vogel zum Geschenk.«

Die erschöpfte Bohnenstange wiederholte stammelnd die Bedingungen *sine qua non.* Die Prinzessin war sehr verärgert.

»Wie dreist! Ich sterbe vor Scham! Niemals! Schade, reden wir nicht mehr davon.«

Sie zog sich zurück, dachte nach, kam wieder, zögerte kurz und sagte:

»Nun, wenn er so wertvoll ist, daß er Wunder bewirkt, muß man eben Opfer bringen. Sieht dieser junge Mann wenigstens gut aus? Ich verlange auf jeden Fall, sag ihm das, daß er sich in gebührendem Abstand hält. Los, so hol ihn schon her!«

Noch am selben Abend thronte der Vogel auf ihrer Kommode.

Am nächsten Morgen:

»Dieser Mann ist ein Dämon, ich lasse ihn hängen! Du lieber Himmel! Hast du gehört, was für einen Radau er wieder veranstaltet hat? Sag, was hat er diesmal gemacht? Weißt du es, Bohnenstange? Hat er ein neues Meisterwerk geschaffen? Glaubst du wirklich? Bist du sicher? Nun gut, worauf wartest du noch? O Gott, wie langsam sie ist!«

Bohnenstange trollte sich und kehrte kurze Zeit später mit verzückter Miene zurück.

»Herrin, ein Pferd aus Gold! Für einen lächerlichen Preis. Er möchte nur Eure Beine bis oben hin sehen, sonst nichts. Nackt natürlich.«

»Das ist mir sehr peinlich. Dieser Junge macht mich allmählich ganz ungehalten. Nun gut, wenn es denn sein muß. Aber denk daran, du hast mir nichts gesagt. Ich bin in meinem Schlafzimmer. Er kommt herein. Ich bin so zerstreut, daß ich es gar nicht merke. Er sieht sich an, was er sehen will, und geht wieder. Hast du verstanden? Beeil dich, ich habe zu tun.«

Bald stand neben dem Vogel das Pferd.

Am nächsten Morgen:

»Er ist närrisch. Heute nacht hat er noch stärker gehämmert als in den beiden Nächten zuvor. Ich frage mich, was um Himmels willen er diesmal gemacht hat. Nun, vergessen wir's, ich will es gar nicht wissen. Bohnenstange, sei still! Bleib hier! Gut, einverstanden, du gehst und kommst schnell wieder zurück, ich geh auf alle Fälle nicht weit weg.«

Für die Augen aus Diamanten ging sie mit bis zum Bett. Für die goldene Puppe ließ sie sich von ihm verführen. Aus Lust ließ sie sich schließlich heiraten. Und die Stadt bekam einen neuen Prinzen. Die Hochzeitsfeierlichkeiten dauerten sieben Wochen.

Ich war dort, ich komme von dort. Ich habe dort gesungen. Man hat mir einen Hühnerknochen zugeworfen, er hat mich zwischen den Augen getroffen. Seither, mein kleines Mädchen, sehe ich dich, wohin du auch gehst, wo du dich auch aufhältst.

Das Petersilienbeet

Worüber reden die Frauen, wenn sie unter sich sind? Über ihre Männer. Und worüber sprechen die Männer im Teehaus? Über die Frauen und ihre Körper, die Begierde, die sie für sie verspüren, manchmal über die Tugend der Frauen, ihre Lasterhaftigkeit, ihr Leben und über das, was sie wohl nie wissen werden.

So saßen an einem Sommerabend drei Freunde auf der Terrasse, schwatzten, rauchten und tranken.

»Meine Gattin?« sagte gerade einer der Männer. »Nein, ich glaube nicht, daß sie mir untreu ist. Sie ist so sittsam, daß sogar ein Heiliger vor Neid erblassen könnte. Der bloße Anblick einer männlichen Laus läßt sie erröten, und wenn sie den Hahn in unserem Hühnerhof erblickt, verhüllt sie ihr Gesicht.«

»Oh, der treuherzige Tölpel, der arme Einfaltspinsel«, rief ein Kerl mit keckem Blick. »Mit den Prüden verhält es sich so: Nach außen hin wirken sie so fromm wie eine Moschee zur Mittagszeit, aber im geheimen glühen tausend Teufel in ihnen. Ich würde sagen, deine Frau ist sehr wohl dazu fähig, sich auf eine Eichel zu setzen und dabei so zu tun, als spreche sie ein Gebet.«

»Halt den Mund, du Ferkel«, erwiderte der Ehemann. »Du kennst sie nicht.«

»Ich gehe jede Wette ein, daß ich sie morgen früh in deinem eigenen Garten vögeln werde, ohne daß du etwas davon merkst.«

Der andere beeilte sich, in die ausgestreckte Hand einzuschlagen.

»Die Wette gilt, mein Freund.«

Alle leerten ihr Glas und gingen in der Dämmerung nach Hause.

Hinter dem Haus der Scheinheiligen befand sich der Gemüsegarten. Im Morgengrauen des nächsten Tages glitt der waghalsige Schönäugige mit zwei Freunden über die Hecke. Bizarre Utensilien behinderten sie dabei: ein in der Mitte durchlöchertes Sargbrett, Schaufeln, Kissen, Kreuzhacken und vier Pfähle. Geräuschlos rissen sie Petersilienbüschel heraus, hoben eine flache Grube von der Länge des Bretts aus und legten ein Kissen für den Kopf, eines für das Hinterteil und ein weiteres für die Füße hinein. Dann legte sich der kecke Kerl hinein. Die anderen schlugen an allen vier Enden Pflöcke ein und legten den mit Löchern versehenen Sargdeckel darauf. Der eingebuddelte Mann steckte sein Glied durch das Loch. Dann wurde die Petersilie hastig wieder eingepflanzt. Die unschuldige Atmosphäre eines strahlenden Julimorgens war schnell wiederhergestellt, nur daß jetzt in dem Beet mit den Küchenkräutern eine neue rote, kahle und aufgeregt zitternde Pflanze ihre stramme Haltung einnahm.

Bald kam der Ehemann mit seinen Freunden, um auf einer Bank zu frühstücken. Auch seine Frau trat heraus, von Kopf bis Fuß verhüllt. Sie holte ein paar kleine Rüben für die Tagessuppe. Dann wandte sie sich der Petersilie zu und entdeckte inmitten der Kräuter das eingewurzelte

Ding. Sie zuckte nur kurz mit den Wimpern, zögerte aber nicht lange. Sie ging in die Knie, schürzte den Rock, nahm mit einem behaglichen Seufzer auf dem Glied Platz und bewegte sich geräuschlos hin und her, die Hände gefaltet. Ihre Augen leuchteten, und sie murmelte folgende Worte:

»O Barmherziger, endlich hast du mein Gebet erhört. Du hast für mich, deine Dienerin, ein Schwert aus Fleisch und Blut in meinem bescheidenen Garten wachsen lassen. Halleluja, o Herr! Ich werde es getreulich pflegen, werde auch künftig dieses kostbare Geschenk, das du mir in deiner unsäglichen Gnade hast zukommen lassen, Tag für Tag ehren. O weh, er genießt, und ich ebenfalls. Und von Ewigkeit zu Ewigkeit sollst du geheiligt sein!«

Ihr Ehemann knabberte derweil auf seiner Bank ein wenig Gebäck und redete über Wolken und drohende Regenschauer. Er sah, daß seine Frau im Petersilienbeet verharrte, achtete aber nicht darauf, lächelte leichthin. Wie demütig sie, ganz allein im Garten, in ihrer knienden Haltung wirkte! Ein Freund neben ihm stieß ihn mit dem Ellbogen in die Seite und sagte:

»Was ist das für ein Mann, der nicht weiß und trotzdem glaubt zu wissen?«

Er erwiderte:

»Ein Dummkopf.«

Alle lachten. Auch der Ehemann.

Der Gesang von Fahima

Djoadi war verliebt. Doch mit Fahima, seiner Angebeteten, war es ein Kreuz. In seiner glühenden Leidenschaft sah er in ihr die Wüste, die Quelle, die Begierde und die Liebespein, den Berggipfel und das Tal, Hunger, Durst und Überfluß. Er fühlte sich für immer mit ihr verbunden, doch schien sie unerreichbar für ihn. Er hatte sie noch nie berührt. Dabei war er keineswegs gebrechlich oder übermäßig schüchtern. Er kostete unbeschwert seine Lust, schlief mit den Frauen, die die Nacht in sein Bett führte, machte sie glücklich und sie ihn. Noch keine hatte ihn betrachtet wie einen staubigen Knochen, bis zu dem verfluchten Tag, an dem er mit feuchtem Mund versucht hatte, Fahima zu gestehen, daß er sie begehrte. Sie hatte das Gesicht verzogen, ihm einen geringschätzigen Blick zugeworfen und sich abgewandt. Seither lauerte er ihr auf, sprach sie an, wenn er ihr begegnete, doch sein überquellendes Herz ließ seine Zunge zittern, und er ergriff die Flucht und kam sich vor wie ein Tölpel.

In einer Sternennacht, als er durch ihre Gasse kam, bemerkte er plötzlich, wie sich über ihm der Fensterladen öffnete. Er blieb klopfenden Herzens stehen. So schön wie der Mond in samtener Nacht erschien Fahima im goldenen Schein eines Kupferleuchters. Djoadi wollte sie ansprechen, brachte es jedoch nicht fertig, da ihm vor Bewunderung der Mund offenstand. Verträumt summte Fahima dem Himmel zugewandt folgendes seltsame Lied:

Zwischen zwei Bergen ragte ein Zelt in die Höhe
schön und standhaft.
Leider wurde seine Stange eines Tages
durch ein böses Geschick niedergerissen.
Wie kann ich mich aufrecht halten,
da ich nunmehr ein Gefäß ohne Henkel bin?
Mein Inneres ist wie das Innere eines Kessels,
in dem mein Kummer brodelt.

Djoadi zerbrach sich den Kopf darüber. Was bedeuteten diese geheimnisvollen Worte? Er grübelte die ganze Nacht, wägte nach allen Seiten ab, versuchte unzählige Auslegungen, vergaß zu schlafen, sah, wie der Tag anbrach, und stand morgens mit einem Kopfschmerz auf, der sogar einen Stier außer Gefecht gesetzt hätte. Er kannte einen Weisen, der sich mit seltenen Texten und verschlüsselter Dichtung auskannte. Es war Nouhass, ein alter Einsiedler. Djoadi wiederholte Fahimas Gesang immer aufs neue, bis er bei der kargen Behausung des Eremiten angelangt war.

Er begrüßte den Meister und unterbreitete ihm das Rätsel. Dieser antwortete ihm, während er im Feuer herumstocherte:

»Diese Frau ist drall, ihre Rundungen sind ansprechend. Sie hat keinen Ehemann. Ganz bestimmt liebt sie dich.«

»Prophet des Glücks, woran erkennst du das?« fragte Djoadi verblüfft.

Nouhass strich über seinen Bart und betrachtete den Himmel durch das offene Fenster. Als lese er dort in einem unendlichen blauen Buch, erklärte er:

»Das schöne Zelt ist meiner Ansicht nach nichts anderes als ihre behaarte Erdscholle. Und die Schenkel sind die Berge, die sie einschließen. ›Die Stange wurde niedergerissen‹ bedeutet, daß sie keinen Mann mehr für die Liebe hat. Sie ist also seither ein Gefäß ohne Henkel. Kurzum, mein Sohn, ohne diesen großen gekrümmten Stab, den man auch einen liebesgeilen Stachel nennt, ist ihre Katze verwaist. Durch den Kessel drückt deine Fahima aus, was sie von einem Liebhaber erwartet. Das ist wirklich subtil! Was kocht man jeden Tag in einem solchen Geschirr? Maissuppe. Und was tut man, um sie sämig zu machen? Man rührt sie um, mit dem Quirl. Nicht mit dem Löffel, dem dünnen Zweig, dem Zahnstocher, nein: mit dem Pfahl aus hartem Holz, den man mit beiden Händen umfaßt. Besitzt du das, was nötig ist, um das Verlangen dieser Liebestollen zu befriedigen? Sie zweifelt daran, würde es aber gern wissen. Das, mein Sohn, ist im Grunde die Frage.«

Djoadi erwiderte:

»O mein verehrter Meister, ich habe zwischen den Beinen einen stolzen Krieger. Auch in der heißesten Schlacht hat er noch nie versagt.«

»Der allmächtige Gott sei gelobt«, sagte der Weise. »Überbringe ihr diese Verse, die mir in den Sinn gekommen sind, und bald wirst du ein zufriedener Liebhaber sein.«

Und Nouhass rezitierte:

Fahima mit den langen Wimpern, senke deinen reizenden Blick.
Errate den Dämon, der sich unter meinem Gewande verbirgt.
Trau dich, ihn zu wecken, und sieh, wie er
eine gewöhnliche Plane in ein königliches Zelt verwandelt!

Sieh, wie er bei der geringsten Berührung emporschnellt!
Ein Stachel soll es sein? Aber nein, ein kraftvoller Ast!
Wenn du für deinen Kessel einen langen Kochlöffel brauchst,
Dann, o göttliche Liebeshungrige, greife nach diesem Stiel.

Djoadi ließ das rätselhafte Gedicht mit geschlossenen Augen langsam auf sich wirken. Es gefiel ihm, und er lernte es auf der Stelle auswendig. Dann küßte er Nouhass' Mantel und eilte mit geröteten Wangen zu Fahima. Sie öffnete ihm die Tür. Sobald er auf der Schwelle stand, fing er an zu singen. Fahima seufzte tief, ihre Lippen wurden feucht. Sie schien jeden Augenblick in Ohnmacht zu fallen. Sie sank auf die Knie und hielt sich an der Stange aus Fleisch und Blut fest, die plötzlich vor ihr aufragte.

»Wenn dein Körper genauso gut singen kann wie dein Mund, dann, Mann, schließ die Tür und zieh die Vorhänge zu.«

Er tat, wie sie ihm geheißen hatte. Niemand hörte in dem abgeschlossenen Zimmer, wie das Knarren des Bettes auf die Schreie des Herzens reagierte, doch am nächsten Morgen lud Djoadi seine Freunde zur Hochzeit ein. Es war eine prachtvolle Hochzeitszeremonie, an der Minister und Dichter teilnahmen. Man ehrte Nouhass wegen seines Feingefühls. Er genoß das Lob und kehrte dann ermüdet in die Einsamkeit zurück. Denn er war froh, daß er allein und einsam lebte, frei von menschlichen Leidenschaften.

Zohra

Der König hatte sieben Töchter. Sie schwangen den Säbel, jagten zu Pferd Gazellen, ihre Fäuste waren stark, und ihre Augen blitzten. Jede von ihnen besaß einen Palast in den Bergen, weitab von jedem Pfad. Sie lebten ohne Ehemann und wollten auch keinen.

Die jüngste hieß Zohra. Als sie eines Tages durch einen Olivenhain ritt, begegnete sie einem Mann, der einen Hirsch jagte. Zohra trug dasselbe Gewand und dieselben Stiefel wie er, ein Stück ihres Turbans verhüllte ihr Gesicht. Daher glaubte der Mann, einen Jäger vor sich zu haben, und grüßte sie:

»Friede sei mit dir!«

Sie erwiderte:

»Gott helfe dir!«

Der Mann war verblüfft.

»Deine Stimme klingt wie die einer Frau.«

Er betrachtete sie aufmerksam und sagte zu ihr:

»Du hast sehr schöne Augen.«

Dann faßte er nach ihrer Hand. Einen Moment lang thronte Zohra erhaben über ihm, griff dann brüsk in die Zügel, gab ihrem Pferd die Sporen und verschwand hinter den Bäumen.

Der junge Mann hieß Moktar El Hadj. Er war der Sohn des Fürsten. Verträumt ritt er mit gesenktem Blick nach Hause. An jenem Abend speiste er bei seinem Herzensbruder Abdullah El Heiluk, dem ältesten Sohn des Wesirs. Er erzählte ihm von seiner Begegnung und seinem Kummer. Schließlich fragte er ihn:

»Kennst du sie?«

»Ich bin schon einige Male an ihrer Zitadelle vorbeigekommen.«

»Ich will sie haben«, sagte Moktar.

»Kein Mann hat sie je auch nur an der Schulter berührt. Vergiß sie, kleiner Bruder.«

»Unmöglich. Ich werde mich sofort auf den Weg machen.«

»Wo du hingehst, da werde auch ich hingehen.«

Moktar und Abdullah erhoben sich gemeinsam, setzten ihren schwarzen Turban auf und schnallten den Säbel um. Als sie im Neumond aufbrachen, wurden sie von ihren Dienern begleitet, von Mimoun, dem riesigen Neger, und von Felah, dem Glücklichen.

Im Morgengrauen erreichten sie den Fuß eines Felsengebirges. Es war die zarte Morgenstunde, da die Sonne im Osten des Horizonts ihre lange rote Haube aufknüpft. Über dem Gipfel, der im ersten Sonnenlicht erstrahlte, erhoben sich die Mauern des Schlosses von Zohra. Sie ritten um sie herum, fanden aber keinen Eingang. Als sie, ihre Pferde an den Zügeln führend, vorsichtig hinabstiegen, entdeckten sie an der Flanke des Berges eine Höhle. Sie war weiträumig und düster. Also machten sie ein Feuer.

»Laßt uns warten«, sagte Moktar.

Und er deutete zur abweisenden Zitadelle hinauf:

»Es gibt hier eine verborgene Spalte im Gestein, die als Ein- und Ausgang dient. Wenn ein Besucher da hindurchkommt, werden wir es sehen.«

Bis zum Abend lagen sie auf der Lauer, doch keine Menschenseele zeigte sich.

Sie hatten sich bereits auf der Erde zum Schlafen ausgestreckt, da hob Mimoun den Kopf, stand lautlos auf und drang durch das Geröll weiter ins Innere der Höhle vor. Er verharrte dort eine Weile und kehrte dann mit leuchtenden Augen zurück:

»Ich höre Geräusche, Herr. Dort unten sind Menschen.«

Sofort machten sich alle vier auf den Weg. Unter ihren tastenden Händen tat sich ein enger Stollen auf. Zögernd und in gebückter Haltung stolperten sie lange Zeit weiter. Schließlich erblickten sie vor sich ein Licht und eilten darauf zu. Eine Fackel erhellte eine Tür, die leicht knarrte. Lautlos betraten sie einen leeren Raum, an dessen einem Ende ein Vorhang angebracht war, durch dessen Spalt weiches Licht drang. Dahinter ertönte Stimmengewirr, Lachen, das Geklirr von Silber und Kristall. Moktar spähte durch den Vorhang und entdeckte einen riesigen prachtvollen Saal, in dem Prinzessin Zohra auf Seidenkissen ruhte und genüßlich eingelegte Datteln verzehrte. Zu ihren Füßen saßen hundert plappernde Jungfrauen in durchsichtigen Gewändern, ihre Körper in Duftwolken gehüllt. Auch sie kosteten Leckereien, und ihr glockenhelles Lachen erfüllte den Raum.

»Schau«, sagte Moktar.

Abdullah tat, wie er geheißen, lächelte und murmelte:

»Können wir diesem Paradies widerstehen?«

Mit der Waffe in der Hand traten sie ein.

Sogleich erhoben sich die Mädchen wie ein Vogelschwarm mit zeterndem Gekreisch und flüchteten in die entferntesten Ecken. Zohra blieb allein zurück. Sie richtete sich auf und blickte den Fremden entgegen.

»Männer, was wollt ihr?«

»Wahre Liebe, meine Dame.«

»Wer bist du, der du da sprichst?«

»Man nennt mich Moktar, Sohn von El Hadj, dem Mächtigen.«

»Wo hast du mich gesehen?«

»In einem Olivenhain.«

»Und wer hat dich hierhergeführt?«

»Der Wille Gottes.«

Zohra senkte den Kopf. Sie überlegte kurz. Dann sagte sie herausfordernd:

»Du mußt mich erst verdienen!«

»Sag, was ich tun soll«, erwiderte Moktar demütig.

»Wenn du vier Bedingungen erfüllst, wirst du mich besitzen. Ihr alle vier müßt euch ihnen unterwerfen.«

Auch Abdullah El Heiluk, Mimoun der Riese und Felah der Glückliche gelobten feierlich, sich ihren Wünschen zu fügen.

Zohra machte es sich wieder zwischen ihren roten Seidenkissen bequem.

»Mein Befehl an dich, Gefährte Moktars: Ich will, daß du achtzig dieser Mädchen entjungferst, ohne dabei Lust zu empfinden.«

Abdullah antwortete:

»Zu Befehl, hohe Dame.«

Er löste seinen Gürtel und legte sich auf ein Bett in einer Ecke des Gemachs. Achtzig junge Körper boten sich ihm dar. Er tat, was zu tun war, ohne mit der Wimper zu zucken, und kehrte zu Zohra zurück. Sie küßte ihn auf die Stirn.

»Von dir, dem Diener Moktars, verlange ich: Du sollst es vierzig Tage lang meiner Dienerin Mouna besorgen, ohne daß dein Stachel erschlafft. Bei der geringsten Schwäche kannst du dich von deinem Herrn verabschieden, denn ich werde ihn eigenhändig töten.«

»Vierzig Tage, das ist nicht viel«, prahlte Mimoun. »Wären auch fünfzig möglich?«

Eine behaarte Hand legte sich auf seinen Nacken. Er wandte sich um und riß vor Überraschung den Mund auf, denn Mouna war größer und breiter als er. Unter brüllendem Gelächter zog sie ihn zum Bett.

»Und nun zu dir, Moktar El Hadj: Hier ist meine Goldkette. Dein Säbel aus Fleisch und Blut möge ihr einen vollen Mond als Stange dienen. Sollte sie herunterfallen, Pech für dich, dann kommst du früher als erwünscht in den Genuß der Freuden des Himmelreichs, wo die Ekstase der Seelen die frommen Menschen erwartet.«

So sprach Zohra. Dann wandte sie sich an Felah den Glücklichen:

»Und du stehst uns, so oft es uns gefällt, zur Verfügung, als mein Liebessklave und der meiner Mädchen.«

Alle Männer erfüllten ihre ungeheure Aufgabe ohne ein Zeichen von Ermüdung. Wie war das möglich? Während all der Tage und Nächte in der Horizontalen ernährten sie sich von Kichererbsen, Zwiebeln und Kamelstutenmilch mit Rosmarinhonig. Allein diese Speisen schenkten ihnen den Sieg. Sie blieben in Zohras Palast und lebten dort glücklich bis an das Ende ihrer Tage. Ihr Männer, die ihr möglichst lange mit den Frauen die Freuden der Liebe auskosten wollt, sollt wissen, was für die Gesundheit des Körpers gut ist. Ich habe es euch verraten. Gott behüte euch und empfange euch eines Tages in seinem Paradiesgarten, wie er es jenen zuteil werden ließ, von denen ich euch erzählt habe.

Der Duft der Wahrheit

Mocailama war ein Prophet. In grauer Vorzeit gab es beredte, falsche, zwielichtige, halbwahre und zweifelhafte Propheten. Mocailama war arm, aber er strebte nach der Hochachtung, die Fürsten und Heiligen entgegengebracht wird. Er hatte in der Stadt El Yamama zweitausend Anhänger, die ihm treu ergeben waren. Wenn ihr geliebter Führer einem Blinden in die Augen gespuckt hatte, verkündeten sie, noch bevor sich dieser das Gesicht abgewischt hatte, lautstark in allen Gassen, er habe ihm das Augenlicht zurückgegeben. Auch verstand er es, sich Gehör und Aufmerksamkeit zu verschaffen. Seine rätselhaften Aussprüche wurden häufig wiederholt. Bald war sein Name auf der Straße der Karawanen in aller Munde. Jedermann kannte seine Worte, seine guten Taten und seine angeblichen Wunder.

Sein Ruf gelangte eines Tages bis nach Beni Temim. Dort lebte Chedja, eine bekannte und beliebte Prophetin der Bettler. Nach Aussagen der Armen heilte auch sie die Kahlen, die Aussätzigen und jene, die an Gallenkoliken litten. Sie haßte den Lärm, der um den Propheten aus El Yamama gemacht wurde. Eines Abends scharte sie in der Wüste ihre Anhänger um sich und sagte zu ihnen:

»Es kann nur einen Propheten geben, entweder Chedja, der der Allmächtige seinen Geist verleiht, oder Mocailama. Daher möchte ich meine Kräfte mit ihm messen. Auf, laßt uns zu ihm gehen. Wenn er sich bei unserem Treffen als der bessere von uns beiden erweisen sollte, erkennen wir ihn als Meister an. Unterliegt er, bin ich von nun an für ihn und seine Anhänger die Meisterin.«

Sie betraute ihren jüngeren Bruder damit, dem Propheten ihren Vorschlag zu unterbreiten. Er machte sich sofort auf den Weg. Am nächsten Morgen folgte sie ihm mit ihren tausend Ergebenen.

Als Mocailama erfuhr, daß seine Rivalin auf dem Weg zu ihm sei, war er bestürzt. In aller Eile versammelte er seine eifrigsten Jünger um sich und bat sie um ihren Rat. Doch diese schwiegen verlegen. Offensichtlich hatte keiner eine Ahnung, was zu tun sei. Schließlich räusperte sich ein alter Mann und sagte bescheiden:

»Guter Mann, glätte deine Stirn, denn ich werde mit dir reden wie ein Vater mit seinem Sohn.«

»Vater der hundertjährigen Bäume«, erwiderte Mocailama, »verrate mir deine Gedanken ohne Scheu.«

»Höre«, riet der Alte, »errichte ein Zelt vor der Stadt. Schmücke es mit Teppichen, Möbeln, Behängen, und vor allem, mein Meister, erfülle es mit Düften. Verbreite den Duft von Moschus, Rosen, Narzissen, Jasmin, Orangenblüten, Hyazinthen und Nelken. Zünde Räucherstäbchen mit dem Duft von Aloe und Zedernholz an. Sind die Lampen vom Rauch eingehüllt, laß Chedja holen. Die mannigfaltigen Düfte werden ihre Sinne benebeln, und bald werden ihre Augen verklärt, ihre Gesten weich sein, und ihren Lippen werden lange Seufzer des Wohlbehagens entweichen. Dann legst du deinen Mund auf den ihren, und dein Leib wird ihr kundtun, wo sich der wahre Gott befindet.«

»Dein Rat ist klug. Sei tausendmal gepriesen«, dankte ihm der Prophet.

Er beauftragte sofort achtzig Männer damit, ein Zelt zu errichten, fünfzig sollten es ausstatten und zehn mit betörenden Düften erfüllen. Anschließend nahm er in der Mitte des Zelts auf einem geschnitzten Stuhl Platz. Dann erst wurde Chedja, die gerade eingetroffen war, hereingebeten.

Sie war stolz und schön. Und mit Augen, dunkel wie Wüstennächte, ging sie auf Mocailama zu. Er hieß sie höflich willkommen. Chedja betrachtete ihn, ihr Blick verklärte sich, ihre Nasenflügel bebten. Sie murmelte:

»Herr, bin ich hier im Paradies?«

Sie mußte unwillkürlich lächeln und errötete. Mocailama ergriff ihre zarte, leicht feuchte Hand, beobachtete, wie die Düfte sie benebelten, und flüsterte ihr ins Ohr:

»Wie lang deine Wimpern sind.«

Chedja stöhnte wohlig. Er streichelte ihre Brüste und murmelte:

»Wie gefällt dir die Liebe? Von vorn, von der Seite, möchtest du auf meinem Stachel sitzen, oder magst du es wie beim Gebet, den Kopf auf dem Teppich, das Hinterteil nach oben? Sprich, ich will dich so lieben, wie es dir gefällt.«

Chedja antwortete ihm:

»Allmächtiger Prophet, koste mit mir alle Spielarten der Liebe aus.«

Das gefiel ihm überaus, und sie genoß es noch mehr.

»Heirate mich«, forderte sie ihn auf, nachdem er mit ihr alle Wonnen der Lust geteilt hatte.

Dann traten sie hinaus in die Sonne.

Chedja hob die Hand, um das Wort zu ergreifen. Der versammelten Menge verkündete sie:

»Unser Gespräch war ausführlich, aufrichtig und ergiebig. Mocailama, mein Herr, hat zu meinem Erstaunen meinen Körper mit wahrer Himmelswonne erfüllt. Schließt euch ihm an, auch ich will ihm nachfolgen.«

Noch am selben Abend feierte man ihre Hochzeit bei Braten, Kuchen und Tee. Gott gesellte sich zu ihnen, auch wenn keiner ihn sehen konnte. Er verbarg sich in den Gesängen der Morgenröte.

Die verliebten Kinder

Es waren einmal zwei Freunde, zwei Herzensbrüder, zwischen denen herrschte so große Harmonie, daß sie sich wie Zwillinge fühlten. Sie waren unzertrennlich, unterhielten sich auf der Straße, tranken zu Hause Tee, spielten vor dem Haus mit Würfeln. Was der eine dachte, sprach der andere aus. Gemeinsam suchten und fanden sie einfache Antworten auf ernste Fragen, und sie lachten über die gleichen Dinge. Sie heirateten auch am selben Tag und feierten eine Doppelhochzeit. Abends hielten sie sich an der Hand, und jeder schwor:

»Wenn es Gott gefällt, daß ich eine Tochter bekomme und du einen Sohn, kann nichts sie trennen, und wir werden sie miteinander verloben.«

Nach diesem Schwur wandten sie sich ihren Frauen zu.

Nach einiger Zeit wurde dem einen ein Mädchen geboren, dem anderen ein Junge, doch die innige Freundschaft in den Herzen der Unzertrennlichen war zerbrochen. Wenn sie sich begegneten, grüßten sie sich kaum noch. Ihre Frauen hatten ihre Giftpfeile abgeschossen und Zwietracht zwischen ihnen gesät.

»Weißt du, was mir die Hyäne deines Freundes neulich angetan hat?« fragte etwa die eine.

Sie haßten sich wirklich. Und die andere stichelte mit scharfer Zunge:

»Dein Freund? Daß ich nicht lache. Er nutzt dich aus, er belügt dich. Muß ich dir wirklich alles sagen? Nun gut, mein Einfaltspinsel, er hat heute – verzeiht, Herr, ich schäme mich – meinen Arm getätschelt.«

Als die Kinder auf die Welt kamen, begegneten sich die Freunde eines Morgens vor dem Eingang des Schuhladens.

»Meine Frau«, sagte der eine, »hat soeben einen Sohn geboren.«

»Meine auch«, erwiderte der andere. »Leb wohl.«

»Alles Gute.«

Das war alles.

Einer der beiden hatte gelogen. Aber es war besser, die Welt an der Nase herumzuführen, als eines Tages seine Tochter dem Wolf zum Fraß vorwerfen zu müssen. Das Mädchen wurde also als Junge gekleidet und zur Schule gebracht. Wer griff im Hof nach seiner Hand? Der Sohn von seines Vaters Freund. Sie glaubten, sie seien beide Jungen. Sie wußten nichts von dem Schwur ihrer Väter, der sie verband, doch sie hatten das Gefühl, sich schon immer zu kennen.

Im Unterricht saßen sie nebeneinander. Eines Morgens entdeckte der Lehrer, daß einer das Knie des anderen streichelte. Um Himmels willen, sie waren doch Jungen! Barmherziger Gott! Er schlug sie. Doch sie ließen nicht voneinander ab, während die anderen den Koran rezitierten, küßten sie sich auf dem Boden in einer Ecke sitzend auf den Mund. Der Lehrer war entsetzt, packte sie an den Ohren und zerrte sie zu ihren Eltern nach Hause. Er sagte zu den Vätern, die ihnen auf halbem Weg entgegengekommen waren:

»Entweder sind diese Kinder Dämonen, oder sie sind dazu bestimmt, zusammenzuleben. Sie lieben sich, daß es einem das Herz umdreht. Wahrscheinlich sind es gar nicht zwei Jungen, bestimmt ist einer der beiden ein Mädchen.«

Die Väter schwiegen mürrisch.

Man beschloß, die verliebten Kinder zu trennen. Sie wurden in verschiedene Klassen geschickt. Im Schatten eines Pfeilers bohrten sie jedoch, gelangweilt durch den eintönigen Vortrag des Lehrers, ein Loch in die Zwischenwand und streckten ihre Zungen hindurch. So küßten sie sich ein Jahr lang. Dann erweiterten sie den Spalt, so daß sich ihre Hände berühren konnten. Sie lernten nichts über Algebra, Astronomie oder die Gesetze ihrer Zeit. Sie streichelten sich gegenseitig das Gesicht, die Wangen, den Mund und die Schultern. Wieder verging ein Jahr, doch sie blieben unentdeckt. Der Junge konnte jetzt den Kopf durch die geweitete Öffnung strecken. Das Mädchen bot ihm ihren Hals, ihre Brüste, einen nackten Schenkel, das flaumige Dreieck über ihren zitternden Schenkeln, und ihren Mund. Sie küßten sich immer und immer wieder und flüsterten sich Worte der Liebe zu.

Doch eines Tages wurden sie in flagranti beim süßesten aller Vergehen ertappt. Der Lehrer erblickte durch den Spalt eine Brust, die eindeutig weiblich gerundet war. Er suchte erneut die Eltern auf, nahm die Väter zur Seite und berichtete ihnen von seiner Entdeckung. Bei einer Tasse Tee sprachen sie sich aus. Als die beiden Freunde allein waren, sagten sie leise:

»Gott hat sich an unseren Schwur gehalten. Weshalb haben wir uns belogen?«

»Die Lüge ist eine Folge der Angst. Laß uns da fortfahren, wo wir einst aufgehört haben. Meine Hand darauf.«

»Und die meine.«

Die Kinder wurden vermählt. Die Frauen backten Kuchen. Die beiden Freunde widmeten sich nun in Ruhe wieder ihrem Rosengarten. Gesegnet seien jene, die zu lieben wagen. Das Leben ist viel schöner als wir.

Es gibt keine bestimmte Jahreszeit,
um das Feld der Liebe zu besäen.

Ein Haar des geliebten Menschen
ist stärker als vier Ochsen.

Der Stachel meines Geliebten war wie eine Stange.
Fast wäre ich gefallen, aber er hielt mich.

Die Liebe ist wie die Biene,
Mit dem Honig geht der Stachel.

Der Milch der Kühe meines Gemahls ziehe ich
den Saft des Mannes vor, der mich im Stall erwartet.

Die Liebe ist ein Krokodil
im Fluß der Begierde.

Wer sein Herz für einen Lustbrunnen hergibt,
verkauft die Sonne, um eine Kerze zu erwerben.

Die Liebe ist eine Rose
und die Begierde ihr Schatten.

Jedes geliebte Wesen
ist ein Paradies für sich,

Liebe läßt sich nur mit Liebe vergelten.

Asien

Türkei

Die Worte der Alten

Sie war eine sehr, sehr alte Frau. Wenn die übrigen Hausbewohner im Morgengrauen aufstanden, war sie bereits wach und stocherte in der Feuerstelle herum. Wenn sich alle bei Einbruch der Nacht zur Ruhe begaben, löschte sie als letzte das Feuer. Sie roch nach Rauch. Abends setzten sich die fünf Kinder zu ihren Füßen nieder. Sie drückte sie an sich. Sie verlangten nichts, warteten nur darauf, daß sie anfing zu erzählen. Sie sprach ein kurzes Gebet. Dann erfüllte sie ihren geheimen Wunsch und sagte lachend:

»Diese Zeit ist doch längst vorbei, meine Kleinen! Warum sollte ich mich daran erinnern?«

»Weil wir da sind, deshalb, Großmutter!«

Sie seufzte und strahlte über das ganze Gesicht:

»O meine Söhne, meine Familie!«

Sie erzählte immer die gleichen alten Geschichten über Hochzeiten. In den Köpfen ihrer Zuhörer arbeitete es, wenn sie versuchten, seltsame Andeutungen zu begreifen und sich feierliche Zeremonien vorzustellen. Wer traf damals die Entscheidung? Die reifen Frauen. Vier dieser Matronen begaben sich zu den Eltern des auserwählten Mädchens. Die zukünftige Verlobte servierte ihnen Kaffee. Auch wenn sie angesprochen wurde, mußte sie schweigen, demütig den Blick senken und vor Scham erröten. »Ein Engel auf Erden!« bemerkten die Ehestifterinnen, wenn sich das Mädchen so demütig, naiv und zurückhaltend verhielt. Dann war der Handel abgeschlossen. Der Vater des Jungen sandte den Eltern des Mädchens drei Goldstücke, ein Umschlagetuch, einen Schleier und einen Ring. Der Verlobte hatte das Mädchen noch nicht zu Gesicht bekommen. War sie hübsch, entstellt, hochgewachsen oder klein? Er versuchte, sie sich vorzustellen. Und umgekehrt war es genauso.

Manchmal sagte der Junge abends zu seiner Familie:

»Ich mache einen Spaziergang.«

Er spielte den Harmlosen, doch jeder wußte Bescheid. Er rieb sich das Haar mit duftendem Öl ein, zog seine kostbar bestickte Weste an und steckte den Dolch in den Gürtel. Dann eilte er zu seiner Verlobten. Die Mutter der Erwählten bot dem zukünftigen Schwiegersohn Nüsse und Rosinen an, doch er nahm nicht davon. Vor Schüchternheit brachte er kein Wort heraus. Dann führte man die verschleierte Verlobte herein. Wenn sich die beiden gegenübersaßen, lüfteten Schwestern und Freundinnen verstohlen kichernd den Schleier. Manchmal ließ man das Paar für kurze Zeit allein, und die künftige Gemahlin ließ sich protestierend anschauen. Sie redeten leise miteinander, hielten sich an den Händen, sonst aber blieben sie zurückhaltend, denn vom Vorhang her beobachtete man sie.

Endlich aber kam die Hochzeit. Die Freunde des jungen Mannes begaben sich zur Braut, sangen und schossen in die Luft. Die Freundinnen der Braut führten die zukünftige Ehefrau in den Hof. Trommeln empfingen sie, Gesänge und Tänze. In einem blumengeschmückten Wagen fuhr man sie dann zu ihrem zukünftigen Gemahl. Sie verbrachte den Tag in Gesellschaft der alten Frauen, während der Mann mit seinen Freunden feierte. Abends geleitete man sie dann bis zur Schwelle ihres Schlafzimmers. Man schloß die Fensterläden, zündete auf dem Tisch eine Kerze an und verriegelte die Tür. Und endlich waren sie allein, endlich wurde sie zur Frau.

Die Alte verstummte. Sie lächelte verträumt, und die Kinder fragten:

»Was haben sie gemacht, Großmutter?« Sie wiegte ihre Kleinen im Arm und sang:

Dir gehört dieser blaue Schleier, diese schwarze Braue,
Dir gehören diese feuchten Augen, diese Nase, diese roten Lippen,
Dir gehört dieser lange weiße Hals, diese Brüste, die meine Hände umfassen,
Dir gehören diese sanft geschwungenen Hüften und dieser erregende Leib,
Dir gehört unter dem Nabel dieser Schrein aus Zypressenholz.
Wem aber gehört der Schlüssel, der ihn öffnet, o Glück der Welt?
Mir gehört er, meine Heißgeliebte, mir allein!

Indien

Der wahre Gott

Als Brahma, unser Ahnherr, unsere Welt und die Welt der Götter, der Weisen und der Dämonen erschaffen hatte, als er die Gesetze des Universums, der Lebensalter und der Ewigkeit festgelegt und die großen Illusionen, das Falsche mit dem Wahren, das Gute mit dem Bösen und den Schatten mit dem Licht vereint hatte, blickte er auf und begutachtete sein Werk. Da entdeckte er am Himmel die weltbeherrschende, sengende Sonne. Und Brahma, unser Ahnherr, beugte sich zur Erde nieder und sah, daß die Bäume unter dem weißglühenden Gestirn loderten. Überall wurden die Tiere und die Wassergeister, die Gräser, die Steine und die Luftgeister von der Sonne versengt, sie verdorrten und zerfielen zu Staub. Er sah, wie die Seen brodelten und die Hände an den ausgestreckten Armen seiner Menschenkinder in Flammen aufgingen. Das Herz wurde ihm schwer. Er wandte den Kopf ab, bis sein Blick auf den dunklen Ozean traf.

Auf den reglosen Wellen schlief ein Lebewesen. Es war aus reinem Gold, leuchtend wie der junge Morgen, schöner als alles Leben und reiner als die Leere, empfindsam, begehrenswert und glücklich wie die Liebe selbst. Brahma öffnete den Mund und fragte:

»Wer bist du?«

Das Geschöpf erwachte, setzte sich auf das dunkle Wasser, rieb sich die Augen, blickte sich um und entdeckte Brahma am Ufer. Sogleich begann es zu lächeln und sagte unbekümmert, während es sein schwimmendes Bett verließ:

»Guten Tag, lieber Vorfahre. Ich bin Narayana, die Seele des Universums.«

»Habe ich richtig gehört?« Brahma machte plötzlich ein ernstes Gesicht. »Diese lässige Begrüßung gilt mir? Du weißt wohl nicht, wen du vor dir hast? Ich bin der Schöpfer des Universums und der Zerstörer der anderen Welten, das Wesen mit den Lotosaugen, der Geist der tausend Welten und der Autor eines Märchens, das gerade ein Mann für uns verfaßt, all das bin ich! Wisse, daß mir deine Vertraulichkeit mißfällt. Welcher Teufel reitet dich?«

Das Lebewesen fing an zu lachen, verscheuchte eine vorbeiziehende Nebelschwade und erwiderte, seine Stirn so hochgereckt, daß sich das Feuer der Sonne darin spiegelte:

»Glaube mir, o Verwegener, der Erfinder der Welten und Nebenwelten, der unerschütterliche Vater, der Herr der Götter und der Allgegenwärtige bin ich, Narayana. Dein Leib, dein Aussehen, das Ei, in dem du zwischen den Galaxien entstanden bist, die unvorstellbare Unendlichkeit und die Gestirne, all das, mein Sohn, ist mein Werk. Finde dich damit ab und sei glücklich unter meinem milden Blick.«

Brahma blies durch die Nase, und Welten erbebten. Narayana schnaubte, seine wütenden Blicke schlugen tausend ängstliche Sterne in die Flucht.

Als sie einander sprungbereit beäugten, erhob sich zwischen ihren geduckten Körpern plötzlich ein männliches

Glied aus Feuer. Beide wichen sie zurück und hoben den Kopf.

»Wenn es stimmt, daß du alles weißt«, rief Brahma der Ahnherr, »dann sprich! Sag, woher kommt dieser ungeheure Phallus?«

Der andere erwiderte:

»Wenn es stimmt, daß du der Vater allen Lebens bist, dann sag mir, wie sich dieser Penis vor meinem unfehlbaren Auge verstecken konnte.«

»Bald werden wir es wissen, mein Bruder«, sagte Brahma. »Ich werde dieses glühende Geschlechtsteil bis zur roten Spitze hochklettern. Nimm du den Weg nach unten zu seiner Wurzel. So erfahren wir, woher es kommt und wohin es geht.«

Gedankenschnell kletterte Brahma tausend Jahre in die Höhe. Narayana, mächtig wie tausend Welten, stieg tausend Jahre hinunter, geradewegs in die dichten Nebelschwaden. Ihre Suche verlief ergebnislos, sie fanden weder einen Anfang noch ein Ende. Also kletterte der eine wieder nach unten, der andere zurück nach oben. Beide warfen sich nieder und sagten:

»Was ist das nur?«

Der gewaltige Phallus bebte.

»Ich bin«, sagte er.

Und jeder hörte ihn. Und die Menschen auf ihrem Sandkorn atmeten auf, denn die Sonnenstrahlen hatten ihre sengende Kraft verloren. Die Bäume ergrünten wieder, und die erstaunten Menschen betrachteten ihre Seele, aus der die Unendlichkeit erwächst.

Krishnas Liebschaften

An einem Winterabend ließ ein König seinen Lieblingsdichter zu sich kommen und forderte ihn auf:

»Erzähl mir eine Geschichte.«

Der weise Mann nahm auf einem niedrigen Hocker Platz und trug ihm diese Erzählung vor:

Krishna, Sohn von Nanda, saß träumend in seinem Garten, in dem die Jasminsträucher die milde Herbstwärme genossen. Und als er sich an jenem Tage von der leichten Brise in den Schlaf wiegen ließ, verspürte er plötzlich in seinem Körper eine neue, heftige Sehnsucht, einen köstlichen Durst, ein seltsames Verlangen. Da fiel ihm ein Lied ein. Er nahm seine Flöte, und der Wind trug die Melodie weiter, und in den Häusern der ganzen Welt horchten hundert Frauen mit schönen Augen auf. Jene, die sich mit ihrem Gefährten unterhielten, staunten und liefen zur Tür, jene, die die Rückkehr ihres Ehemannes erwarteten, traten vom Fenster zurück, und jene, die in der Küche Speisen zubereiteten, ließen alles stehen und liegen und eilten, ohne sich die Hände zu waschen, lachend hinaus. Sie alle vergaßen klopfenden Herzens, angelockt durch Krishnas Gesang der Lust, Familie, Kinder und Nachbarn. Alle eilten zum Garten des Gottes.

Krishna, Sohn von Nanda, sah, wie sich die Frauen atemlos um ihn scharten, und fragte:

»Was tut ihr hier, ihr Frauen mit den Safranbrüsten? In eurer Welt sind nachts die Straßen dunkel. Eure Väter, Ehemänner und Söhne suchen euch. Sie brauchen euch. Kehrt zu ihnen zurück.«

Die Frauen erwiderten:

»Wir sind aus Liebe zu dir hergekommen, o begehrenswerter Herr.«

»Der Leib eines Gottes ist kein Gegenstand der Lust. Ihr Mädchen, denkt an mich, ehrt meinen heiligen Namen und betet. So zeigt ihr mir eure Liebe.«

Die verwirrten Frauen vernahmen diese Worte und senkten vom Leid überwältigt den Kopf. Schließlich wagte eine von ihnen etwas zu antworten:

»Um dir zu huldigen, dir die Füße zu küssen, haben wir auf unser irdisches Glück verzichtet. Vergelte Liebe mit Liebe, o Herr über unser Leben.«

»Was kümmern uns unsere Männer, was kümmern uns unsere Kinder«, sagte eine andere, »o Herr, von nun an bist du die ganze Hoffnung unserer Seelen.«

Eine dritte Frau meinte:

»Du hast unsere Gedanken gefesselt, uns unserer Freude, unseres Glückes beraubt, unserer Träume. Welchen Sinn ergibt es, wenn wir jetzt ins Dorf zurückkehren? Wir wollen deiner Spur folgen.«

»Dein Gesang rührt die Ochsen, die Tiger, die Löwen«, schmeichelte ein junges Mädchen und klatschte in die Hände, »er inspiriert die Amseln, läßt die Bäume erzittern. Wie kann da unser Verstand stärker sein als unser Herz?«

Krishna betrachtete sie und sagte lächelnd:

»Kommt.«

Er ging mit ihnen tief in den Wald. Dort umarmte er sie und legte sich auf sie. Er streichelte ihre Hände, ihre Arme, ihre Haare, küßte ihre Brüste und erfüllte ihre Leiber mit Freude. Sie waren so von Stolz erfüllt, daß sie sich über alle anderen Frauen erhaben fühlten, da sie von IHM, der im Himmel regierte, auserwählt worden waren. Krishna bemerkte ihre Trunkenheit. Um sie davon zu heilen, entschwand er plötzlich ihren erstaunten Blicken.

Anfangs dachten sie, er kehre bald zurück, dann überfiel sie Traurigkeit, und schließlich erfüllte sie Furcht. Sie suchten ihn in den Wäldern, fragten die Büsche, die Gräser und Gazellen nach ihm.

»O ihr, die ihr nur zum Wohle der Welt lebt, habt ihr Krishna, den Sohn von Nanda, gesehen? Er hat unsere Herzen geraubt, uns dann aber verlassen.«

So herumirrend entdeckten die Frauen eines Tages schließlich seine Fußspuren. Doch daneben waren weitere Abdrücke zu erkennen. Eifersucht stach ihnen ins Herz. Eine von ihnen klagte:

»Oh, meine Schwestern, eine Frau hat seine Liebe gewonnen.«

Eine andere meinte:

»Ab hier sieht man nur noch einen tiefen Abdruck. Oh, unser Vielgeliebter hat sie in seine Arme genommen.«

Wieder eine andere bemerkte:

»Hier hat er Blumen gepflückt. Hat er damit den Körper seiner Gefährtin geschmückt?«

Krishna gab sich in der Tat mit seiner auserwählten Gattin tausend Liebesfreuden hin. Und diese dachte bei sich: »Für mich hat er hundert Frauen unglücklich gemacht. Ich bin seine Favoritin.« Als sie die Furt eines Flusses durchquerten, bat sie ihn daher:

»Mein Freund, bitte, trag mich auf dem Rücken.«

Krishna kniete nieder, und sein Körper tauchte in den Sonnenstrahlen unter, die auf dem klaren Wasser flimmerten.

»Wo bist du, mein Gemahl, du Kraftquell meiner Seele? Hab Erbarmen, komm zurück zu mir.«

Er aber kam nicht wieder. Die Erwählte hatte tausend himmlische Verzückungen erlebt und hatte sich allein für liebenswert gehalten. Als sie verlangte, daß er sie trage, hatte sie vergessen, daß ihre Aufgabe darin bestand, Gott in sich zu tragen. Sie vergoß bittere Tränen. Die anderen Frauen fanden sie am Ufer kniend. Mit diesen hundert Gefährtinnen begab sich nun auch sie auf die Suche. Lange irrten sie umher.

An einem Sommerabend schließlich, als sie sich am Rande einer Lichtung niederlegten, stand Krishna plötzlich unter ihnen. Sofort scharten sich alle um ihn. Eine der Frauen ergriff seine Hand und hielt sie fest. Eine andere schmiegte ihre Wange an seine Schulter. Wieder eine andere kniete nieder und liebkoste mit ihren nackten Brüsten seine Füße. Alle fühlten sich erlöst vom unendlichen Schmerz der Trennung. Der Gott nahm auf den ausgebreiteten Gewändern Platz, und seine Frauen baten ihn:

»Unterweise uns, Herr.«

Krishna erklärte ihnen:

»Einige lieben nur, wenn sie selbst geliebt werden. Diese verstehen nichts von der echten Liebe. Sie machen Gefühle und Genuß einfach zu einem Handel. Andere lieben, ohne etwas zu erwarten. Das ist die wahre Zuneigung, meine Schönen, meine Liebsten. Euch, die ihr mich geliebt habt, bin ich entflohen, um euch göttliche Liebe zu geben und nicht die Liebe der Menschen.«

Nachdem er diese Worte gesprochen hatte, vermehrte er sich, so daß jede ihren eigenen Gott hatte, und jede liebte ihn auf ihre Weise. Eine der Frauen tanzte mit ihm und bot ihm ihre Brust dar, eine andere küßte ihn auf den Mund, wieder eine andere nahm seine Hand und legte sie auf ihren Leib, eine Frau reizte ihn, um seine Sinne zu erregen. So erlebten alle fern von dieser Welt unendliche Freuden.

Der Dichter schwieg. Und der König, der ihm gelauscht hatte, schwieg ebenfalls. Dann schüttelte er den Kopf.

»Dieser Gott«, sagte er schließlich, »ist ein unmoralisches Wesen. Er hat diese Frauen geraubt. Sie hatten Ehemänner, Väter und Kinder.«

»Was ist gut und was ist böse?« erwiderte der Weise. »O König, was wissen wir von der wahren Liebe?«

Tibet

Der Wilde

In grauer Vorzeit, zur Zeit der wildlebenden Geschlechtsteile, trugen die Männer das ihre diskret und verborgen, andere aber lebten in Freiheit als Brüder einäugiger Zwerge und grüner Gurken. Wer sie suchte, konnte sie in der Nähe von Büschen finden, überall dort, wo sich Frauen niedergelassen hatten, am Rand der Teefelder. Manche benutzten diese Ruten, um sich damit den Rükken zu kratzen, andere, um damit Ameisen zu zerdrücken die sich manchmal an ihre geheime Stelle verirrten.

Eines Morgens stöberten zwei Schwestern, die losgezogen waren, um Herbstfrüchte zu sammeln, einen dieser rosigen Stäbe auf. Die jüngere nahm ihn in die Hand. Er war heiß und lebendig.

»Schau, große Schwester, er wird größer und härter. Hilfe, er entwischt mir. Ah, der verrückte Fisch, er hebt mein Kleid hoch! Hilfe, halt ihn auf.«

»Hab keine Angst, ich habe ihn«, sagte die ältere, die zwischen den zitternden Beinen ihrer kleinen Schwester kauerte.

Sie betrachtete das Ding von unten und oben, von vorn und hinten und sagte:

»Du machst viel zuviel Aufhebens um dieses eitle, aufgeblähte Ding. Schau, wie man sich seiner bedienen kann.«

Sie streichelte es von allen Seiten. Es errötete und zappelte. Die beiden amüsierten sich darüber, wie stolz es tat. Die jüngere steckte es sich in den Mund, ließ es im Dunkel des Rocks spielen, schubste es und sagte:

»Ah, der Schuft, er strafft sich. Oh, wie gut er mir tut! Oh, meine Haare stellen sich auf, oh, meine Blume weint. O Gott, sag, was soll ich tun? Genießen? Bist du sicher? Ist das dein letztes Wort? So sei es denn, Herr.«

Sie stieß einen langen Schrei aus, wie eine verliebte Schwalbe. Dann kehrte sie in die Wirklichkeit zurück und stopfte als sparsame Gevatterin den Spitzbuben in ihren Weidenkorb.

»Ich behalte ihn«, sagte sie. »Und wenn du, liebe Schwester, Mutter und Großmutter nichts verrätst, leihe ich ihn dir bisweilen.«

Abends versteckte sie ihn unter einem flachen Stein in der Nähe des Kamins. Als alle schlafen gegangen waren, schlich sie auf Zehenspitzen durchs Haus und holte ihn aus seinem Versteck. Erneut führte sie ihn, die Decke über den Kopf gezogen, zu dem Tal, in dem das Leben entsteht. So genoß sie während langer Nächte die Freuden der Liebe.

An einem Frühlingstag entdeckte ihre Großmutter, die einen Schürhaken suchte, die Rute unter dem Stein der Feuerstelle.

»He, was tut denn dieser dicke Prügel hier?« sagte sie und hielt ihn sich vor ihre Hakennase.

Dann warf sie ihn ohne viel Federlesen ins Feuer. Als das Mädchen ihn im Feuer rösten sah, kreischte es wie ein Schwein, das geschlachtet wird, und stürzte wie von Sinnen mit ausgestreckten Armen auf das Feuer zu. Doch sie konnte nur ein Stück rohes Fleisch retten. Als ihre Großmutter sie so sah, totenbleich und von Schluchzen geschüttelt, sagte sie:

»Hast du Fieber, mein Kind?«

Das Mädchen erwiderte nichts, sondern begab sich zu Bett. Als sie sich das Laken über den Kopf gezogen hatte, versuchte sie, den geretteten Rest ihres Lustspenders zwischen ihre gespreizten Beinen einzuführen. Sie versuchte es lange, mit Daumen und Zeigefinger, empfand aber keinerlei Genuß und schlief enttäuscht ein. Als sie am anderen Morgen erwachte, klebte das Stück am Eingang ihrer weichen Höhle. Es war feurig, doch zart und kurz. Heimlich bereitete sie sich ein neues Fest der Lust.

Bald verriet sie den Frauen im Dorf, welch angenehmen Fund sie gemacht hatte. Sie klatschten in die Hände, und jede wollte für ihre intime Stelle auch ein solches Schmuckstück haben. Also sammelten sie die Ruten in den Feldern, und so kommt es, daß man heute keine mehr finden kann. Vor dem Feuer taten sie, was nötig war, und seit dieser Zeit befindet sich an der Schwelle zu ihrem Nest diese Walderdbeere, die ihrem Leib so viel Freude bereitet.

Verbotene Liebe

Es war am Anfang der Welt. Unsere Vorfahren hatten noch kaum die Augen geöffnet. An einem Abend, an dem ein gewaltiges Gewitter tobte, geschah es, daß ein junger Bergbewohner heftiges Verlangen nach seiner Schwester empfand, obwohl dies verboten war. Doch wie durch ein Wunder, einen Zufall oder durch Dämonenlist, empfand das Mädchen an jenem Abend das gleiche für ihren Bruder. Sie lebten in einem braunen Haus inmitten grüner Wiesen. Sie schlossen die Tür und die Fensterläden. Er entkleidete sich, sie riß sich das Gewand vom Leib, und während es draußen blitzte und donnerte, liebten sie sich in der Schwüle der Dunkelheit.

Im blauen Schein eines Blitzes sah Vousa, der Große Geist, wie die beiden sich leidenschaftlich umarmten. Er runzelte die Stirn. Ein Adler ließ sich auf seiner rechten Schulter nieder. Der Große Geist bezeichnete ihm finsteren Blicks das Haus, in dem die sündhaften Geschwister lebten. Sogleich machte sich der Vogel auf, flog durch die Wolken, über die hohen Baumwipfel und landete mit einem Flügelschlag vor dem Fenster.

»He, ihr zwei da drin, ihr Unglückseligen. Bruder und Schwester ist es verboten, das Tier mit den zwei Rücken zu spielen. Habt ihr das vergessen?«

Der Junge, der auf dem Leib des Mädchens kauerte und keuchte wie ein Esel auf dem halben Weg zum Berggipfel, antwortete:

»Sag Vousa nichts! Hinter dem Haus sind ein paar fette Hühner. Du hast uns nicht gesehen. Nimm dir drei und troll dich.«

»Ist ja wahr, ich habe Hunger«, erwiderte der Adler besänftigt.

Er blickte zum Himmel, zögerte kurz und stürzte sich dann, die Hauswand streifend, auf die Hühner.

Vousa, der Große Geist, wartete auf ihn. Er seufzte, grollte, wurde ungeduldig und überlegte, daß Boten manchmal unterwegs verlorengingen. Dann griff er mit der linken Hand nach einem Eichhörnchen, das vor Kälte fast erstarrt auf der Spitze einer Kastanie saß, und befahl ihm, indem er mit dem Zeigefinger auf den Ort des Skandals deutete:

»Eile zu diesen Flegeln und verfluche sie in meinem Namen. Dann komm zurück und erstatte mir Bericht.«

Das Tier kletterte die grünen Zweige hinunter. Vor der Behausung, aus der Lustschreie drangen, rief es:

»He, ihr ordinäres Pack, reißt euch zusammen! Ein Bruder und eine Schwester, die eine Nacht lang eine Orgie der Fleischeslust feiern, sind zu zehntausend Leben im Garten der Marter verdammt. Wißt ihr das denn nicht?«

Das Mädchen antwortete keuchend mit belegter Stimme:

»Liebes Eichhörnchen, hab Erbarmen, verrate Vousa nichts. In der Scheune nebenan sind ein paar Maissäcke. Nimm dir, was du willst, und still, kein Wort darüber.«

»Mais«, überlegte das Tier, dem das Wasser im Mund zusammenlief. Es machte sich auf den Weg, um sich die

Köstlichkeit unter den Nagel zu reißen. Es vergaß Vousa, der in seiner Himmelshütte wartete, die Faust ballte und erzürnt über seine Boten wetterte, die da unten im Nebel einfach verschwunden waren.

Als er die Erde beobachtete und auf das Geräusch eines doch noch zurückkehrenden Boten wartete, entdeckte er eine Maus, die in einem Wagen vorbeifuhr. Er packte sie am Schwanz.

»Siehst du dieses Haus? Ein Bruder und eine Schwester spielen dort das Tier mit den zwei Rücken. Erschrecke sie kräftig und berichte mir unverzüglich davon. Ich will, daß sie sich sofort ankleiden und sich den Rücken zukehren.«

Die Maus trippelte zur Hausmauer und schlüpfte durch ein Katzenloch hinein. Sie setzte sich auf ihren Schwanz, scharrte mit den Pfoten und piepste laut:

»Den Kochlöffel auf eine Seite, den Topf auf die andere! Los, Kinder, löst euch voneinander. Es ist höchste Zeit!«

Das Mädchen antwortete und deutete mit dem Schwengel, den sie in der Hand hielt, zum Regal hoch:

»Siehst du diesen Tiegel mit Reis? Bedien dich und verschwinde. Aber bitte, oben kein Wort davon!«

Doch dieses Mal hatte Vousa sein großes Ohr traurig herabhängen lassen. Er hörte jedes Wort, begriff, urteilte und verdammte die Schuldigen auf der Stelle. Mit der Spitze seiner Sandale schubste er einen Tiger, der im Schatten eines Dickichts döste.

»Verschling in meinem Auftrag diese schamlosen Liebenden, ich gehe schlafen«, befahl er ihm mit finsterer Miene.

Der Tiger streckte sich, brüllte, rannte los, sprang mit einem Satz durch die vertrocknete Lehmmauer, landete direkt vor dem Bett und riß das Maul weit auf. Das Mädchen und der Junge richteten sich gerade auf, noch völlig erschöpft von dem, was sie getrieben hatten. Sie rochen nach verbotener Liebe.

»Tiger, hab Mitleid mit uns! In der Umzäunung sind drei fette Schweine. Nimm sie dir. Sind sie nicht besser als unsere zerfetzten Leiber?«

Der Tiger witterte. Er hob den Kopf, rannte zu den Schweinen und kehrte gesättigt in seinen vertrauten Wald zurück. Bruder und Schwester aber erhoben sich bei Sonnenaufgang.

Seit jenem Tag liebt der Adler die Hühner, das Eichhörnchen den Mais aus schlecht verschlossenen Scheunen, die Maus den weißen Reis von den Regalen und der Tiger die Schweine. Seit jenem Tag ist in unserer Welt vieles im argen. Ein Bruder und eine Schwester haben es so gewollt. Sie haben ihre süße Lust ausgekostet, und wir müssen die bitteren Folgen ihrer Liebe tragen, die Zwietracht und all das Elend, so daß wir an Gott zweifeln müssen. Liebt Vousa, der Große Geist, uns noch? Wer weiß? Vielleicht noch ein wenig, vielleicht aber auch überhaupt nicht mehr.

Kunley, der Blitz-Mann

Es geschah in den schrecklichen Zeiten, als der Dämon von Wong die Welt erschreckte. Täglich verspeiste er erdverkrustete Bauern, zähe Alte, dicke Kinder und Milchkühe. Er verwüstete die Speicher, zertrampelte die Ernten auf den Terrassenfeldern und veranstaltete dann widerliche Freßgelage in einer Höhle, die den tausend Winden eines unbezwingbaren Berges offenstand. Er wütete so heftig, daß das Land bald leer gefegt war. Nur eine alte, vergessene Frau lebte noch in ihrer Hütte. Zu jener Zeit kam Kunley, der gesegnete Hofnarr der Götter, in das Tal. Er sah die zerstörten Ernten und die verrosteten Pflüge und schnupperte an den Wolken. Der Geruch der Luft verriet ihm, welches Übel im Land herrschte.

Er streckte sich im Gras aus und legte seinen Bogen und seinen Dolch, seine Pfeile und seinen Eßnapf, in dem sich ein alter Rest gebutterten Mehls befand, neben sich. Er nahm eine Handvoll dieser ranzigen Vorräte, rieb sich damit die Schenkel und den Unterleib ein, reizte dann seine behaarten Hoden und wurde geil wie ein verliebter Drache. Er tat so, als döse er, und wartete in Ruhe ab.

Da stieg der Dämon den steilen Weg herunter. Sein Auge war schwarz, er schnaubte und ließ die Arme bis auf den Boden baumeln. An der Wegbiegung entdeckte er Kunley. Er blieb stehen und brummte:

»Was für ein komisches Tier.«

Er berührte ihn mit dem Fuß, rümpfte angewidert die Nase und rief seine teuflischen Sklaven herbei.

Sie kamen und umschwirrten wie blaue Fliegen sein Gesicht.

»Ich weiß nicht recht«, sagte er zu ihnen. »Dieses Wesen gefällt mir überhaupt nicht. Sein Körper ist warm. Anscheinend lebt es. Doch zum Donner, es atmet nicht. Also muß es tot sein. Aber nicht der Hunger hat es niedergestreckt, denn neben sich hat es einen Eßnapf mit Butter. Könnt ihr eine Verletzung an ihm entdecken? Nein, er blutet nicht. Doch seht, übelriechende Würmer kriechen aus seinem Bauchnabel. Also ist er seit mindestens zehn Tagen tot. Aber seht seine aufgerichtete Rute! Gibt es irgendwo auf der Welt einen Leichnam, der ein solches Glied besitzt? All das erscheint mir doch sehr unnatürlich. Was haltet ihr davon, meine kleinen Dämonen?«

»Lassen wir ihn liegen«, erwiderten diese. »Wir müssen erst einer alten Frau den Garaus machen. Bei Sonnenuntergang gehen wir zu ihr und kommen später wieder zurück. Wenn er dann immer noch daliegt, finden wir sicherlich Verwendung für ihn.«

Der Dämon brummte zustimmend. Seine Teufel trollten sich, und auch er ging seines Weges.

Sobald er sich entfernt hatte, sprang Kunley hoch und eilte zu der alten Frau.

»Friede mit dir, Frau!«

Diese preßte die Hände auf die eingefallenen Wangen und kreischte:

»Der Fluch meines Alters! Seit langem habe ich keinen Frieden mehr. Auch du, mein Sohn, wirst ihn nicht in meine arme Hütte zurückbringen. Ein hungriger Dämon hat dieses Land in seinen Krallen. Er stürzt sich auf alles, schlingt es hinunter, rülpst und geht weiter. Das ist alles, was er kann. Sicher kommt er heute nacht noch und verschlingt mich bei lebendigem Leibe, wie er es mit allen Leuten im Dorf getan hat. Rette dich, schöner Mann, bevor es zu spät ist.«

»Schone deinen Atem und bring mir bitte ein Bier«, sagte Kunley und setzte sich vor das verlöschende Feuer.

»Ich habe nur noch einen kleinen Krug«, seufzte die alte Frau. »Trink, dann bist du wenigstens betrunken, wenn du stirbst. Vielleicht ist es besser so.«

Sie kauerte sich vor die Feuerstelle und stützte das Kinn auf die Knie. So wartete sie auf den Abend.

Als der Tag sich neigte, hörte man vor der Tür ein so starkes Knurren, daß Vogelfedern von der Decke fielen und die schwache Flamme der Kerze flackerte und erlosch. Kunley erhob sich.

»Bleib ganz ruhig«, sagte er zu der bleichen Großmutter.

Er holte sein Flammenschwert heraus und stellte es auf, bis es stand wie ein Fels in der Brandung. Dann öffnete er die Tür einen Spaltbreit. Ein Feuerstrahl schoß aus seiner rötlichen Eichel, traf den Dämon mitten auf den Mund, zerfetzte seine Lippen und zersplitterte ihm acht Zähne. Das Ungeheuer ging zu Boden und rollte ins Gebüsch. Es brüllte, erhob sich und floh mit hocherhobenen Armen in die Neumondnacht. Außer Atem brach es vor der Höhle zusammen, die im Volksmund Sieg-des-Löwen genannt wird.

Dort lebte die Nonne Samadhi. (Kunley hatte einst eine Beziehung mit dieser Frau gehabt. Als sie sich getrennt hatten, war sie Nonne geworden.)

»He, Heilige«, rief er, »sieh dir mein Gesicht an! Ein Dämon, der noch teuflischer ist als ich, hat mich so zugerichtet.«

Die Nonne untersuchte ihn, schüttelte den Kopf und sagte: »Das ist Kunleys Werk. Sein Luststrahl ist vernichtend, glaube mir, ich habe ihn genossen. Nichts kann diese Wunde heilen.«

»Ich will nicht sterben«, stöhnte der Dämon zitternd. »Sag, was soll ich tun?«

»Kehre dorthin zurück, woher du kommst. Derjenige, der dich verletzt hat, trinkt dort sein Bier. Versprich ihm, die Lebenden nicht mehr zu quälen. Wenn er Mitleid mit dir hat, bist du gerettet.«

Der Dämon schleppte sich mit blutendem Mund zu der Tür, wo ihn Kunleys Blitzstrahl getroffen hatte. Er rutschte auf Knien ins Haus und warf sich vor dem Vagabunden nieder.

»Ich lege dir mein armseliges Leben zu Füßen«, sagte er.

Kunley legte ihm die Hände auf seinen gesenkten Kopf.

»Du sollst in Zukunft Dämon-Schwarzer-Büffel heißen und die einfachen Leute beschützen.«

Gesagt und getan. Die alte Frau ging zu Bett. Schwarzer-Büffel baute die Dörfer wieder auf, und Kunley setzte seine endlose Reise fort.

Kunleys Gebet

Woher aber kam Kunley? Wohin ging er? Das war ein Geheimnis. »Ihr wollt meinen Ursprung wissen?« fragte er. »Das mächtige und weise Leben. Meine Zukunft? Das Leben. Meine Gattin? Das Leben. Was also ist das Leben? Eine Kraft, die sich bewegt, und ich begleite sie.« So durchwanderte er hier unten die Welt und stieß dabei eines Tages auf Tenzin.

Der halb gelähmte, achtzigjährige Greis empfing Kunley in seinem ruhigen Haus mit der rauchigen Decke, bot ihm zu trinken an und sagte, während er in der Asche der rußgeschwärzten Feuerstelle herumstocherte:

»Meine drei Söhne sind weggegangen, auch meine ältesten Töchter. Nun sind mir nur noch meine Jüngste und meine Frau geblieben. Mein Alter liegt mir schwer in den Knochen, und ich langweile mich sehr. Ich glaube, ich habe das Leben ausgekostet. Nun muß ich lernen zu sterben. Unterweise mich, Kunley, der du anscheinend Dinge weißt, die nicht in den Büchern stehen.«

Kunley leerte sein Bier in kleinen Schlucken, rülpste nachdenklich, kratzte sich an der Brust und erwiderte:

»Mein Guter, mir kommt gerade ein heiliges Gebet in den Sinn. Es ist mächtig, geheim und wirksam. Es ist wie eine mit Bärenfellen ausgekleidete Zuflucht. Wiederhole es jedes Mal, wenn dir mein Name in den Sinn kommt. Es befreit dich von den Beschwernissen des Körpers. Hör zu.«

Er rezitierte:

Gepriesen sei das demutsvoll verkümmerte Glied des Alten,
es ist meine Zuflucht!
Ausgetrocknet, geschwächt, vermodert,
ist es mein gesegneter Zufluchtsort!

Gepriesen sei die erschlaffte Vagina der Alten,
sie ist mein Zufluchtsort!
Ausgeweitet, welk, abgenutzt, verschrumpelt,
ist sie mein gesegneter Zufluchtsort!

Gepriesen sei die steife und flammende Rute des Löwen,
sie ist mein Zufluchtsort!
Stolz und unerschrocken, freimütig, den Tod nicht fürchtend,
ist sie mein gesegneter Zufluchtsort!

Gepriesen sei die duftende Liebeshöhle des Mädchens,
sie ist mein Zufluchtsort!
Empfänglich für die Lust, frei von jeder Scham,
ist sie mein gesegneter Zufluchtsort!

Der Alte verbrachte den Tag damit, diese Zeilen ständig zu wiederholen. Dann servierte er seinem Wohltäter etwas zu essen, und beide schliefen vor dem erloschenen Feuer ein.

Am nächsten Morgen, als Kunley das Haus von Tenzin verlassen hatte, fragte ihn die jüngste Tochter:

»Vater, was hat dir dieser Narr beigebracht, der bei uns übernachtet hat?«

»Ein heiliges Gebet.«

»Oh, ich möchte es gern hören. Mutter, komm her. Sprich, wir hören.«

Tenzin faltete die Hände und rezitierte mit geschlossenen Augen:

Gepriesen sei das demutsvoll verkümmerte Glied des Alten,
es ist mein Zufluchtsort!

Er sagte alles bis zum Ende ohne Fehler auf. Die Jüngste geriet außer sich. Sie wurde rot, hielt sich die Hände vor den Mund und stammelte:

»Welche Schande!«

Sie lief zum Wassereimer, um sich die Ohren zu waschen. Die Mutter wetterte:

»Entweder ist dein Geist wirr, oder dieser Teufel von Vagabund hat dich zum Narren gehalten. Armer Mann, kann man sich vorstellen, daß man vor der Familie solche Obszönitäten wie eine Gebetsmühle herunterleiert?«

»Was Kunley mir gesagt hat, werde ich tun, Frau. Ich bin in einem Alter, in dem mich nichts mehr aufregen kann, weder deine Schikanen noch die Verbitterung eines traurigen Mädchens.«

Bis zum Abendessen sprach er kein Wort mehr. Als man sich vor die Gerstensuppe setzte, sagte Tenzin erneut das Gebet auf.

»Mein Gott, nein!« rief das Mädchen.

Und die Gattin sagte verzweifelt:

»Jetzt fängt er schon wieder an.«

Sie standen vom Tisch auf und setzten sich vor Entsetzen zitternd auf eine Bank neben der Tür. Beide verständigten sich leise, daß das Gehirn des Alten nach ranziger Butter stinke und sie ihm in einer Ecke des Speichers eine kleine Kammer einrichten wollten. Tenzin aß in Ruhe seine Suppe zu Ende. Er hatte genau verstanden, was sich da neben ihm zusammenbraute. Er nahm seine Matratze, warf sie sich über die Schulter, stieg aufs Dach und ließ sich dort nieder. Er kam nie mehr herunter. Von nun an hörte man bei Tag und bei Nacht von ihm nur noch gedämpftes Gemurmel.

Eines Morgens hoben die beiden Frauen den Kopf und horchten verblüfft auf. Unter dem Gebälk erklang ein Lied, das sich wie die himmlische Stimme eines Kindes anhörte. Sie stiegen zum Speicher hinauf. Über dem Bett flimmerte lediglich ein helles Licht. Tenzin war nirgendwo zu sehen, und dennoch war es seine Stimme, die entzückt sagte:

»Oh, Frauen, welches Glück! Kunleys Gebet hat mir den Weg zum Paradies der Reinen gewiesen.«

Das Licht entschwand durch die Dachluke. Die Nachbarn sahen, wie es, umschwirrt von Vögeln, zum Himmel schwebte.

An der Stelle, wo das Wunder geschehen war, wurde ein Tempel errichtet. Wie man sagt, verlassen ihn die Gläubigen, die ihn besuchen, unter schallendem Gelächter, ohne eigentlich zu wissen, warum sie lachen.

China

Laos Liebschaften

Er hieß Lao, war jung und arm. Er lebte bescheiden in einem Haus am Fuß eines Berges, dessen Gipfel im Nebel lag. Er verließ sein Haus lediglich, um wilde Beeren zu sammeln und Gemüse in seinem Garten anzupflanzen. Jeden Tag widmete er sich unermüdlich der Kalligraphie. Manchmal schrieb er auch Gedichte und sang sie dem Himmel vor. Und wenn ihm aus dem großen Schweigen des blauen Himmels, an dem die Vögel kreisten, etwas Freude zuteil wurde, bedankte er sich bei Gott.

Eines Tages entdeckte er in seinem Garten zwei Schmetterlinge auf einer Artischocke. Er fand sie so entzückend, daß er die Hand nach ihnen ausstreckte. Sie flatterten mit den Flügeln, flogen aufgeregt hin und her und verschwanden dann im Schatten eines Laubbaums. Hingerissen begleitete Lao ihren Flug mit einem stummen Gedanken. »Mein Garten gehört euch und mein Haus ebenso«, sprach er zu ihnen tief in seinem Herzen. »Ihr seid mir immer willkommen.« An jenem Morgen verfaßte er ihnen zu Ehren ein hübsches Lied und verbrachte den Rest des Tages mit Gartenarbeit.

Bei Einbruch der Nacht setzte er sich an seinen Tisch, zündete eine Kerze an und öffnete sein Heft auf der Seite, wo er einen getrockneten Grashalm hineingelegt hatte. Da hörte er auf den Gartenwegen das Geräusch leichter Schritte, Gemurmel und Gelächter. Er ging zur Tür, öffnete sie einen Spalt und blickte hinaus. Zwei dunkelhaarige Mädchen standen auf der Schwelle. Die Jüngere sagte zu ihm:

»Wir wollen den Mann besuchen, der hier wohnt. Er hat uns zu sich eingeladen.«

Lao, der überrascht war und eine unbestimmte Angst empfand, hieß sie eintreten und forderte sie auf, Platz zu nehmen. Er verneigte sich vor ihnen und sagte:

»Mein Haus, meine Damen, ist Euer nicht würdig. Was kann ich Euch anbieten? Ich besitze nicht einmal einen Likör.«

Die jungen Mädchen hielten sich kichernd die Hände vor den Mund. Dann erwiderte die Ältere:

»Um Himmels willen, Freund, kommt zu Euch. Hört Ihr denn nicht die Eule und die Grillen? Ist jetzt die Stunde, da man ein Glas trinkt und vor ein paar alten Büchern höfliche Unterhaltung pflegt? Wißt Ihr wirklich nicht, weshalb wir hier sind?«

Lao verneigte sich mit blitzenden Augen noch einmal vor ihnen.

»Mein Bett«, sagte er, »ist zu eng für Eure zarten Gestalten. Dennoch biete ich Euch an, mich darauf mit Euch auszustrecken.«

Die Jüngere klatschte in die Hände.

»Schwester, dir gebührt die Ehre. Macht es gut, ich wache über euch. Ich wünsche euch alle Wonnen der Lust, die ich morgen ebenfalls auskosten werde.«

Lao entkleidete sich, genauso die ältere Schwester. Als sie sich nackt gegenüberstanden, streichelte sie sein Gesicht, knabberte zärtlich an seinen Lippen und rieb sich an seinem Unterleib. Er spürte, wie die Glut in seinem Blut seinen Sporn mit Leben durchflutete und hoch aufrichtete. Voller Begeisterung erfüllte er mit ihr die Aufgabe der Liebe, gab ihr, was erforderlich war, nahm sich, was er wollte, ließ sich unter ihr wie von der Dünung des Meeres mitreißen, tauchte wieder auf, tauchte in sie ein und tauchte auf. All das geschah mit so viel Leidenschaft und Ausdauer, daß sie bei Sonnenaufgang bereits den siebten Höhepunkt erlebt hatten.

Die Mädchen verabschiedeten sich vor dem Frühstück. Wie am Vortag kehrten sie abends zurück und kratzten lachend an der Tür. Der junge Mann wartete schon auf sie und hielt sich nicht mit Höflichkeitsfloskeln auf.

Während er die Räucherstäbchen anzündete, half die Ältere, die auf der Bettkante saß, der Jüngeren beim Auskleiden und zog sich dann in den Garten zurück. Die neue Geliebte verblüffte Lao, da sie seinen brennenden Stab mit vielen Kosenamen bedachte. Sie umschmeichelte ihn, nannte ihn ihren zarten Stengel, ihren unermüdlichen Einäugigen, ihr Spitzmesser, Tier mit dem langen Hals, ihren kapriziösen Kahlkopf, ihren Widder, ihren Tiefseetaucher und ihren Haudegen, ihren Höhlenforscher und ihren Honigknüppel. Jede Bezeichnung wurde mit einem eigenen Tauffest gefeiert. Als sich die zweite Schwester im Morgengrauen wieder ankleidete, nahm sie die ältere an der Hand.

»Ich weiß«, erklärte ihr Lao, »ihr seid keine sterblichen Menschen, und ich habe Angst, euch zu verlieren. Sagt, meine Freundinnen, woher kommt ihr?«

Die Mädchen erwiderten:

»Was sollen die Fragen? Hast du nicht zwei treue Gemahlinnen in uns gefunden?«

Sie küßten ihn auf die Wange und verschwanden plötzlich hinter einem Gebüsch.

Drei Jahre lang besuchten sie ihn bei Einbruch der Nacht, drei Jahre lang verschwanden sie wieder im Morgengrauen. Eines Tages brannten Soldaten, die durch das Gebirge zogen, das Haus ab, und Lao mußte fliehen. Auf seinem Weg kam er an einem windigen, regnerischen Abend zu einem verlassenen Tempel, der zwischen Felsen eingebettet lag. Um seine nassen Kleider zu trocknen, machte er aus Zweigen ein Feuer. An der Wand entdeckte er eine reichverzierte Freske, die eine Göttin unter einem Baum darstellte. Neben ihr saßen zwei reizende Mädchen, von denen jede einen Schmetterling auf der Hand hielt. Lao erkannte sie, es waren seine Gemahlinnen. Sie schienen im Schein des Feuers zu lächeln. Er verweilte eine ganze Woche dort und redete manchmal mit ihnen. Doch sie suchten ihn nicht auf. So zog er denn weiter. Mit den Jahren verblaßte die Freske an der Mauer des alten Tempels, ebenso wie die Erinnerungen an die beiden Frauen im Herzen von Lao.

Nuqi

Nuqi verkaufte Alkohol auf dem Markt von Chen. In einer abgelegenen Ecke besaß sie einen hübschen, aber winzigen und überladenen Stand. Es hieß, die Getränke, die sie feilbot, seien die besten in der ganzen Stadt. Nuqi galt trotz ihrer zarten Gestalt als die erfahrenste und unermüdlichste Marktfrau. Aber obwohl sie begehrenswert war und zu allen überaus freundlich, schüchterte sie die Männer ein. Wenn sie in ihre lebhaften und spöttischen Augen sahen, wußten sie, daß sie keine der Frauen war, die eine geile Hand auf ihrer Hüfte duldeten.

Eines Tages stand ein Unsterblicher vor ihrem Stand. Nichts unterschied ihn von den gewöhnlichen Menschen. Sie hielt ihn für einen einfachen Gelehrten. Es war die Stunde, da die Flaschen auf den Regalen in der Sonne funkelten. Er trat ein und bestellte einen Becher Likör. Er nippte daran und beobachtete die Straße. Dann erhob er sich, bedankte sich bei Nuqi für ihr köstliches Getränk und erklärte ihr, daß er nicht ein Käsch habe. Er schlug vor, ihr als Bezahlung ein Buch zu überlassen, das er aus dem Ärmel zog. Sie war damit einverstanden.

Als sie abends ihre Tür verriegelt hatte, zündete sie die Lampe in dem Verschlag an, der ihr als Schlafzimmer diente, setzte sich aufs Bett, stellte Mandeln und Rosinen daneben und schlug das Buch auf. Sie war erstaunt, denn es enthielt ausführliche Beschreibungen der Liebeskunst. Sie wußte nicht, daß man über so etwas schreiben konnte. Bald stieg ihr vor Verwunderung und Scham die Röte in die Wangen, doch entdeckte sie, als sie die Seiten mit feuchtem Finger umblätterte, die verschiedenartigsten Möglichkeiten, Verlangen zu erregen, Lust zu empfangen und die Vereinigung der Leiber als eine unerschöpfliche Quelle für Kraft und Schönheit zu nutzen. In den folgenden Nächten lernte sie die fünf Kapitel des Buches auswendig. Dann überlegte sie, daß das ganze Wissen nur graue Theorie blieb, wenn es nicht vom ganzen Körper umgesetzt wurde und die Sinne nicht mitwirkten. So beschloß sie, das Gelernte in die Praxis umzusetzen.

Sie entfernte alle leeren und staubigen Flaschen, die sie im Lauf der Jahre in ihrem Hinterzimmer angehäuft hatte, und gestaltete es zu einem geheimen Liebesnest um. Jeden Abend lud sie junge Männer ein, damit diese mit ihr die Kunst ausübten, die in dem Buch beschrieben und köstlich illustriert war. Allmählich reifte sie zur erregendsten und vollkommensten Geliebten der Welt.

Tagsüber, wenn sie wie immer ihrer Arbeit nachging, duldete sie wie zuvor in den Tagen ihrer Keuschheit keinerlei Vertraulichkeiten. Doch abends ließ sie gegenüber dem Mann, den sie umsichtig und verschwiegen gewählt hatte, jede Scham fallen und zeigte sich unersättlich im Erproben aller Spielarten der Liebe. So ging es dreißig Jahre lang. Sie schien ewige Jugend zu besitzen und wurde zudem von Tag zu Tag schöner.

Eines Morgens trat der Unsterbliche zur gleichen Stunde wie beim ersten Mal bei ihr ein. Nuqi erkannte ihn sofort wieder. Sie wußte jetzt, wer er war. Er lächelte sie an. Sie senkte den Blick und lächelte ebenfalls. Als sie ihm einen Becher Likör servierte, sagte er zu ihr:

»Ich sehe, daß dir Flügel gewachsen sind.«

»Ja«, erwiderte sie. »Bitte lehre mich jetzt, damit in den Himmel zu fliegen.«

Sie wich nicht von seiner Seite. Er trank gedankenversunken seinen Becher aus. Dann verschwand er, ohne sich umzudrehen, in der Menge. Sie folgte ihm, ohne die Schürze abzulegen oder die Tür ihres Standes zu verriegeln. Man hat sie nie wieder gesehen, weder in Chen noch an einem anderen Ort.

Japan

Ozume

Es war zu der Zeit, da die Götter in den Vögeln, den Tigern, dem blauen Himmel, den Frauen und den Winden lebten. Sie waren allgegenwärtig. Damals herrschte die Göttin Amaterasu vom Himmel aus über die Erde. An ihrer Stirn stand die Sonne. Ihre Hände erweckten den Morgen. Ursprünglich war sie das Glück der Menschen, doch es begab sich einmal, daß sie ihre größte Sorge wurde.

An einem stürmischen Winterabend entführte ihr Bruder, der Herr der Stürme, unter seinem grauen Mantel ihre Lieblingsdienerin. Amaterasu weinte um sie und zog den Trauerschleier über ihre Stirn. Sie wollte nichts mehr vom Leben wissen. In einer Eishöhle machte sie sich ein Bett aus Laub. Dann schloß sie die Felsentür zwischen sich und der Welt. Dunkelheit umhüllte fortan die Erde.

Die Götter waren darüber sehr betrübt, die Menschen in den Dörfern ebenfalls. Nicht einmal die Kami, jene buckligen Dämonen, die räudiger als Brombeergestrüpp waren, hatten noch den Mut, die Lebenden im Himmel und auf der Erde zu belästigen. Sie irrten mit hungrigen Augen umher, wühlten unablässig in der Finsternis, forschten hier und da in dunkler Nacht nach einer winzigen Spur des verlorenen Tageslichts. Verzweifelt vergossen sie heiße Tränen. Dann aber suchten sie Schutz unter den festen Brüsten von Ozume, der Göttin der Sinne. Die Liebe hatte ihre Hüften geformt. Sie sagten zu ihr:

»Habe Mitleid mit uns! Gib uns das Tageslicht zurück! Du, die du alles über die Liebeskunst weißt, hol Amaterasu aus der Höhle, wo sie dahinsiecht.«

Ihre Hände streichelten ihre Schenkel, ihren Leib, ihr dralles Hinterteil und drängten sie zu der Höhle, in der die Sonne eingesperrt war.

»Los, Ozume, verführe die Tür, sorge dafür, daß der Felsen wieder erwacht, dich begehrt und auf dich zurollt! Bewirke, daß er uns die Sonne zurückgibt.«

Ozume fing an zu tanzen. Mit glänzenden Augen und feuchten Lippen strich sie sich über ihre steifen Brustwarzen, öffnete die Schenkel, stöhnte und sang das Lied der lustvollen Schmerzen, die Musik vom Grunde des Körpers und trug das Gebet der zärtlichen Tiere vor. Der Himmel war erfüllt von ihren Klängen, während ihre Finger mit ihrer heißen Höhle spielten, in sie hineinglitten und ihrer Kehle stumme Laute der Lust entlockten. Die Kami um sie herum brüllten, da sie plötzlich von wilder, heftiger Begierde erfaßt wurden. Sie klatschten in die Hände, stampften auf den Boden, drehten sich mit ihren entflammten Stacheln im Kreis. Sie sahen, wie die Nacht sich ängstigte, die Sterne erblaßten. Da zogen sie mit dröhnendem Lachen davon.

Amaterasu erwachte auf ihrem Bett aus Laub, erhob sich und lauschte. Das Durcheinander draußen überraschte sie. Sie spähte durch einen Riß. Ozume und ihre Begleiter sahen, wie sich ein Lichtstrahl, der so dünn wie eine Spinnwebe war, aus dem Felsen stahl. Sogleich sprangen drei

Kami hoch. Sie hielten einen Spiegel in der Hand und streckten ihn dem Licht entgegen. Die Einsiedlerin sah sich darin, erkannte sich aber nicht. Sie glaubte, eine Rivalin vor sich zu haben. Welche Frau, welche Göttin, die schöner ist als ich, herrscht jetzt über die Welt? fragte sie sich bangen Herzens. Hat man mich denn schon vergessen? Sie öffnete die Felstür. Sogleich entschwand der Schatten. Die rote Sonne stand über den Wäldern, den Dörfern, den Flüssen und Bergen.

Ozume begab sich zur Ruhe, wie es die Kurtisanen im Morgengrauen tun. Seit dieser Zeit ist sie ihre vielgeliebte Heilige, ihre Schutzpatronin und Vertraute, denn sie läßt Nacht für Nacht die schwarze Sonne der Lust in den Betten aufgehen.

Korea

Die seltsamen Nächte von Herrn Song

Song wohnte auf einem Hügel, in einem Haus mit blauem Dach. Seine Frau war so zärtlich, daß sie den Mandelbaum, der sich über ihre Schwelle beugte, zu Tränen rührte. Trotzdem war Herr Song nicht glücklich, denn er war sehr heißblütig. Wer steckt in der Haut des Mannes? Welcher Menschenfresser, welches wilde Tier, welcher Gott? Wird man es je erfahren? Song besaß nur einen Freund – den Alkohol. Er betrank sich, besuchte die Bordelle und kehrte im Morgengrauen grölend heim. Seine schöne, vernachlässigte Gattin verlor allmählich ihr Strahlen, und ihr Herz erkaltete, wie ein Feuer, das niemand mehr schürt.

Eines Tages suchte ein Fuchsgeist in diesem Haus des Unglücks Unterschlupf vor der Nässe des Spätherbstes. Zieht doch der Geruch des Kummers die bösen Geister an. Er zerschlug die Krüge, zerriß die Kleider, warf den Reis ins Feuer, kurzum, er brachte den ganzen Haushalt um den letzten Rest seines Friedens. Eines Abends stand ein Reisender vor der Tür.

»Ist mein Bruder Song zu Hause? Schwägerin, ich komme aus der Stadt und würde ihm gern Nachrichten von seiner Familie übermitteln.«

Frau Song senkte den Blick. Sie wagte es nicht, dem Besucher zu verraten, in welchen verrufenen Lokalen sich ihr Gatte herumtrieb. Doch sie bat ihn ins Haus, servierte ihm eine Suppe und Fleisch sowie ein Bett im Gästezimmer. Dann ging sie schlafen.

An diesem Abend hatte jedoch der Fuchsgeist das Pulver eines Aphrodisiakums, das ihr Gatte, dieser geile Bock, mit sich herumtrug, wenn ihn seine maßlose Begierde zu den Huren trieb, in ihre Schüssel gestreut. Gegen Mitternacht verspürte sie zwischen ihren Schenkeln eine verzehrende Glut. Sie flehte die Götter und Dämonen an, ihr einen Mann zu schicken. Doch sie hörte nur das Prasseln des Regens und das Tropfen des Wassers in der Regenrinne. Mit nackten Füßen und offenem Hemd tappte sie zum Zimmer des Freundes und flüsterte durchs Schlüsselloch:

»Mein Herr, schlaft mit mir, ich bitte Euch, ich vergehe vor Begierde.«

Der Gast brummte ein paar saftige Flüche und sagte schließlich, mit dem Fuß aufstampfend:

»Euer armer Mann ist mein Bruder. Ich würde auf der Stelle tot umfallen, wenn ich ihn unter seinem eigenen Dach hinterginge.«

Frau Song rieb sich die Schläfen. Die Kälte im Flur riß sie aus ihren Träumereien. Sie lief kopflos durchs leere Haus: »Was habe ich nur angestellt, o mein Gott! Wie kann ich diese Schande überleben? Wie kann ich noch in den Spiegel sehen? Vor Anbruch des Tages muß ich tot sein.« Sie schlang sich ihren Gürtel um den Hals und stieg auf einen Stuhl. Als sie ihren Kopf in den Nacken legte und gerade den Stuhl wegstoßen wollte, die Finger an den Gürtel gekrallt, hörte sie, wie jemand sagte:

»He, hast du den Verstand verloren?«

Ihr Gatte war heimgekommen. Sie wurde in seinen Armen ohnmächtig. Er trug sie zum Bett, legte sie darauf, rieb ihre Beine und hauchte ihre blauen Finger an.

Schluchzend gestand sie ihm alles. Er hörte ihr zu und schüttelte den Kopf. Mit Tränen in den Augen sagte er:

»Ich bin schuld daran. Ich bin ein Ungeheuer. Ich habe dein Leben zerstört.«

Sie küßte ihm liebevoll die Hände und lächelte. Auch er lächelte und begab sich dann zum Gästezimmer. Doch der Besucher war verschwunden.

Von diesem Tag an war Song treu, solide und voller Liebe. Der Fuchsgeist verließ das Haus. Zehn Jahre vergingen. An einem Wintertag, als Frau Song die Läden öffnete, bemerkte sie drei Raben auf dem Mandelbaum. Sie fröstelte, und es wurde ihr eiskalt. Sie starb noch vor dem Frühling. Ihr Gatte war zu Tode betrübt. Einen Monat lang irrte er durchs Haus, blind für das Erwachen des Frühlings, wie ein Bettler in der Wüste. Doch eines Abends, als er ins Kopfkissen seiner verstorbenen Frau weinte, schlüpfte diese zu ihm ins Bett.

»Bist du es, meine Verblichene, bist du es wirklich?«

»Ich bin's, mein Gemahl, umarme mich, streichle deine Geistfrau. Vergiß allen Kummer, denn ich komme künftig jede Nacht zu dir.«

Im Morgennebel verschwand sie, im Abendnebel kehrte sie zurück.

Nach einem Jahr dieser ungewöhnlichen Liebe verlangte die Familie von Herrn Song, daß er sich wieder verheirate. Die Frau, die man ihm vorführte, kicherte viel, war sehr lebhaft, und ihre Brüste waren voll und heiß. Er nahm sie in sein Haus. Sie wischte überall Staub, schürte das schwache Feuer, brachte das Geschirr zum Glänzen und schlüpfte nachts zu ihm unter die bestickte Bettdecke. Doch am Fuß des Bettes stand die Tote, aufrecht und streng und befahl:

»Geh weg! Das ist mein Platz!«

Die neue Gattin sprang aus dem Bett, stellte sich tapfer vor die Tote und schrie:

»Dein Platz ist im Reich der Toten! Dein Mann gehört jetzt mir.«

Die eine brüllte, die andere keifte. Die eine zeigte ihre bleichen Krallen, die andere versetzte ihr eine Ohrfeige. Beide wälzten sich auf dem Boden und kämpften die ganze Nacht miteinander. Indessen kauerte Song in einer dunklen Ecke des Zimmers und flehte alle Götter an, ihn von diesem Furiengekreische, diesem lebensgierigen Geist, diesem halb lebenden, halb toten Leib der ersten Gattin zu erlösen. Schließlich graute der Morgen, ruhig und friedlich. Die Halbtote löste sich auf. Die junge Ehefrau erhob sich, kämpfte nur noch mit sich selbst. Dann beruhigte sie sich keuchend. Herr Song nahm sie in die Arme, und ohne der Vergangenheit nachzutrauern, erzählte er ihr, was er ein Jahr lang mit der Toten getrieben hatte.

Noch am selben Tag gingen sie zum Friedhof, wo sie begraben lag. Sie pflanzten an allen vier Enden des Grabes einen Pfirsichbaum, da die Verstorbenen keine Pfirsiche mögen. Die Tote blieb nun dort, wo sie war. Nach sieben Tagen der Trauer aber zog sich Herr Song, der des trügerischen Glücks, der dunklen Kämpfe und törichten Leidenschaften überdrüssig war, als Einsiedler auf einen Berg zurück und sprach nur noch mit den Wolken, die vorüberzogen, ohne auf den weiten Himmelswegen Spuren zu hinterlassen.

Won-Hyo

Der Mönch Won-Hyo lebte in einer bescheidenen Hütte neben einem Wasserfall, einem altersschwachen Baum und einem Wald mit zwitschernden Vögeln. Eines Abends, als der Wind durch die Nacht brauste, hörte er in der Ferne eine Frau rufen. Won-Hyo saß, die Hände auf den Knien, vor einer Kerze und hielt die Augen geschlossen. Er dachte über die Leere und die Finsternis in seinem Leben nach, das unendlich ruhig und unendlich arm war. Der Hilferuf, der durch den wütenden Sturm zu ihm drang, schreckte ihn auf. »Wie schwach und haltlos ich doch bin«, sprach er zu sich. »Wie wenig es doch bedarf, um Gott von mir zu entfernen.« Schon seit langem verglich er sich mit einem Zweig, der im Winde hin und her schwankt. Manchmal entfloh er dieser Dunkelheit seines Körpers, in dem nur die gottselige Ruhe einer gestaltlosen Anwesenheit herrschte, manchmal fühlte er sich darin wie im Herzen eines Wunders, doch nie war es ihm bisher gelungen, darin gänzlich aufzugehen, erhaben über Illusionen und unempfänglich für die List der Menschen.

Plötzlich war die Stimme ganz nah.

»Meister Won-Hyo! Habt Erbarmen, laßt mich nicht draußen stehen.«

Er sprang hoch und öffnete der Frau. Ein Regenschauer prasselte in die Hütte und löschte die Kerze.

»Bitte, darf ich eintreten? Ich habe mich verirrt, ich friere und bin erschöpft.«

Mit flehendem Blick und bebenden Lippen schaute sie ihn an. Sie fröstelte in ihrer dürftigen Kleidung. Won-Hyo schloß die Tür hinter ihr und zog sie zum warmen Schein des Feuers.

Sie war jung und schön. Unter ihrer nassen Kleidung zeichneten sich die Form ihrer Brüste und die Kurven ihrer Hüften ab.

»Mir ist so kalt«, sagte sie. »Wollt Ihr mir die Beine und Schultern reiben?«

Won-Hyo breitete eine Decke aus, forderte die Frau auf, sich auszustrecken, kniete vor ihr nieder und machte sich an die Arbeit. Bald stellte er fest, daß er ebenfalls zitterte, doch nicht vor Kälte: er schwitzte. Unwillkürlich verharrten seine Hände länger auf der Wölbung ihres Hinterteils. Er schloß die Augen und überlegte: »Ich muß meine Sinne beherrschen, vor allem meinen Atem.« Er hörte, wie er stöhnte. Auch das Mädchen seufzte unter seiner Berührung. Er beugte sich über sie und küßte sie auf den Nacken. Doch dann kämpfte er gegen die Begierde an, die ihn zu übermannen drohte, brummte, erhob sich und entfernte sich schwankend. Sogleich wurde er von dichten Nebelschwaden umhüllt. »Wohin geht meine Seele?« überlegte er und war so erschrocken, als habe er sein hilfloses Kind im Sturm verloren. Da verspürte er plötzlich unsagbaren Durst. Er suchte Wasser in der Hütte. Doch der Krug auf dem Tisch und die Schale waren leer. Er trat hinaus. Der Regen hatte aufgehört. Er lief geradeaus, unter die düsteren Bäume. Dann stolperte er und fiel mit dem Gesicht voraus ins Gras. Seine Hand griff in Wasser. Er trank es gierig. Das Wasser war köstlich, schmackhaft und beruhigend. Sein Körper fühlte sich von Kopf bis Fuß gelabt. Er stieß einen Seufzer aus und schlief sofort ein.

Vogelgesang weckte ihn auf. Tausende von lebendigen Sonnen, die aus dem Baum gefallen waren, ließen ihn blinzeln. Es war Mittag. Er rieb sich die Augen und blickte sich um. Überall entdeckte er Tiergerippe, gefüllt mit moderigem Wasser, in dem es von Würmern wimmelte. In der stockdunklen Nacht hatte er seinen durstigen Mund in das Wasser eines solchen Kadavers getaucht. Ein tiefer Schrecken durchzuckte ihn. Doch dann erfüllte ihn plötzlich helle Freude. »Herr«, sagte er zu sich, »ich habe verstanden. Jeder Durst läßt sich im Herzen stillen. Mein Glaube erschafft die Welt. Wenn ich glaube, daß dieses Wasser rein ist, ist es so. Ich weiß es, denn ich habe es getrunken. Wenn mein Verstand mir sagt, es sei faulig, ist es auch faulig. Genauso verhält es sich mit dieser jungen Frau, die mir der Sturm gestern zugeführt hat: Wenn ich sie mit dem Herzen betrachte, ist sie voller Leben. Wenn meine Sinne mich lenken, diene ich dem Leben, dem Gegenstand der Begierde. Aber wenn ich mich davon hinreißen lasse, erlebe ich weder Liebe noch Frieden.«

Er kehrte zur Hütte zurück. Das Mädchen schien ohnmächtig vor dem verlöschenden Feuer zu liegen, denn sie rührte sich nicht. Sie atmete kaum. Er legte sich auf sie, umarmte sie, streichelte sie und flüsterte ihr aufmunternde Worte von Kraft und Licht zu. Sie fing an zu wimmern, ihr Atem wurde kräftiger. Als sie aufwachte, empfand

Won-Hyo eine so stolze Freude, wie er sie noch nie erlebt hatte. Er erhob sich und ging hinaus, um sich unter den Wasserfall zu stellen.

Schon bald folgte sie ihm, so nackt, wie Gott sie erschaffen hatte. Sie fragte ihn, ob das Wasser kühl sei. Er wandte sich ab. Lachend fragte sie ihn:

»Machen Euch Mädchen angst, Meister Won-Hyo?«

Er wagte es, sie zu betrachten. Einen Augenblick lang verharrte er unbeweglich, dann näherte er sich ihr entschlossen. Er zeigte mit dem Finger auf ihre kecken Brüste und sagte:

»Alles läßt sich im Herzen finden.«

Die Frau bückte sich nach vorn und schien sich plötzlich in Luft aufzulösen. An ihrer Stelle befand sich nur noch ein Lichtstrahl in menschlicher Gestalt. Dann schwebte dieses Licht zur Baumkrone empor. Als sie sich entfernte, versicherte sie ihm:

»Es ist alles in Ordnung, Won-Hyo. Ich bin nur gekommen, um dir zu helfen, das zu finden, was du gesucht hast.«

Dann verschwand sie. Won-Hyo kniete nieder, sagte Dank und widmete sich, mit Friede im Herzen, wieder seinen Alltagsbeschäftigungen.

Wenn heute abend kein Mond scheint,
zeigt dir das Klirren meiner Armbänder den Weg.

Leg deinen Mund auf meinen,
doch laß meine Zunge frei,
damit sie dir Liebesworte zuflüstern kann.

Wenn die Liebe etwas Trauriges ist, weshalb sind dann ihre Qualen so sanft? Wenn sie sanft ist, weshalb ist sie dann so grausam? Wenn sie grausam ist, weshalb verlangen alle nach ihr?

Die Angst ist ein Riegel.
Öffne ihn, und tritt in den Garten hinaus,
wo die Liebe auf dich wartet.

In der Liebe wird das Unmögliche möglich.

Das Herz einer Frau
schlägt nicht nur
in der linken Brust.

Wenn du nicht weißt, weshalb er dich liebt,
verrät es dir sein Sporn.
Wenn du nicht weißt, weshalb du ihn liebst,
verrät er es dir ebenfalls.

Die Stürme des Lebens sind besser als fromme Prozessionen
und brennende Herzen besser als verstaubte Tugenden.

Wenn ein Mädchen bereit ist,
stellt auch eine vernagelte Tür
kein Hindernis für sie dar.

Die glückliche Liebende erfreut Gott.

Ozeanien

Die ersten Liebschaften der Welt

Lange vor unserer Zeit stieg eines Tages der erste unserer Menschenväter aus der unbewohnten Unendlichkeit zu uns herunter. Er hieß Rangi. Er war riesig und schön. Wer ihn sah, liebte ihn. Unsere Mutter Pèpa spürte seine Anwesenheit voraus. Sie verließ die Erde und ging ihm entgegen. Sie sah ihn, und er sah sie. Sogleich spürten sie Verlangen nacheinander. Sie küßten sich, ihre Leiber berührten sich, und sie vereinigten sich.

Zehnmal gelangten sie auf ihrem Wolkenbett zum Höhepunkt. Ohne sich auch nur einen Augenblick loszulassen, brachten sie, eng aneinandergeschmiegt, die ersten Lebewesen zur Welt: Rongo, Tangaroa, Tané, Du-der-Gereizte, Haumia und Tawiri. Lange Zeit lebten diese in der warmen Finsternis und dösten sorglos im Schutze der vereinigten Körper vor sich hin. Doch allmählich empfanden sie das Verlangen, sich zu bewegen. Sie wollten ihre Arme und ihre starken Beine ausstrecken und sich von dieser bedrückenden Dunkelheit befreien, die sie gefangenhielt. Doch sie strampelten umsonst. Du-der-Gereizte murrte:

»Diese hemmungslos Liebenden ersticken mich. Ich will endlich richtig leben. Kommt, Brüder, töten wir sie.«

»Rangi ist unser Vater und Pèpa unsere Mutter. Ihr Leben ist uns heilig«, erwiderte Tané, Vater-der-Laubwälder. »Versuchen wir lieber, ihre Leiber voneinander zu trennen.«

Alle bis auf Tawiri, den Verrückten, den Vater-der-Vier-Winde, der das langsame Schaukeln in der Liebesdünung genoß, waren damit einverstanden.

Rongo, Vater-der-Felder, Du-der-Gereizte und Tangaroa, Vater-der-Landschaften, versuchten es zuerst. Schwitzend, keuchend, stöhnend, mit hervorquellenden Augen, die aus den Höhlen traten, stießen sie mit den Füßen, dem Kopf und den Schultern. Die Erde ächzte, der Himmel stöhnte. Doch Rangi blieb unbeweglich auf seiner geliebten Pèpa liegen. Dann rammte Tané seiner Mutter die Fersen in die Seite, kauerte sich zusammen, umfaßte die Hüften seines Vaters über seinem Kopf und schnellte hoch. Rangi stöhnte laut auf:

»Frau, du entgleitest mir.«

Pèpa rief von unten:

»Mann, du entgleitest mir.«

Und Tawiri-der-Verrückte, der Vater-der-Vier-Winde, brüllte, es sei ihm kalt, man solle die Tür schließen, der erwachende Tag zwischen den feuchten Leibern schade seinen Augen.

Er klammerte sich an Rangi und vergoß Tränen über Pèpa, verfluchte die Menschen, die sich überall im Licht des Tages erhoben und beobachteten, wie sich der Himmel, ihr Vater, entfernte und ihre Mutter sich mit Bächen und Seen, Wäldern und Heiden bedeckte. Er entfesselte den Sturm, erzeugte den Frost, verbreitete den Nebel und den Tau. Nach dem langen dunklen Zeitalter kam jetzt das graue. Schließlich war Tawiri erschöpft, und die Männer, die aus den Höhlen strömten, begrüßten das Tageslicht, umarmten ihre Frauen und gingen, ihre Söhne auf den Schultern, auf die Felder.

Hören sie manchmal Pèpa, die Erd-Mutter, und Rangi, den Hohen-Himmel, zärtlich nacheinander rufen, wenn die Morgenröte die Nacht ablöst?

»O Rangi«, sagt Pèpa, »o mein geliebter Gemahl.«
Und aus ihrem verliebten Mund steigen Wolken auf.
»O Pèpa«, sagt Rangi, »o heißbegehrte Frau.«
Und die in Tau gebadete Erde erzittert.

Gott ist dort, wo die Liebe ist.

Unterhalb des Nabels
sind alle Religionen gleich.

Soll man die Begierde unterdrücken zugunsten der
Notwendigkeit?
Genauso könnte man die Füße abschneiden,
um keine Schuhe mehr zu benötigen.

Der Mann ist das Feuer, die Frau der Funke,
und der Teufel bläst ins Hinterteil.

Jede Frau besitzt zwei Herzen
Um deinen Dolch hineinzustoßen,
wähle das untere.

Warum bezeichnet man die Liebe als blind?
Weil sie das erkennt, was das Auge nicht sieht.

Wenn du die Liebe bremsen willst,
Versuchs zuerst mit dem Wind.

Wenn der Geliebte zu seiner Angebeteten eilt,
hinterläßt er im Schnee keine Spur.

Die Liebe ist wie ein Ei
auf der Spitze eines Horns.

Auch der Teufel hat seine Rechte.

Amerika

Amazonien

Die Wunde

Es war zur Zeit der düsteren Seelen und der unbewußten Ängste. Die Frauen lebten an der Flußmündung und die Männer weiter oben, wo der Sturzbach tobt. Begegneten sie sich manchmal? Nie. Sie gingen sich aus dem Weg. Jeder lebte in seinem Dorf, und sie kannten sich genausowenig, wie sich das Dornengestrüpp hier und das Gebüsch dort kannten. Anscheinend entsprach es Gottes Wille, daß dies so war. Doch irgendwann einmal tat ihm das leid.

Eines Tages erspähte ein Junge am fernen Ufer ein Mädchen, das ihm entgegenkam. Warum hatten sie im selben Augenblick unter dem Auge des Himmelsvaters ihre Hütte verlassen? Um sich vom Gewöhnlichen reinzuwaschen, um mit dem Himmel allein zu sein, mit der sonnenbeschienenen Erde und ihrem Herzschlag. Zumindest glaubten sie das. Denn sie hatten nicht die Hand des Schöpfers gespürt, der sie zusammenführte.

Das Gras war zart, feucht, und beide waren nackt. Während die Vögel jubilierten, gingen sie im strahlenden Licht aufeinander zu. Sie blieben voreinander stehen und musterten sich einen Moment lang mit vor Erstaunen geöffnetem Mund. Dann sagte der Junge zu dem Mädchen und deutete auf die Spalte in ihrem Unterleib:

»Du bist wohl verletzt.«

Das Mädchen erwiderte ängstlich und verlegen:

»Verletzt? Ich weiß nicht. Das da habe ich schon immer.«

Der Junge beugte sich hinunter und öffnete mit den Fingerspitzen die Lippen unter dem Bauchnabel. Im Innern war alles rot. Da sagte er:

»Das ist eine Wunde. Man sollte sie behandeln, bevor sie sich entzündet.«

Das Mädchen erwiderte:

»Aber es tut mir nichts weh.«

»Du mußt dich erholen. Gehen wir zu mir. Wir zeigen es den Großvätern, die kennen sich aus.«

Er nahm ihre Hand und zog sie mit sich.

Bis sie bei den ersten Hütten angelangt waren, schwiegen sie. Dann überschütteten die herbeigeeilten Männer sie mit erstaunten Fragen und Gelächter und gestikulierten wild. Vor dem Haus verstummten alle. Sie waren neugierig und reckten den Hals, während der Junge ins Halbdunkel trat und seine Begleiterin zu seinem Lager aus Laub führte. Er forderte sie auf, sich niederzulegen, bis er die Alten geholt habe. Diese erschienen mit ihrem Talisman und ihren Zauberstäben. Sie beugten sich ernst über das Mädchen, tasteten sie von vorn und hinten ab. Dann brummelten sie:

»Was sollen wir machen?«

Der Junge erwiderte:

»Die Wunde ist tief, wir müssen sie schließen. Man kann doch diesen Leib, ja dieses Mädchen nicht sterben lassen. Heute nacht suche ich den Waldgeist auf und bitte ihn um Hilfe.«

Als er sich des Nachts zu dem Waldgeist begab, führte ihn dieser zu den Heilkräutern. So kehrte er am Morgen beladen mit Kräutern, Blumen und Erdwurzeln zurück. Er zündete ein Feuer an, bereitete daraus verschiedenste Wässerchen und Salben. Mit ihnen bestrich er ihre Schenkel, den Nabel und die seltsame Scharte. Doch sie wollte sich nicht schließen. Jeden Abend erkundigten sich die Männer nach dem Stand der Dinge. Und wenn sie unter irgendwelchen Wehwehchen litten, behandelte der Junge sie mit den Säften, mit den Essenzen, Heilkräutern und Kräutertees. Sogleich verschwanden ihre Wunden, ihre Warzen schuppten ab, ihre Furunkel trockneten aus. So wurden allmählich Heilmittel für alles gefunden. Das Mädchen aber besaß immer noch seine Spalte, und der Junge, der seine Liebe zu ihr wachsen fühlte, war verwirrt, befragte sein Herz und verlor jegliche Lebenslust. Eines Nachts ging er, des vergeblichen Wartens und Hoffens überdrüssig, erneut in den Nachbarwald.

Er flehte den mitfühlenden Geist an, er möge ihm eine Eingebung schenken. Als er unter den Bäumen umherirrte, wurde die Stille der Nacht plötzlich durch das Krakeelen von Affen gestört. Geduckt hielt er an und legte sich auf die Lauer. Als eine Wolke, die den Mond verdeckt hatte, weiterzog, erschien ihm ein Gorilla im goldenen Lichtschein. Der Junge sah, wie dieser über einem Weibchen mit weit gespreizten Beinen kauerte und seinen Stachel aus rotem Fleisch mit einem Ruck in die geheimnisvolle Stelle zwischen deren Beinen stieß. »Bei den Waisengöttern, die für mich immer wie Väter waren«, schrie der junge Mann verblüfft, »das ist ja gar keine Wunde, sondern eine heiße Höhle, ein Lusttunnel, ein Kelch, ein Obstgarten, ein Glutofen, eine Stadt der Liebe.« Bis zum Morgengrauen schleuderte er verzückt Abertausende von Begriffen in die Nacht, mit denen auch wir das weibliche Geschlechtsteil bezeichnen.

Er kehrte ins Dorf zurück und versammelte seine Brüder um das Bett. Dann sagte er zu ihnen:

»Freuen wir uns, ich habe ein Heilmittel für die rote Wunde gefunden.«

In Anwesenheit aller führte er vor, was Mann und Frau miteinander tun, einmal aus Lust, ein anderes Mal aus Liebe und ein drittes Mal, damit sie es nicht vergaßen. Darauf eilten die Männer zum Dorf der Frauen. Sie behandelten sie alle, und die Frauen öffneten voller Hingabe ihre Schenkel. Denn es waren viele Monde vergangen, und nie hatten sie zu sagen gewagt, daß sie die Sehnsucht ihrer Quelle spürten. Gott im Himmel war zufrieden. Künftig kamen seine Kinder ohne ihn aus. Sie hatten nicht nur die Kunst des Gebärens entdeckt, sondern auch den verschlungenen Pfad der wahren Liebe, der allein es gelingt, aus einem Irrtum ein Wunder zu machen und aus einer grundlosen Sorge ein Allheilmittel.

Mond

In jener Vorzeit lebte Mond mit Sonne, seinem Vater, und seiner Schwester, dem einzigen Mädchen im Dorf der Menschen, auf unserer Erde. Er war ein junger Mann mit anziehendem Gesicht, einem drahtigen, kraftvollen Körper voll heftiger Begierden. Nachts fand er in seiner Hängematte keinen Schlaf, da ihn seltsame Träume wachhielten. Oft geschah es, daß sein Stab aus Fleisch und Blut ihn bei der Hand faßte und insgeheim zu Bäumen führte, in denen tiefe Spalten klafften. Er bohrte sich in sie, schloß die Augen und gab sich seinen Phantasien hin. Er hätte lieber eine Frau umarmt, doch es gab nur seine Schwester, die er ja nicht lieben durfte. Manchmal beobachtete er sie heimlich, und sein Blut geriet in Wallung.

An einem drückend schwülen Abend ging Mond mit seinen Träumen zu weit. In den umliegenden Hütten, auf dem verlassenen Pfad und unter dem dunklen Laubwerk herrschte Stille. Nur wenige Schritte von ihm entfernt lag seine begehrenswerte Schwester, nackt, mit gespreizten Beinen, und schlief, den Kopf in der Armbeuge vergraben. Um sie herum schliefen Männer und Kinder. Mit hochgezogenen Schultern und gespitzten Ohren schlich sich Mond, der seinen steifen Knüppel fest umklammerte, zu seiner Schwester. Er berührte ihre Brüste, den Bauchnabel, die Stelle zwischen ihren Schenkeln. Sie stöhnte und öffnete sich, und er legte sich auf sie.

Am Morgen verließ er sie, und die Schwester erwachte. Sie überlegte: Ich habe geliebt. Ihr Körper erinnerte sich an einen kraftvollen, glatten Körper mit einem feurigen Geschlechtsteil. In ihrem Mund spürte sie eine seltsame Süße. Sie erinnerte sich an ein Röcheln und Keuchen, gesehen aber hatte sie ihren nächtlichen Liebhaber nicht. Bis zum Abend wartete sie bei den Männern auf ein Zeichen, hoffte, einer würde sich durch einen Blick oder ein Geständnis verraten. Doch keiner ließ ihr das Herz höher schlagen. Ihr Bruder war auf der Jagd im Wald. Als er zurückkehrte, schlief das Dorf schon.

Auf Zehenspitzen trat Mond aus dem Schatten und warf seinen Beutel und seine Kleider in seine Hängematte. Dann spürte er erneut den am Vorabend geliebten Leib auf, legte sich auf ihn und tauchte erneut in den dunklen See der Lust.

Am nächsten Morgen begab sich die Schwester ans Flußufer. Wieder hatte sie eine Liebesnacht genossen. Sie beugte sich über das Wasser und studierte ihr Gesicht. In der Abenddämmerung nahm sie aus dem erloschenen Feuer eine Handvoll Asche und rieb sich damit die Hände ein. Dann begab sie sich zu Bett und wartete auf ihren geheimnisvollen Liebhaber. Als er kam, empfing sie ihn zärtlich, streichelte seine Wangen, seine Stirn, seinen starken Hals. Dann gab sie sich seinem lustvollen Stachel hin und schlief glücklich ein. Im Morgengrauen sah sie eine breitschultrige Gestalt im Morgennebel verschwinden. Sie lächelte und dachte: »Endlich werde ich es erfahren.« Als die Morgensonne die Wolken vertrieb, vernahm sie die heisere Stimme ihres Bruders. Lachend rief er:

»Was habe ich bloß auf der Nase?«

Dann ging sie ans Ufer, wo sich die Männer badeten.

Sie erblickte Mond, der im Wasser kniete und sein Gesicht betrachtete. Er verstand nicht, weshalb er so beschmiert war.

»Oh, was für ein Unglück«, rief sie. »Bruder, was hast du getan?«

Er erhob sich voller Scham, entsetzt und verstört, lief zum Wald und zerkratzte sich das Gesicht. Nur die Steine folgten ihm, die die Männer nach ihm warfen. Dann tauchte er im feuchten Schatten des Unterholzes unter, und die Männer lachten hämisch:

»Er kommt bald zurück.«

Doch niemand sah ihn wieder. Hundert Tage und Nächte verstrichen. Da zog Vater Sonne die weißen Augenbrauen hoch und befahl, daß man ihn suche. Drei Zauberer machten sich auf den Weg.

Er war tot, als sie ihn fanden. Sein Skelett lag unter einem roten Baum. Er hatte die Finger um seinen ausgeblichenen Schädel gekrallt und das Gesicht im faulen Laub vergraben. Sie setzten sich ins Gras, zündeten ihre Pfeifen an, bedeckten das Skelett mit frischem Grün und bliesen ihren Tabaksqualm über die Knochen. Aus dem Skelett wurde wieder ein Mensch aus Fleisch und Blut. Er seufzte und betrachtete voll Erstaunen die Welt.

»Nun ist also das widerliche Schwein wieder unter uns«, bemerkte der älteste der drei.

»Oh, er ist wie ein Neugeborenes, erinnert sich nicht, daß er seine Schwester gevögelt hat«, meinte der zweite.

Und der jüngste bemerkte:

»Dein Vater will wissen, weshalb du geflüchtet bist.«

Dann wurde Mond in das Dorf der Männer zurückgebracht.

Vater Sonne wußte alles. Er erwartete seinen Sohn auf der Schwelle seines Hauses. Sein Bart und seine Haare entflammten die Luft, die sein Gesicht umfächelte. Er sagte:

»Schau mich ein letztes Mal an. Ich schenke dir die Nacht, da du sie so sehr liebst. Ich hoffe, ich kann dich vergessen.«

Mond entfloh zum Himmel, wo er sich noch immer befindet. Habt ihr die Flecken auf seinem Gesicht bemerkt? Er betrachtet sich ständig in den Flüssen und Seen und sagt zu ihnen:

»Wascht mich rein!«

»Das ist deine Schande, mein Junge«, erwidern ihm die Gewässer. Wer könnte sie wohl je beseitigen?

Die Flöten von Yurupari

Wo lebt Yurupari? Im großen Fluß des Lebens. Wo liegen diese fruchtbaren Gewässer? Dort, wo sich Himmel und Erde berühren, am Horizont, der stets vor denen flieht, die ihn erreichen wollen. Dennoch begaben sich unsere ersten Vorfahren eines Tages auf den langen Marsch zu dieser Stelle, dorthin, wo die Sonne untergeht. Sie wollten Yurupari sehen. Und ihr Verlangen war so stark, daß ihnen das Unmögliche gelang.

Sie machten am Ufer halt, ließen ihre Stöcke fallen. Im klaren Wasser glitt lautlos eine Schlange dahin, ihr Körper schillerte in sieben Farben. Sie richteten ein Gebet an das Tier. Da stieg aus dem blauen Gewässer triefend ein Mann. Sein Gesicht war furchterregend. In seinen Augen leuchtete der Regenbogen, und seine Hände und sein Herz sprachen. Die Stimme schien aus einem noch undurchdringlicheren Dunkel zu kommen als die ihn umgebende Luft. Es war Yurupari. Er sagte zu unseren Vorfahren:

»Ich habe nachgedacht und sage euch: Schlaft nicht mehr mit euren Frauen, sonst verschlinge ich euch.«

Sie bekamen Angst, protestierten.

»Was«, sagten sie, »wir sollen auf sie verzichten? Welch ein Unglück für unsere liebeshungrigen Geschlechtsteile.«

»Fliehen wir, gehen wir in eine andere Welt!«

»Laßt uns dieses Ungeheuer töten!«

»Laßt es uns verbrennen!«

Sie brachten ihn zu einem Bett aus morschen Ästen. Dann setzten sie sich um ihn herum und entzündeten die Äste. Eine Stichflamme erleuchtete Yurupari in den sieben Farben der Welt. Er verbrannte. Aus seiner Asche wuchs ein langes Schilfrohr, daraus schnitzten die ersten Menschen die heilige Flöte. Doch sie konnten nicht darauf spielen.

Wer regierte in dieser Zeit im Dorf unserer Vorfahren? Mutter-Herrin-der-Erde. Sie lebte allein in ihrer Hütte, auf einem Berg über den Wäldern. Sie wußte alles über die Gesetze des Universums, entschied über Freuden und Schmerzen, über das Geschick der Kinder, die zur Welt kommen sollten, das Schicksal der Jäger, über Zahnschmerzen und Todesfälle. Die Menschen beneideten sie um ihre Fähigkeiten. An einem klaren Morgen gingen sie zu ihr.

»Tante, gepriesen sei dein Wissen! Wir gehen zum Fluß. Wie können wir die Fische dazu überreden, ohne Furcht in unsere Netze zu schwimmen? Wir haben Hunger, Tante, hilf uns.«

Mutter-Herrin erwiderte:

»Folgt mir, ich lehre euch, wie man sie fängt.«

Gemeinsam gingen sie zum Fluß. Sie tauchte bis zur Brust ins Wasser.

Da ließ sich ein Mann hinter ihr ins Wasser gleiten. Er verwandelte sich in eine Schlange, tauchte zwischen ihre nackten Beine, wickelte sich um ihre Fesseln und zog die Mutter hinunter. Sie schlug um sich, öffnete den Mund

und spuckte Schaum zur Sonne empor. Sie konnte nicht mehr atmen und sehen, wollte schreien, schluckte zuviel Wasser und wurde ohnmächtig. Zwei Männer packten sie an den Schultern, zwei andere ergriffen ihre Füße. Sie trugen sie zur Böschung und betteten sie auf Moos und Gras. Dann bildeten sie einen Kreis um sie und knieten nieder.

Vermutlich hatten sie noch immer Angst vor ihr, obwohl sie ihnen nichts mehr tun konnte. Sie spreizten ihre Schenkel und beugten sich über ihr Vlies. Das Blut klopfte in ihren Schläfen. Sie betrachteten die rote Quelle und betasteten sie mit zittrigen Fingern. Ein Mann sagte:

»Hier liegt die Quelle ihrer Kraft.«

Ein anderer maß mit einer Stockspitze die zarten Lippen ab, die Spalte, die das Leben hervorbringt. Als dies geschehen war, deckten sie die Mutter zu und sangen ein kriegerisches Lied.

»Was ist mit mir geschehen?« fragte sie.

Die Männer antworteten gemeinsam:

»Unsere Tante ist ins Wasser gefallen, wir haben sie ans Ufer getragen, denn sie ist ohnmächtig geworden. Wir haben gebetet, sie möge schnell wieder zu Bewußtsein kommen, und nun ist sie wieder unter uns.«

Sie kehrten zum Dorf zurück. Herrin-der-Erde schämte sich. Sie weinte. Denn die Männer hatten ihre Schenkel geöffnet und sie ihrer Fähigkeiten beraubt.

Aus dem Schilfrohr vom Ende der Welt stellten sie eine neue Flöte her und versahen sie mit einem Schnabel, ähnlich diesem seltsamen und weichen Mund, der sich zwischen den geschlossenen Schenkeln verbarg. Ihr Gesang war so schön, daß der Himmel zur Erde gelockt wurde, die Erde sich dem Himmel öffnete und sie zusammen tanzten und sich liebten. Ihr Herren der tausend Welten, was wärt ihr ohne die Musik der Flöten von Yurupari?

Nordamerika

Der Witwer-jenseits-des-Ozeans

Wer schuf die Dinge so, wie sie sind? Der Witwer-jenseits-des-Ozeans. Sein Haus lag am Ufer der Welt, wo die grauen Gewässer entspringen. Erinnert er sich an das, was er erlebt hatte, bevor er Vater Witwer wurde? Diese Zeit seines Lebens ist die Morgenröte des unseren. Wir wurden an jenem Tage geboren, an dem seine Gemahlin starb.

Als er sie vor sich liegen sah, packte Verzweiflung seinen Atem, seinen Blick, sein Herz und seine Glieder. Er schritt laut weinend durch das Wasser und streckte die Arme nach der dunklen Unendlichkeit aus:

»Unter meinen Füßen entstehe eine feste Welt.«

Die Welt erhob sich tropfend aus dem Wasser.

»Möge jemand zu mir kommen! Allein zu leben erschreckt mich! Ich möchte jemanden anschauen, streicheln, mit ihm reden, ihn hören und lieben.«

Als die Tränen seinen Bart und seine Brust benetzten, sah er, wie zwischen seinen Füßen eine Quelle zu sprudeln begann, wie diese bis zu seiner gerunzelten Stirn anstieg und sich in das Gesicht einer Frau, in Schultern, Brüste, Hüften und einen Bauchnabel verwandelte.

»Weiter«, rief er dem halbfertigen Wesen zu. »Du sollst bis zu den Fußnägeln lebendig werden.«

Und das Wasser verwandelte sich in ein Geschlechtsteil, ein Hinterteil, ein Paar Schenkel, in eine nackte Frau. Sie betrachtete den Witwer. Er musterte ihren Körper. Sie gefiel ihm. Er spritzte einen langen Samenstrahl in den Nebel, und dem Nebel entstieg ein junger, schöner Mann, sein erster Sohn. Er ließ sie beide im selben Haus wohnen und umgab dieses mit Gras, Bäumen, Früchten, Hasen, mit Elchen, Hirschen und Eichhörnchen. Die Flüsse und Meere bevölkerte er mit Fischen. Schließlich schuf er die Stämme und Dörfer. Dann betrachtete er sein Werk, und sein Glied sehnte sich nach neuen Liebesfreuden.

Er durcheilte die Welt. Sein Verlangen war so glühend, daß ein Blick genügte, und schon empfing eine Frau ein Kind von ihm. Wenn er einem weiblichen Wesen mit williger Höhle begegnete, erfüllte seine Wollust die ganze Welt, und man freute sich auf dem Meer, denn der Fischfang war reichlich. Manchmal ließ er einen Hirsch in einem Strom erscheinen, um die Mädchen aus dem Haus zu locken. Wenn sie sich mißtrauisch einschlossen, rüttelte er am Himmelsgewölbe, die Wolken grollten, die Jäger verirrten sich in den verwaisten Wäldern, die Ehefrauen wachten vor den erloschenen Feuerstellen, und die Kinder machten den Hunden die Knochen streitig.

Eines Tages erfaßte den alten Vater Witwer eine heftige und verbotene Leidenschaft. Er begehrte seine eigene Schwiegertochter, jene Frau aus dem Wasser, die mit dem Erstgeborenen, seinem kräftigen und weisen Sohn, vermählt war. Und eines Abends, als ihr Mann auf dem Wipfel eines Baumes, dessen Äste durch einen Sturm abgerissen worden waren, um Hilfe schrie, schlief der Vater mit der jungen Frau. Wer war es, der den jungen Mann da zwischen den Elsternestern hochklettern ließ? Etwa ein böser Zauber? Und wer hat gewollt, daß die Winddämonen ihn daran hinderten, vor Tagesanbruch wieder herunterzusteigen? Sein Vater, der alte Witwer, damit er genug Zeit für die Angebetete hatte.

Als der Erstgeborene am nächsten Morgen zurückkehrte, sah er auf seinem Weg den eigenen Sohn, einen Köcher auf dem Rücken und einen gespannten Bogen in der Hand. Das Kind war erblindet. Es schoß auf nicht vorhandene Vögel am leeren Himmel, dennoch fielen tote Vögel in seinen Beutel, den er wie zufällig vor sich hertrug. Sein Vater ging auf ihn zu und umarmte ihn.

»Mein Sohn, mein vielgeliebter Sohn, was ist mit deinen Augen geschehen?«

»Ich habe den Großvater über dem Leib meiner Mutter gesehen. Und auch er hat mich gesehen. Er hatte einen aufgerichteten Ständer und hat mir die Milch seines Leibes ins Gesicht gespritzt. Seither sehe ich weder Erde noch Sonne.«

Der Erstgeborene nahm das Kind an der Hand und lief mit ihm nach Hause. Der Witwer öffnete die Türe. Als er Sohn und Enkel erblickte, schämte er sich und weinte. Es wurde kein Wort gesprochen. Der Witwer zog sich mit gesenktem Blick zurück. Als er sich entfernte, schwor er sich, für immer keusch zu sein.

Er machte sich auf den Weg zum Ozean. Unterwegs stieß er immer wieder auf Frauen. Sie waren schön und nackt. Alle boten sich ihm dar. Doch er wies alle zurück.

Schließlich entdeckte er am Ufer eines Salzsees eine herrliche Frau. Er konnte dem verzehrenden Verlangen, das ihn zu ihr trieb, nicht widerstehen. Er dachte bei sich: Das ist die letzte, und sein steifes Glied schob sich energisch zwischen ihre offenen Schenkel. Sie umschloß ihn mit ihrer behaarten Grotte und brachte ihn so über den Ozean nach Hause.

Er schuf die Dinge so, wie sie sind. Er schuf uns, wie wir sind. Männer und Frauen, er ist unser Vater.

Der Schelm

Der Erstgeborene entstammte dem Leib der Erde. Er war ebenso schön wie häßlich, ebenso närrisch wie weise, grausam und großzügig, je nach Laune. Überall fühlte er sich zu Hause und befand sich doch ständig auf Wanderschaft. Die Menschen seiner Zeit nannten ihn den Schelm.

Als er eines Tages wieder umherzog, lud ihn das weiche Gras einer Wiese zum Verweilen ein. Er legte sich nieder, faltete die Hände über dem Leib und schlief ein. Als er erwachte, fröstelte es ihn. Seine rote Decke war weggerutscht, und er lag nackt da. Er rieb sich die Augen und erblickte oben am Himmel ein wehendes Banner an einem Mast. »Bestimmt findet hier in der Nähe ein Dorffest statt«, sagte er. »Seltsam, ich höre keine Trommeln.« Er richtete sich halb auf, stützte sich auf die Ellbogen und blickte nachdenklich vor sich hin.

Es war jedoch keineswegs ein Mast, den er vor sich sah, sondern sein Ständer, sein Spieß, sein Flammenschwert, sein Pfahl aus Fleisch und Blut. Und auf seiner Eichel wehte seine rote Decke als stolze Fahne im Wind. Er rief ihr zu:

»Komm runter!«

Dann umfaßte er den Feurigen mit beiden Händen:

»Bruder, du bereitest mir Schande. Los, komm zu mir zurück.«

Der Angesprochene erschlaffte zwar, wurde aber keinen Deut kürzer. Er war so lang wie zwanzig aneinandergereihte Pythons. Der Schelm rollte ihn über seiner breiten Brust auf und setzte murrend seinen Weg fort.

Zur Mittagsstunde gelangte er an einen See. Im sonnenbeschienenen Wasser badeten nackte Mädchen. Sie lachten, tollten umher, bespritzten sich und schwatzten wie tausend Spatzen.

Der Erstgeborene nahm seinen Säbel (er hing ihm um den Hals) und beschimpfte ihn:

»Sprich lauter, Freund, ich habe nichts gehört.«

Er führte ihn zum Ohr und brach in schallendes Gelächter aus.

»Ah ja, ich verstehe. Du willst ein Spiel zu zweit, eine Frau umarmen, die Flammen in der dunklen Höhle entfachen. Gut, ich gestatte es dir, aber ich treffe die Wahl. Schau jene dort, die abseits von ihren Schwestern badet. Das ist die Tochter eines Häuptlings, sie gefällt mir. Geh los, kleiner Bruder.«

Der freche Genießer, der sich sogleich entrollte, stürzte zum Ufer und sprang in die Wellen.

»Ach Gott, der Ungestüme, er spießt sie alle auf! Halt! Komm her, Brüderchen«, rief der Erstgeborene.

Und der andere gehorchte ihm. Der Schelm riß sich drei Haare aus (sie waren so stark wie drei grüne Lianen), nahm einen Felsen und befestigte ihn mit den Haaren am Ende seines Feuerstabs.

»Los, geh und tu, was du tun mußt.«

Der Lustspender machte sich auf den Weg und schleppte seine schwere Last bis zum Fluß, ließ sich ins

Wasser plumpsen und sank auf den Grund. Der Schelm sagte:

»Er ist zu schwer.«

Er brachte den Felsen zurück, spaltete ihn in zwei Teile und band eine Hälfte an seinen kahlköpfigen Freund.

Sogleich vollführte der lange Stachel Luftsprünge zum Ufer, stürzte sich ins glitzernde Wasser und bespritzte die Frauen. Diese waren außer sich und versuchten, ihm zu entfliehen. Das neugierige Ungeheuer schlängelte sich durch sie hindurch, klammerte sich an die Wade der Häuptlingstochter, kletterte ihre Schenkel hoch und drang in ihre Höhle ein. Die überrumpelte Schöne rief nach ihren Gefährtinnen. Sie eilten ihr zu Hilfe, packten sie an den Schultern, dem Hinterteil, den Beinen und Armen, konnten sie aber nicht von dem gierigen Eindringling befreien. Die Väter und Ehemänner kamen ebenfalls zu Hilfe, zogen und stießen mit aller Kraft. Doch keinem gelang es, das Untier aus ihrer Grotte zu verjagen.

Dann erschien eine alte Frau und brummte, man solle ihr Platz machen. Sie berührte das Instrument zwischen den geöffneten Schenkeln, schüttelte den Kopf und sagte:

»Ich kenne diesen Dorn, er gehört dem Schelm. Laßt ab, meine Söhne, ich werde ihn beruhigen.«

Sie schürzte ihren Rock, führte das Instrument ein, drückte es an sich und sang ganz leise:

»Sei brav, Erstgeborener, du harmloser Wicht! Zieh dich zurück, sonst hüte dich vor meinem Zorn. Meine Krallen sind scharf und meine Zähne spitz wie Messer.«

Der Schelm zog seinen einäugigen Riesen zurück und maulte wie ein Kind.

Er war der Sohn der Erde. Er wußte nicht, daß seine Mutter ihn gerade getadelt hatte. Er war stark und schwach, kühn und dennoch ängstlich und unentschlossen, aber er ging seinen Weg. Er wußte alles, und er wußte nichts.

Wie der Schelm das Gemüse erschuf

Der Erstgeborene durchquerte lange Zeit die Welt des neuen Lichts. Um den Hals, die Schultern und die Hüften hatte er sein Lustgepäck geschlungen. In der endlosen Weite stieß er auf einen Wald, den er betrat und dessen Schatten er einatmete. Als er unter den flackernden Sonnenstrahlen, die durch das Laub drangen, hindurchschritt, hörte er über sich in den Blättern eine Stimme, die sang:

»Was sehe ich? Einen nackten Mann! Was trägt er auf dem Rücken? Eine lange, schwere Last! Und was ist das für eine Last? Sein Stachel, sein Seiltänzer, seine Lunte!«

»Schweig, du Rüpel«, gemahnte ihn der Schelm. »Was hast du gesehen? Nichts. Meinen Stachel? Es ist nur ein kleiner Finger. Meine Last? Es ist nur der Wind. Ihr Waldgeister, hört nicht auf diesen Narren!«

Von oben ertönte brüllendes Gelächter. Der Schelm setzte seinen Weg durch den Wald fort; sein Blick verriet Neugier, doch er gab sich gelassen.

Kaum hatte er hundert Schritte im Laubwald zurückgelegt, da hörte er wieder die Stimme. Sie lachte hämisch aus dem dichten Gebüsch:

»He, ich habe ja deine dicken roten Hoden völlig vergessen. Oh, wie sie hin und her schwingen, wie prall sie sind.«

Der Erstgeborene dachte: »Da er sogar entdeckt hat, was ich verbergen möchte, weiß er wohl alles über meinen schönen neuen Körper!« Er blieb stehen und musterte stirnrunzelnd das Gebüsch.

»Du affiger Kerl«, meldete sich die spöttische Stimme, »du trägst sie zu hoch! Und was für eine seltsame Kappe ist doch diese verschrumpelte Eichel, die du auf dem Kopf trägst!«

Der andere stürzte sich wutentbrannt auf den geschwätzigen Busch. Ein Eichhörnchen streifte seine Waden mit seinem Schwanz und verschwand blitzschnell in einem ausgehöhlten Baumstamm.

»Fang mich«, quietschte das Tier vergnügt.

Der Erstgeborene brüllte:

»Ich werde deine Beleidigungen nicht länger dulden! Schande über dich, Lügner! Räuber! Behaarte Schwanzrübe! Du elender dürrer Ast!«

Er nahm seinen Einäugigen in die Hand und sagte zu ihm:

»Stöbere dieses Ungeheuer auf. Zermalme ihm den Schädel und verschlinge seine Augen.«

Dieser schlüpfte durch die Blätter, drang in den morschen Baumstamm ein, schnüffelte, wühlte, betastete, fand aber nichts als feuchten Schatten und drang deshalb noch tiefer ein. Diese Höhle war offensichtlich ein Brunnen ohne Grund. Der Stachel wurde von oben und unten, von links und rechts verschlungen, ohne daß er auf eine Tierschnauze, an eine Decke oder Wand gestoßen wäre.

Der Schelm zog sein Rachewerkzeug zurück und betrachtete verdutzt seine Schenkel. Unter dem behaarten Nabel war ihm nurmehr ein hängender, beschämender Zipfel verblieben, der kaum länger als der Schwanz einer Eidechse war. Er stöhnte:

»Mein Brüderchen! Oh! Mein Liebespfeil!«

Mit geballten Fäusten wendete er sich dem Baum zu:

»Zeig dich, Mörder!« rief er.

Er fällte den Stamm, stöberte das Eichhörnchen auf, versetzte ihm eine Ohrfeige und entdeckte schließlich in den Holzspänen seinen kleinen Bruder, der in lauter kleine Stücke zerteilt war.

»Armer Lustspan, wie erbärmlich du aussiehst«, murmelte er, als er die kläglichen Überreste betrachtete.

Er vergoß ein paar Tränen, hob dann den Kopf und sagte mit fester Stimme:

»Es ist nutzlos und töricht, sich zu beklagen. Da ich nun einmal verstümmelt bin, sollen zumindest die Reste meines Glockenschwengels der Welt zum Heil gereichen.«

Er ergriff ein Stück und warf es ziellos in die Luft. An der Stelle, an der es landete, wuchs die erste Artischocke. Er ging weiter und verstreute hie und da die Überreste seines Stachels. Aus ihnen entstanden eine Zwergbohne, ein Tomatenschößling, eine Rübe, ein Radieschen oder eine Kartoffel. So erhielten die ersten Gärtner das Gemüse. Und so wurde der Erstgeborene mit einem Stab versehen, wie wir ihn alle haben.

Wie der Schelm eine Frau wurde

Der Erstgeborene durchwanderte die Erde. Als er so ziellos umherzog, zufrieden und sich seines Lebens freuend, traf er eines Tages in der Nähe eines Dickichts einen Silberfuchs, der sich den frischen Wind um die Schnauze wehen ließ.

»Kleiner Bruder«, redete er ihn an, »du scheinst mir recht unentschlossen zu sein. Hast du dich verirrt?«

»Großer Bruder«, erwiderte der Fuchs, »diese Welt ist wahrhaftig schrecklich. Ich suche einen Ort, wo ich mit einem Gefährten leben kann, der mir jahraus, jahrein hilft, die schlechten Zeiten zu überstehen.«

»Deine Worte rühren mich, mein Freund«, sagte der Schelm. »Auch ich hätte gern ein hübsches Haus, einen liebenswürdigen Gefährten und blauen Himmel über mir. Wie wäre es, wenn wir uns zusammentun?«

»Ja, gern«, erwiderte der Fuchs.

Gemeinsam zogen sie weiter und unterhielten sich in aller Ruhe über die Dinge des Lebens.

Gegen Mittag stießen sie auf einen Eichelhäher. Er saß auf einem niedrigen Zweig, der sich über den Weg spannte, und krächzte erbärmlich. Der Erstgeborene sagte zu ihm:

»Du wirkst müde.«

»Das bin ich auch«, erwiderte der Vogel. »Es ist nicht auszuhalten in dieser Welt, und ich fühle mich recht einsam.«

»Schließ dich uns an, wir suchen ein Dach über dem Kopf und treue Freunde.«

»Gern«, sagte der Eichelhäher strahlend.

Zu dritt zogen sie weiter.

Unterwegs trafen sie eine Laus, die sich von der Abendbrise dahintreiben ließ. Der Schelm streckte ihr einen Finger hin, und sie klammerte sich an den Nagel.

»Du kleiner Leckerbissen, sag, suchst du auch ein gemütliches Heim?«

Die Laus erwiderte verdutzt: »Wie zum Teufel hast du das erraten?«

»Setz dich auf meine rechte Augenbraue, dann bist du nicht mehr allein.«

Bei Einbruch der Dunkelheit gelangten sie zu einem von Eichen mit glänzenden Blättern gesäumten Flußufer.

»Gefällt euch diese Stelle?« fragte der Schelm.

»Sehr!« erwiderte der Fuchs.

»Wunderbar!« sagte der Eichelhäher.

»Hier spürt man Gott«, piepste die Laus.

Sie errichteten eine Hütte, verbrachten darin den Sommer und den Herbst und taten sich an den Früchten der Jahreszeit gütlich.

Dann brach der Winter ein, mit schwerem Schnee und messerscharfer Kälte. Sie fanden keine Beere und auch kein Blatt mehr, bekamen nicht mehr das geringste Stück Fleisch zwischen die Zähne. Eines Abends saßen sie alle beisammen und schlotterten vor Kälte.

»Kleine Brüder, die Zeiten sind hart«, sagte der Schelm nach düsterem Schweigen. »Ich kenne ein Dorf, wo jeden

Abend Bärenkoteletts gebraten werden. Der Sohn des Häuptlings ist ein großartiger, unerbittlicher Jäger. Man sagt, er suche eine Frau. Ich werde mich in eine Frau verwandeln und mich von ihm heiraten lassen. Dann haben wir genug zu essen.«

Vor dem Haus rief er einen gerade vorbeilaufenden Elch zu sich. Als dieser näher kam, tötete ihn der Schelm, schlitzte ihn auf, entnahm ihm die Leber, verwandelte sie in einen unteren Mund und klebte sich diesen unter den Bauchnabel. Dann riß er ihm die Nieren heraus und formte daraus zwei üppige Brüste. Die Laus, der Fuchs und der Eichelhäher nähten ihm ein schönes Kleid aus weichem Leder, das mit Muscheln verziert war.

»Bin ich schön?« fragte der Schelm.

»So schön«, stimmte die Laus zu, »daß mich grenzenlose Begierde überkommt.«

»Schlaf mit mir, Kleiner, schlaf mit mir.«

Sie legten sich auf die Matratze und vollführten das, was Mann und Frau gewöhnlich auf ihr zu tun pflegen.

»Laus, beeil dich«, stöhnte der Eichelhäher, als er sah, was die beiden trieben. »Ich will auch reiten.«

Die Laus überließ ihm ihren Platz, nachdem sie auf ihre Kosten gekommen war. Der Eichelhäher klammerte sich leidenschaftlich an den Schelm. Der Fuchs stieß seine Schnauze zwischen die Krallen des Vogels.

»Jetzt bin ich dran«, flüsterte er heiser.

Als sich alle mit hängender Zunge wieder vom Bett erhoben hatten, sagte der Schelm:

»Machen wir uns auf den Weg, Kinder.«

Und so steuerten sie geradewegs auf das Dorf zu.

Die Gefährten des Erstgeborenen gingen der stolzen, wogenden Schönheit voraus. Ohne Gepäck schritt sie an den Hütten vorbei. Sie erregte so viel Aufsehen, daß der Häuptling, seine Töchter und sein Sohn neugierig herbeieilten.

»Das ist die richtige Ehefrau für dich«, sagte der Vater zu seinem Sprößling.

»Das ist die Schwägerin, die deinen Töchtern gefallen wird«, erwiderte der beherzte Junggeselle mit klopfendem Herzen.

Man holte die Tischdecken hervor, schürte das Feuer, hißte die Fahnen. Dann bot man der Schönen einen Hasenrücken, gebratene Bärenkoteletts und Schalen mit Mais an. Das Fest dauerte den ganzen Winter lang. Als die Zeit gekommen war, gebar der Schelm drei haarige Söhne. Doch an einem schönen Frühlingsabend wurde er seiner Frauenrolle überdrüssig und verließ mit seinen Gefährten das Dorf.

Sie legten eine weite Strecke zurück und waren nun wieder genauso heimatlos wie anfangs. Sie hofften auf eine Unterkunft, fanden aber weit und breit keine. Als sie zu der Mündung zweier Flüsse gelangten, nahm der Erstgeborene Platz und sagte zur Laus, zum Eichelhäher und zum Silberfuchs: »Brüder, heute speisen wir das letzte Mal zusammen. Heute abend kehre ich in das Land zurück, aus dem ich komme.«

Sie verzehrten ihr Mahl und verabschiedeten sich voneinander, und der Schelm setzte seinen Weg zwischen Wolken und Erde fort.

Gott herrscht über die höchste Welt, der Erstgeborene über die zweite. Die dritte gehört der Schildkröte und die vierte dem Hasen. Wir leben darin, jahraus, jahrein.

Wie sich Kojote eine Frau nahm

Es war einmal eine alte Hexe, deren Herz aus einer faulen Frucht bestand. Sie hatte zwei Töchter, die so schön waren wie die Sonne im Eiswasser. Sie lebten aber nicht im Dorf. Wenn man heimlich über sie redete, sprach man nur von denen »da unten«. Alle Männer begehrten die kühlen Schönheiten. Auch waren ihnen viele bis zu ihrem braunen Haus gefolgt. Keiner aber war zurückgekehrt.

Eines Tages sagte Kojote zu seiner Mutter:

»Mein Leib verspürt Verlangen. Ich gehe zu dem Haus da unten.«

»Mein Sohn, trau diesen Frauen nicht! Mach mit ihnen, was du willst, aber schlafe nicht mit ihnen. In ihrer unteren Öffnung nistet der Tod.«

»Dummes Zeug«, erwiderte Kojote. »Du kannst ja Trübsal blasen, ich suche mein Vergnügen.«

Und er machte sich lachend auf den Weg.

Die Alte empfing ihn mit tausend Schmeicheleien und falschem Lächeln vor der Tür.

»Komm herein, wunderschöner Mann. Mach es dir bequem, setz dich. Meine Töchter, kommt schnell! Schürt das Feuer, legt Fleisch auf den Rost und bringt Pantoffeln und duftendes Wasser!«

Kojote machte es sich gemütlich. Er löste seinen Gürtel und verspeiste Büffelzungen und Hasenkeulen. Die

Töchter wiegten sich in den Hüften, gossen ihm bei jedem Bissen etwas zu trinken ein und streiften mit ihren Brüsten seine Hände, seinen Mund und sein Gesicht. Die Hütte war von fröhlicher Musik erfüllt. Als es Mitternacht war, gähnte Kojote.

»Leg dich zwischen meine beiden Töchter«, forderte ihn die Alte auf. »Es ist so kalt. Sie werden dich warm halten.«

Kojote war in ausgelassener Stimmung, sein inneres Auge aber war wachsam.

Die Hexe zog sich in einen dunklen Winkel zurück. Kojote legte sich auf das Lager. Die Mädchen entkleideten sich vor dem rotglühenden Herd und schlüpften dann zu ihm unter die Decke. Man hörte für einen Moment lediglich das Knistern der Holzscheite. Plötzlich spürte er einen Atemzug an seiner Schläfe. Die jüngere Schwester flüsterte ihm zu:

»Hab acht auf unsere Leiber, schöner Mann. Unser Mund unten ist ebenso wie der oben mit zweiunddreißig Haken versehen. Das andere Mädchen ist nicht meine Schwester und die Hexe nicht meine Mutter. Sie hat mich gefangengenommen und verzaubert. Leg deine Hand auf mein Herz. Spürst du, wie stark es schlägt? Ich liebe dich. Ich will nicht, daß du wie die anderen armen Teufel, die vor dir in diesem Bett lagen, stirbst. Paß also auf und sei wachsam. Hörst du das durchdringende Geräusch?«

Der Mann erwiderte:

»Ja, ich höre es.«

»Das sind unsere Zähne, sie knirschen in ihrer Katzenfalle.«

Kojote wollte fliehen. Von großer Angst erfüllt dachte er: »Schnell, meine Waffen, meinen Gürtel, meine Stiefel, und dann nichts wie weg!« Da spürte er, wie sich eine Hand um seinen Hals krallte.

»Starker Mann«, gurrte das ältere Mädchen, »ich will dir Lust bereiten. Streichle meine Brüste, koste meinen Mund, liebkose mich, öffne mich und schenk mir alle verbotenen Wonnen der Lust.«

Kojote richtete sich mit einem Sprung auf, nahm ein Holzscheit und rammte ihn zwischen ihre offenen Schenkel.

»Endlich ein richtiger Mann«, stöhnte die junge Hexe. »Oh, wie wild er ist, wie hart!«

Späne und Splitter stoben aus ihrem gierigen unteren Schlund. Bald war das von der gefräßigen Katze zerkaute Scheit so kurz wie der Knochen eines Vögelchens. Kojote nahm sein Messer und stach es in das Herz dieses hemmungslosen Vielfraßes. Dann begab er sich zur Alten und schnitt ihr die Kehle durch. Zufrieden reinigte er seine Klinge und sagte zu der Jüngeren:

»Du hast mir das Leben gerettet. Ich will dich heiraten. Laß uns fliehen.«

»Nur mein Herz kann lieben«, gab ihm das Mädchen zur Antwort. »Wenn du mit mir schläfst, verschluckt mein Loch deinen schönen Rosenstengel, und dieses Unglück würde ich nicht überleben.«

»Es gibt ein Heilmittel gegen alles. Leg dich hier unter die Lampe und vergiß deinen Kummer.«

Er öffnete ihre Beine und riß die Zähne aus, die die Aprikosenfrucht säumten. Er warf sie kreuz und quer in die Hütte und ließ nur einen winzigen, abgenutzten Zahn übrig. Diesen nannte er Lustkitzler.

So hat sich Kojote eine Frau genommen, und so entstand schließlich die Liebe ohne Widerhaken.

Der Alptraum

Mitten in der Nacht richtete sich Iktomé zögernd von seinem Lager auf und brummte wie ein Bär. Er trocknete sich die Stirn und rüttelte Kojote, der neben ihm schlief. Der schreckte hoch, riß die Augen auf und sah sich ängstlich nach allen Seiten um.

»He, was ist los? Ist es schon Morgen?«

»Bruder«, erwiderte Iktomé schlotternd, »sag mir, daß alles in Ordnung ist, daß wir vor kurzem zusammen gegessen und zuviel getrunken haben und daß ich lediglich einen Alptraum hatte.«

»Einen Alptraum? Bist du sicher? Und ich habe so tief geschlafen. Die Angst ist Gift. Spuck es aus. Armer Ikto! Erzähl deinem Freund deinen Traum, dann fühlst du dich besser.«

»Ich habe geträumt, ich wäre in einem Gebüsch versteckt und ein paar Schritte neben mir, am Flußufer, befänden sich hübsche Mädchen. Bruder, du hättest sie sehen sollen. Sie waren so schön, daß sogar die alte Sonne über den Bäumen nervös wurde.«

»Ich habe schon Schlimmeres erlebt als einen solchen Alptraum, du Schlingel.«

»Eines der Mädchen zog sich ihr Kleid und ihre Schuhe aus. Dann stieg sie in den Fluß und hielt sich ihre Brüste. Ein Wunder an verderbter Unschuld!«

»Manchmal hätte ich auch gern solche Alpträume«, bemerkte Kojote lachend. »Verkaufst du ihn mir? Ich kaufe ihn.«

»Als ich ihr von einer sanften Brise liebkostes Hinterteil betrachtete, wollte mein praller Finger zwischen den Beinen unbedingt an die Luft. Er sprang heraus, und ich sah, wie er sich auf dem Gras ausstreckte und dann den Weg überquerte. Glaub mir, Kumpel, ich hatte eine Rute, die dreißig Schritt lang war.«

»Ich träume wahrhaftig viel, alter Schurke, doch an einen so reizvollen Traum kann ich mich nicht erinnern.«

»Mein Liebling tauchte in die verführerischen Wellen des neuen Tages. Er rieb sich leicht am Leib des Mädchens und küßte mit unschuldiger Miene ihr Vlies. Es schien ihr zu gefallen. Dann drang er in die Höhle des Glücks.«

»Oh, der Schurke, er erregt mich! Und so was nennst du einen Alptraum?« bemerkte Kojote mit funkelndem Blick und Speichel im Mundwinkel. »Du legst mir pro Nacht zwanzig solcher Alpträume in meinen Bettelsack, und ich gebe dir dafür meinen Platz oben im Paradies.«

»Plötzlich erfüllte ein dumpfes Grollen den Himmel«, fuhr Iktomé fort. »Ich befand mich dreißig Schritt von meiner neugierigen Eichel entfernt. Es war genau der Moment, in dem der Himmel, der Mond und die Sterne erschaffen werden und verkündet wird, daß es gut sei. Zu spät entdeckte ich, wie aus einem Nebeldunst ein Wagen mit acht ungestümen Pferden auftauchte. Auf dem Kutschbock saß ein Weißer mit großem Hut. Er ließ die Peitsche knallen und heulte wie ein Wolf. Es war die Achtsamkeit. Sie ist genau zwischen dem Mädchen und mir hindurchgeprescht.«

»Aua! Ja, das ist wirklich ein Alptraum, aber ein richtiger, ohne Zweifel. Und wie weh das tut. Ich ziehe mein

Angebot zurück. Iktomé, schnell, erzähl deinem Kojote doch noch einen einfachen, glücklichen Traum. Erfinde etwas, egal was, ich brauche das. Die Nacht ist lang, und ich fürchte mich im Dunkeln.«

Iktomé, der Prahlhans

Iktomé saß in einer Ecke seines Tipis und betrachtete seine Frau. Er hielt den Kopf gesenkt und grübelte: »Sie ist eine alte Frau. Ihr Atem stinkt nach modrigem Wasser, und sie hat Runzeln wie ein alter Apfel. Ihre Hängebrüste erinnern an zwei schlaffe Schläuche. Mit diesem Knochengestell soll ich schlafen? Nein danke. Mein Heldenmut hat Grenzen. Mein Herz begehrt eine leidenschaftliche Frau mit glattem Hintern, eine pralle, eine junge, eine frisch gepflückte Frucht. Verdammt noch mal, genau das will mein Herz, und ich muß auf mein Herz hören.« Seine Alte verlas gerade Gemüse. Sie wußte genau, was ihrem Mann durch den Kopf ging: »Sieh dir diesen alten Pavian an. Er stellt sich vor, er kann es einer besorgen, wenn er ihr nur befiehlt: ›Leg dich hin, jetzt komm ich.‹ Dieser Schuft! Ich kenne ihn durch und durch. Das stellt er sich so einfach vor, bei dem Gedanken fängt er an zu sabbern, dabei ist er kraftlos wie ein alter Muli, der Hundsfott! Ist nicht mal fähig, mir alle zehn Monde die Amsel ins Nest zu stecken. Warte nur, mein Guter, ich werde es dir heimzahlen.«

»Ich habe zu arbeiten«, sagte Iktomé.

Sie erwiderte:

»Davon bin ich überzeugt.«

Er ging hinaus und atmete auf.

Als er durch das Dorf ging, entdeckte er ein Mädchen mit großen lachenden Augen, das vor einem Tipi aus Bärenfell seine Zöpfe flocht. Um ihre Handgelenke klirrten Glöckchen. Ihre Finger waren so anmutig wie Kolibris. Als er sie betrachtete, wurde ihm ganz schwindelig. Er holte tief Luft und dachte: »Genau das brauche ich. Ich schwöre, noch heute abend werde ich mit diesem herrlichen Geschöpf das Lager teilen.«

»Ich grüße dich, junges Mädchen. Dein Tipi beherbergt eine Königin.«

»Ein guter Anfang«, meinte er zufrieden bei sich. Sie lächelte wie eine Schwalbe, und er fuhr fort, ein Auge zukneifend:

»Mein Gewand ist voller Überraschungen. Möchtest du sie erleben? Ich zeige sie dir.«

Das Mädchen lachte aus vollem Halse.

»Heute nacht, meine Schöne, komme ich zu dir. Warte auf deinem Lager links vom Eingang auf mich. Ich werde dein Bett mit dir teilen.«

Sie lachte, bis ihr die Tränen kamen.

»Ich möchte nicht prahlen, aber ich bin ein phantastischer Liebhaber. Meine Honiggazelle, du wirst unsagbare Wonnen mit mir erleben, die du nie mehr vergißt.«

Sie lachte, bis ihr die Luft ausging, und überlegte: »Dieser Alte ist drollig.« Und Iktomé dachte bei sich: »Sie lacht, das ist gut so.«

»Ich muß jetzt gehen«, sagte er und schnallte seinen Hirschlederriemen über seinem dicken Bauch enger. »Bis bald, meine Schöne.«

Seine Frau hatte von der Schwelle ihres Tipis aus alles beobachtet, fast alles gehört und vor allem alles begriffen. Kaum war ihr Gatte verschwunden, blickte sie sich nach allen Seiten um und eilte zu der braunhaarigen Schönen.

»Sag nichts, ich weiß alles. Er amüsiert dich? Das ist gut, denn mich, meine Tochter, macht er wütend. Hör zu. Du leihst mir heute nacht dein Bett, und ich überlasse dir bis morgen früh meines, meine rote Decke und meinen Hirschbraten.«

»Du hast eine schöne Kette.«

»Gefällt sie dir? Du kannst sie haben.«

»Komm herein, fühl dich wie zu Hause«, bat die Fröhliche sie ins Zelt.

Zur Zeit der Eule, als jeder in seinem Bett seine Traumtruhe öffnete, machte sich Iktomé in der Dunkelheit auf den Weg, ertastete das warme Bett und berührte den nackten Körper seiner Alten.

»Schönes Mädchen, ich bin's, Ikto, dein Liebhaber.«

Ein sanftes Gurren antwortete auf sein Flüstern.

»Oh, dieser köstliche Atem! Zum Teufel mit dem üblen Geruch meiner Frau! Oh, meine Walderdbeere!«

In der Finsternis gluckste es.

»Oh, diese festen, prallen Brüste! Oh, diese harten Knospen! Wenn ich an die schlaffen Brüste meines alten Weibes denke! Oh, ich fühle mich wie neugeboren!«

Ein perlendes Lachen hüllte ihn ein.

»Oh, das Feuer dieser Schenkel! Oh, meine Wölfin! Oh, das tut gut, viel zu lange schon habe ich mit einem Bündel morschen Holzes geschlafen.«

Ein leises Stöhnen drang ihm an die Ohren.

»Und wie feucht du bist, oh, wie köstlich! O saftige Johannisbeere! Oh, eheliche Wüste, weshalb hast du mich so lange dürsten lassen?«

Ein langer Schrei, vermischt mit ausgefallenen Beleidigungen, feuerte seine Sinne an.

»Ich komme. O Himmel, meine Milchstraße, mein Mond.«

Erschöpft versank er in der feuchten Hitze eines kichernden Atems. Dann fing er sich wieder.

»Nun«, fragte er, »bist du glücklich?«

Seine Bettgenossin lachte hell auf. »Sie gluckst oder kichert, sie gurrt oder stöhnt«, überlegte der alte Lüstling. Aus ihrem oberen Mund sprudelt nur dummes Zeug, ihr unterer jedoch verrät alles.

»Ich gehe jetzt«, sagte er, »heute abend aber komme ich wieder.«

Während er im Dorf noch ein wenig herumtrödelte, kehrte jede der beiden Frauen in ihr Heim zurück. Vor seinem Tipi angelangt, rief der treulose Ehemann:

»Ich habe einen Bärenhunger.«

Da sprang seine Frau mit einem wurmstichigen Stock aus dem Schatten. Der erste Hieb landete auf seinem Schädel.

»Für meinen stinkenden Atem! Wiederhol es, du Hasenfuß!«

»Au! Beruhige dich!«

»Und meine Brüste sind schlaff. Und das, wie findest du das?«

»Nicht so heftig, du bringst mich ja um! Oh, au! Meine Schulter!«

»Und ich bin also ein Bündel Holz mit einem fahlen Vlies.«

»Nicht auf den Rücken! Hilfe, ich flehe dich an! Ah!«

Als sie fertig war, hatte er ein lahmes Bein, die eine Hand drückte er auf die Nieren, die andere suchte Gott. Er lief zum Fluß, ließ sich auf den Boden sinken und dachte nach. »Es ist alles schrecklich einfach. Ich habe heute nacht mit meiner Alten geschlafen. Diese Bestie! Sie hat mich reingelegt. Mein sonst so ausgeprägter Tastsinn hat mir einen Streich gespielt. In Zukunft also ist Vorsicht angebracht. Und für den Augenblick Diplomatie. Ich will sofort tun, was getan werden muß.«

Er kehrte nach Hause zurück.

»Laß uns Frieden schließen«, sagte er und breitete die Arme aus. »Die Sonne steht dir gut, weißt du das, meine Süße? Oh, was für ein hübsches Gesicht du hast! Du bist wirklich hübsch, oder noch besser, du strahlst. Mein Spatz, sag nicht nein. Gesteh, daß dein Ikto dir Lust bereitet hat. Los, umarme mich.«

Dann schnupperte er und fragte:

»Und was gibt es heute morgen zum Frühstück?«

Die Unschuldige

Es war einmal ein hübsches Mädchen, das war noch Jungfrau. Sie wußte nichts über den Stab aus Fleisch und Blut, den jeder Mann zwischen den Schenkeln trägt. Dem alten Iktomé lief das Wasser im Mund zusammen, wenn er beobachtete, wie sie mit wiegenden Hüften Erdbeeren pflückte und ihre Brüste den weißen Schmetterlingen darbot. Wie aber konnte man mit dieser Unbefleckten schlafen, ohne sie zu erschrecken? Immerhin macht das Begehren erfinderisch, es kann aus einem Esel den Schöpfer von Sternen machen. »So denke denn nach, Ikto«, sagte sich der Entflammte. »Sie kennt die Frauen, nicht aber die Männer. Also los, ich werde mich als Mütterchen verkleiden und sie einlullen, ohne daß sie sich dabei etwas Böses denkt.« Er putzte sich dazu mit einem langen Gewand und einem Armband aus Mäusezähnen heraus.

An jenem Tag hatte die Welt blaue Augen. Die Sonne lachte am klaren Himmel, genauso der Fluß. Iktomé ging am Ufer entlang. Bald stieß er auf das junge Mädchen. Sie saß im Schatten eines Baumes und zog sich gerade die Schuhe aus.

»Welch schönes Wetter, Töchterchen! Oh, mein Rükken tut so weh.«

»Mutter, Frieden mit dir. Möchtest du auf die andere Seite?«

»Ja«, erwiderte Iktomé, »laß uns den Fluß gemeinsam durchwaten.«

Die verkleidete Frau und das Mädchen stiegen hintereinander in den Fluß und schürzten ihre Röcke.

»Oh«, sagte die Naive, »Mutter, wie haarig deine Waden sind.«

»Im Alter kommen die Haare, das ist unausweichlich, meine Tochter.«

Das Wasser war jetzt tiefer, und Iktomé zog den Rock noch höher.

»Oh, Mutter, wie haarig deine Schenkel sind.«

»Das ist ein Zeichen der Tugend! Sei brav, mein Kind, und eines Tages wirst auch du so aussehen.«

Das Wasser wurde immer tiefer. Iktomé verknotete das Gewand über dem Nabel.

»Oh, Mutter, dieser Finger, der über den Kugeln baumelt. So etwas habe ich noch nie gesehen.«

»Durch einen bösen Zauber hat ihn mir einst ein Hexenmeister dahin geklebt. Ich leide darunter, meine Tochter. Oh, ich würde mich gern seiner entledigen.«

»Schneid ihn doch ab, Mutter.«

»Abschneiden? Das verbietet mir leider das Schicksal, man darf ihn nicht abschneiden. Ich weiß allerdings, wie man ihn bändigen kann, doch wage ich nicht, es zu sagen.«

»Mutter, sprich ganz offen, hab keine Angst.«

»Man müßte diesen Stachel in deine geheime Spalte stecken.«

»Dann steck ihn hinein, Mutter. Einem anderen Erleichterung zu verschaffen findet Gottes Wohlgefallen.«

»Oh, du hilfsbereite Tochter! Oh, meine Duftende! Komm, wir wollen uns da unten am Ufer niederlegen.«

Auf der Wiese öffnete Iktomé ihre Schenkel und stieß das Instrument in die heiße Höhle.

»Oh, Mutter, das tut aber weh! Das Ding wird dicker.«

»Du nimmst mir meinen Schmerz, meine Tochter, danke.«

»Oh, ich gewöhne mich daran, mach weiter, Mutter.«

Iktomé bekundete durch einen Lustschrei seine Erfüllung und nahm dann seinen kleinen Lustschwengel wieder aus der köstlichen Quelle.

»Oh, Mutter, sieh nur, er ist geschrumpft.«

»Noch nicht genug, ich fürchte, daß er wieder anschwellen wird. Meine Tochter, nimm ihn in deine kleine Hand. Spürst du, wie er lebt?«

»Mutter, wir müssen das Biest erledigen. Das Schicksal ist mächtig. Seien wir beherzt und trotzen wir dem Unglück.«

Sie öffnete die Schenkel und steckte den Säbel erneut in ihre feuchte Scheide.

»Mutter, laß dir Zeit, es ist mir angenehm, meinem Nächsten auf diese Weise zu helfen.«

Iktomé brummte leise und genoß nochmals die höchsten Wonnen.

»Mutter, schau, das Ding ist ganz klein geworden, es bewegt sich nicht mehr, es tropft aus der Nase.«

»Tochter, ich spüre, daß es abermals in den Krieg ziehen will. Oh, dieses gewitzte, wilde Ding!«

»Mutter, hab keine Angst, du kennst den Weg, ich pflege dich, solange es erforderlich ist.«

Das dritte Mal verlief langsam und genußvoll. Schließlich sackte Iktomé erschöpft zusammen.

»Tochter, es reicht. Kehren wir ins Dorf zurück. Ich leide nicht mehr. Jetzt bin ich geheilt.«

»Mutter, das ist schade, mir gefällt dein Leiden! Komm doch zu mir.«

Beim vierten Mal jedoch hatte er Schwierigkeiten, schaffte es aber noch einmal mit glasigem Blick. »Ich habe genug von Frauen mit ihrem gierigen Leib! Heute abend, das schwöre ich, bleibe ich allein«, sagte sich Iktomé.

Das Gespenst

Diesen jungen Mann beneideten viele wegen seiner Schönheit. Seine Augen waren dunkel wie die mondlose Nacht, und dennoch waren die jungen Mädchen davon geblendet. Wenn er sie anblickte, sahen sie den hellen Tag. Er redete wenig mit den Menschen, deshalb bezeichnete man ihn als hochmütig. Er schien ständig mit etwas anderem beschäftigt zu sein. Zudem besaß er jene Kraft, die die Alten »Medizin der sehnsuchtsvollen Regung« nannten. Er war kein Zauberer, aber er betörte die Menschen. Wenn seine Flöte im Morgengrauen am Flußufer erklang, lauschten ihr die Vögel, die Grillen verstummten, der Wind legte sich, und selbst die Wolken am Himmel trieben langsamer dahin. Vernahm aber eine junge Frau seine Musik, erfüllte eine schmerzhafte Sehnsucht ihren Leib. Spielte sie gerade mit ihren Geschwistern, Freundinnen, ihrem Ehemann, hörte sie auf zu reden, ihr Lachen verklang, und ihr Blick schweifte ab; sie konnte ihren Geist nicht mehr beherrschen, und ihre Füße trugen sie zu dem schönen, hochmütigen Mann am Ufer des Flusses.

Von wem hatte er diese Macht? Niemand konnte es sagen. Vielleicht hatte er sie einst auf seinem Weg vor dem Beginn dieses Lebens gefunden, zu der Zeit, als seine Eltern ihn noch nicht kannten. Sein Herz aber war so kalt wie ein Stein. Jeder wußte, daß er die Frauen nicht liebte, jedoch gefiel es ihm, sie zu verführen. Er liebte den Moment, wenn sie sich ihm darboten und er sie stolz seiner Gnade unterwarf. Aber er wurde ihrer schnell überdrüssig. Eine Nacht genügte, um seine Lust abzutöten. Bei Sonnenaufgang wandte er sich von ihnen ab. Schenkte er ihnen dann noch einen Blick, war dieser voller Verachtung.

Eines Abends bemerkte man im Dorf seine Abwesenheit. Man machte sich Sorgen um ihn. Alle waren von der Büffeljagd zurückgekehrt, außer ihm, dem schönen, betörenden Flötenspieler. Am nächsten Morgen fand man seine Leiche im Gras am Ufer des Sees. Einige Raben kreisten darüber. Er lag auf dem Bauch, die Arme weit geöffnet. Zwischen den Schultern, mitten im Herzen, steckte ein Pfeil. Es gab viele Väter, Brüder und Ehemänner, die diesen Mann gehaßt hatten. Nun brachte man ihn nach Hause, zog ihm sein schönstes Gewand an und Mokassins mit Sohlen, an die man Gebete heftete. Man errichtete einen Scheiterhaufen für ihn und bettete seinen Leichnam darauf, dann aber ging ein jeder wieder seinen Alltagsbeschäftigungen nach.

Man erwähnte seinen Namen nicht mehr, da man das Unheil vergessen wollte, das er angerichtet hatte, aber irgend jemand aus dem Dorf hatte ihn getötet. Wie konnte man das vergessen? Eines Nachts fingen die Hunde, die vor den Feuerstellen lagen, unvermutet an zu jaulen. Die Kojoten in den fernen Hügeln antworteten ihnen. Jeder senkte den Kopf und lauschte. Man wußte, ein Geist irrte zwischen den Tipis im Nebel umher. Und dann vernahm man plötzlich eine Flöte, etwas später eine leise Stimme, die jeder erkannte. Sie sang:

Ich habe so oft die nackten Körper der Mädchen genossen!
Ich friere jetzt erbärmlich, oh, meine Lustquellen aus Fleisch und Blut!
Wer wird mich arme, zurückgekehrte Seele trösten?
Ich weiß nicht, wen ich suche, und so singe ich und singe.

Dieser Gesang ertönte die ganze Nacht, entfernte sich und kehrte wieder. Wenn der Wind ihn davontrug, glaubte man, davon befreit zu sein und Ruhe finden zu können, doch immer wieder brachte er ihn zurück, mit neuer Kraft, und die Mädchen stopften sich die Finger in die Ohren, damit sich ihr Körper und ihre Seele nicht davon einlullen ließen und sie dem unheilbaren Wesen zu Hilfe eilten, um ihm ihre Arme, ihren Mund und ihre Leidenschaft darzubieten.

Bei Sonnenaufgang beschlossen die Männer, an einen anderen Ort zu ziehen. Die Wiese war schön und der Fluß lieblich, doch wie konnte man in einem Land leben, das von einem Mann heimgesucht wurde, der nicht einmal im Tode seine Gier nach Frauen bezähmen konnte? Zum Glück folgte er ihnen nicht. Wo er sich jetzt befindet? Vielleicht weiß es Gott, er selbst jedenfalls weiß es bestimmt nicht. Denn um seinen wahren Weg zu erfahren, müßte er einen Menschen lieben oder zumindest irgend etwas, ein Tier oder einen Kieselstein. Aber wird er das jemals können?

Im dichtesten Wald hat die Lust
stets eine Stelle gefunden,
an der sie ihren Lebensbaum pflanzen konnte.

Begehre alles.
Begehre vor allem die Lust.

Die Liebe ist das einzige Gut,
das sich durch Teilen vermehrt.

Man kann mit den Lippen alles tun.
Sogar die Liebe.

Mann und Frau bilden
zusammen eine Seele.

Die Frau ist mutig,
und der Schöpfer liebt den Mut,
den die Liebe verleiht.

Liebe sie,
und du siehst den Himmel in ihrer Hand

Im Liebeskrieg gilt jener als tapfer,
der die Waffen niederlegt.

Wenn du lieben willst,
vergiß dich selbst.

Ein wahrer Liebender liebt,
ohne Lohn dafür zu verlangen.

Europa

Das antike Griechenland

Teiresias

In jener außergewöhnlichen Zeit besaß Teiresias noch nichts von der schmerzvollen Sehergabe, die ihn, obwohl er blind war, befähigt hatte, Ödipus in der quälenden Finsternis seines Lebens klarsehen zu lassen. Er war ein junger Narr, hochgewachsen, übermütig und unbekümmert. Er war ständig unterwegs, begierig auf das Unbekannte, auf neue Gesichter, fremde Landschaften. Er glaubte, sein Schicksal verlaufe so gerade wie ein Pfeil. Er wußte nichts von diesem spielerisch veranlagten Gott, der die Menschen nach seinem Belieben leitet und ihren Lebensweg unumkehrbar in ihre Sandalen eingeritzt hat.

Eines Morgens, als er zum Berg Kyllene gelangte, wollte dieser Gott, daß er seinen Beutel in den Schatten einer Kiefer stellte. Er trank aus seiner Reiseflasche und atmete die frische Luft. Als er träumerisch zum blauen Himmel emporblickte, ließ ihn plötzlich ein starkes Rascheln aufspringen. Der Busch neben ihm erzitterte. Er beugte sich hinunter. In dem Gestrüpp entdeckte er zwei kopulierende Schlangen. Nach dem Spruch der Weisen bedeutet es nichts Gutes, diese Tiere beim Liebesakt zu überraschen. Er hob also seinen Stock, ließ ihn knurrend niedersausen und zertrümmerte den Kopf des Weibchens. Er sah noch kurz das aufgerichtete Männchen über dem eingerollten Schwanzende des Weibchens und spürte dann schon den Biß. Blitzschnell verschwand das Tier in der Erde. Tiresias betrachtete seinen blutenden Daumen. Er fühlte sich schwindlig und lehnte sich gegen einen Felsen. In seinen Ohren rauschte es, und er umklammerte seinen langen Buchsbaumstock. Mit einem Seufzer schlief er ein.

Als er erwachte, stand die Sonne tief am rotglühenden Himmel. Er rieb sich die Augen, betastete seinen Körper und sprang entsetzt auf, um sich davon zu überzeugen, daß er noch derjenige war, der er zu sein glaubte. Doch er war kein Mann mehr. Unter seinem Bauchnabel fehlte etwas Entscheidendes, statt dessen ertasteten seine Hände Kurven, Rundungen, pralle Brüste. Das Gift der Schlange hatte ihn in eine Frau verwandelt.

Aber er war ein Abenteurer. Nach dem ersten Schock wurde er von großer Ungeduld erfaßt. »Ich weiß alles über Männer«, überlegte er, »da ich ja selbst einmal einer war. Nun habe ich die Gelegenheit, die tiefsten Geheimnisse der Frauen zu ergründen. Gibt es ein aufregenderes Geschenk? Kein Wesen auf der Welt hatte je die Chance, in die Rolle des anderen Geschlechts zu schlüpfen. Endlich öffnet sich mir die verbotene Tür, und ich kann die Schwelle überschreiten, die für jeden gewöhnlichen Mann unüberwindbar ist, und die Lust einer Frau genießen.«

Abends gelangte dies neue weibliche Wesen, von den Blicken der Passanten verschlungen, die seine Kleidung musterten, in eine weiße Stadt und entschloß sich, dort zu bleiben. In kurzer Zeit erlernte er dort das uralte Gewerbe einer Dirne.

Sieben Jahre lang konnte sie nicht genug kriegen von Soldaten und Priestern, von sanften jungen Männern und Greisen, bis zu einem gewissen Tag im Frühling, der sich äußerlich nicht von anderen unterschied, an dem sie jedoch plötzlich das Verlangen verspürte, den Wind, das Summen der Insekten und das blaue Licht jenes Ortes wiederzufinden, an dem sie einst ihre Männerhaut verloren hatte. Also begab sie sich zum Berg Kyllene und hielt ihren Stock fest umklammert.

Auf dem Gipfel blieb sie im Schatten einer alten Kiefer stehen. Mit geschlossenen Augen atmete sie wie damals die frische Luft. Plötzlich erzitterte neben ihr das Gebüsch. Sie erschrak und war doch gleichzeitig freudig erregt: »Ich wußte, daß es so sein würde«, dachte sie. Sie umklammerte ihren Stock. Zwei Schlangen, die ineinander verwickelt waren, richteten sich im struppigen Gebüsch auf. Der Stock sauste nieder. Dieses Mal wurde das Männchen tödlich getroffen. Das Weibchen biß sie in den Finger. Sie schlief sofort ein. Am Abend erwachte ein junger Teiresias mit flacher Brust, harten Schenkeln, geraden Hüften und einem festen Geschlechtsteil. Er stürzte sich wieder mit voller Kraft ins Leben.

Die Götter sind unsere Lehrmeister: Wir stellen sie uns vor, und sie beobachten uns. Sie wußten also in ihrem Olymp, daß das Abenteuer dieses Vagabunden wenigstens in einem Punkt ihr Wissen überstieg. Sein Körper hatte als Mann und als Frau gleichermaßen Lust empfunden. Nun geschah es, daß Zeus in einer Nacht voller Gift und Galle die Laune seiner Gemahlin Hera ertragen mußte, denn er war wieder einmal von irgendeinem Seitensprung zurückgekehrt. Sie haßte seine Eskapaden und gab ihm dies deutlich zu verstehen. Wie ein Stier, der von einer Fliege belästigt wird, empörte sich der oberste Gott.

»Schweig, Weib«, knurrte er. »Du redest ohne Verstand. Wer wenig ißt, hat häufig Hunger. Der Genuß des Mannes ist kurz, folglich wird er von stetem Verlangen gequält. Die Lust einer Frau ist intensiver und ausdauernder, als sie ein Mann je empfinden kann. Denk daran, und beklag dich nicht.«

»Dummes Gerede«, erwiderte Hera. »Dein Lustgebrüll setzt das ganze Universum in Erstaunen, wenn der siebte Himmel sich in deinen Leib herabläßt, während ich armes Weib gerade mal einen kleinen Seufzer ausstoße.«

Wer konnte diese Diskussion entscheiden? Sie kamen überein, daß es keinem von beiden möglich war. Nur ein einziges Wesen konnte es. Zeus, der die ewigen Vorwürfe leid war, schlug vor, daß man diesen Weisen anrufe und sich seiner Entscheidung unterwerfe.

Teiresias, der auf einem schlichten Bett eingeschlafen war, sah sich plötzlich in die göttliche Sphäre versetzt.

»Mann«, sagte Zeus, »kläre uns auf. Wer erlebt den höchsten Genuß, der Mann oder die Frau?«

Der Vagabund erwiderte:

»Zweifellos die Frau, und zwar in einem solchen Maße, daß ich manchmal meinem unteren Mund nachtrauere.«

Zeus lächelte triumphierend. Hera schnaubte verächtlich durch die Nase. Sie hielt Teiresias für ebenso arglistig wie dumm. Unvermittelt stieß sie ihm ihren rachsüchtigen Zeigefinger ins Gesicht und beraubte ihn seines Augenlichts. Zeus beugte sich über den unvorsichtigen, aber wahrheitsliebenden Mann.

»Mach dir keine Sorgen«, sagte er zu ihm, »du kannst jetzt zwar die Außenwelt nicht mehr sehen, doch dein Blick wird von nun an nach innen gehen. Du wirst alles über die Menschen wissen. Und dank meines dunklen Hauchs, der deinen Körper erfüllt, besitzt du von jetzt an die Gabe der Prophezeiung.«

Sogleich wuchsen ihm Bart und Kopfhaar, und Teiresias wurde ein altersloser Mann, offen für die tausend Winde der Welt und des Geistes.

Europe

Als Europe, die Tochter des Königs, in den Dünen am Meer die Herde ihres Vaters hütete, erspähte Zeus sie durch das Auge der Sonne. Sie war eine Schönheit, und er war Gott. Sogleich erfaßte ihn brennende Begierde nach ihr. In der blauen Stille hoch oben lächelte er in sich hinein. Er versetzte sich vom Götterhimmel auf den Strand und trat dort als weißer Stier in Erscheinung. Zwei junge Monde waren seine Hörner. Seine Augen waren grün und schwarz. Er näherte sich und bot der zarten Hand Europes seinen Hals. Sie zuckte zusammen, doch er gab sich sanft und ging demütig in die Knie. Diese Geste rührte sie, sie lächelte zart und wagte es scheu, ihn behutsam zu streicheln. Er senkte den Kopf ins Gras, und sie berührte seine Stirn mit ihren Lippen. Mit halb geschlossenen Augen grummelte er wie ein abflauender Sturm.

Dann lief sie plötzlich davon, um Wildblumen zu pflükken, und schmückte seinen mächtigen Körper damit. Es gefiel ihr, wie er sich ihren lebhaften Spielen und kindlichen Einfällen unterwarf, und sie bot ihre Brust dem heißen Atem seines Maules dar. Dann ritt sie auf dem Tier, schlug auf seinen Rücken ein, triumphierend, das Haupt stolz erhoben im Wind. Er steuerte auf das Meer zu und stürzte sich in die tosende Brandung. Die Blumen flatterten fort über das graue Wasser und schwammen mit der Ebbe davon. Europe klammerte sich an die Hörner des Stiers, protestierte, zappelte mit den Füßen und schrie:

»Geh sofort wieder an Land. Los, gehorche! Gehorche endlich, du gemeine Bestie!«

Das braune Maul durchfurchte den Schaum. Dann richtete sich das Tier auf, stieg aus dem Wasser, galoppierte durch die glänzende Gischt. Der Wind löste ihre Haare, die Kleider und den Schmuck. Europe blickte schreiend zum Himmel auf, ihr Herz schlug zum Zerspringen, vor Lebenslust, vor Angst. Es dauerte nicht länger als einen Herzschlag, bis sie die Gischt durchquert hatten; die Vögel und die Sonne zeigten sich wieder, das Meer war nur noch kniehoch, es küßte die nackten Füße des Mädchens und zog sich schließlich vom feinen Sand zurück. Es verwischte die Spur der ersten Schritte des weißen Stiers am Ufer. Die junge Frau, von Zeus begehrt, rollte zwischen seine Hufe. Sie befanden sich auf der Insel Kreta. Vor den Festungswällen lagen große Boote.

Europe rannte, stolperte und gelangte schließlich zu einem Weidenwäldchen. Sie fiel hin, hielt sich die Hände vors Gesicht. Der Stier kam herangaloppiert und öffnete mit einem heftigen Stoß seines Mauls ihre Beine. Sie wagte es, jenes Wesen zu betrachten, das den Himmel und die Bäume vor ihr verbarg. Sie sah einen Mann mit Kinderaugen. Ein hartes Geschlechtsteil nagelte sie fest. Ein verzehrender Feuerstrahl durchzuckte sie vom Scheitel bis zur Sohle. Ihrer Kehle entrang sich ein Todes- und Liebesröcheln, ein heftiger Geburtsschrei. Plötzlich erhob sich ein starker Wind. Sie wagte noch einen Blick und sah, wie sich ein Adler mit weiten Flügeln von ihr losriß, davonflog und von der Sonne verschluckt wurde. Nun erkannte sie voller Verwunderung, wer ihr Liebhaber gewesen war.

So sind sie, die göttlichen, tyrannischen, leidenschaftlichen und einfachen Liebesgeschichten. Doch wer urteilt über Gut und Böse? Die Götter spielen nicht, sie erschaffen. Europe gebar Zeus drei Jungen. Sie steckte sie in drei Leinensäcke und suchte einen irdischen Vater für sie. In Asterios, dem König von Kreta, fand sie ihn. Sie heiratete ihn, verließ ihn aber kurze Zeit darauf. Die Welt gefiel ihr nicht mehr. Als ihre Zeit gekommen war, wurde sie in die himmlischen Gefilde aufgenommen.

Die Geburt des Minotauros

Minos, Sohn der Europe, regierte nach Asterios' Tod über Kreta. Er war ein harter und stolzer Mann. Am Tage seiner Krönung legte er am Ufer des Meeres vor Poseidon, dem Gott der Nebel und der Meere, ein Gelübde ab. Von der Höhe eines schaumumtosten Felsens rief er mit salzigem Mund:

»Ein Stier möge aus deinen Gewässern geboren werden, der zu mir kommen und mich als Zeichen deines Bündnisses grüßen soll. Wenn du mich erhörst, Vater des Meeres, dann biete ich dir als Opfergabe sein Herz, seine Eingeweide und seine Leber.«

Plötzlich entdeckte er ein prachtvolles Tier, das wie der neue Morgen am Horizont auftauchte. Es berührte kaum den Schaum, als es direkt auf den König zukam. Kein menschliches Wesen hatte je einen Stier gesehen, der so strahlend weiß war wie dieser. König Minos schrie auf vor Freude. Eine Sekunde lang hielt er das Messer über ihn, zögerte kurz, die Klinge blitzte im Sonnenlicht. Dann steckte er das Messer zurück in den Gürtel und ließ sich auf die Erde fallen, lachend wie ein liebestoller Mann. Ein solches Tier opfern? Genausogut könnte man für alle Zeiten auf Feste, Frauen und Waffengefährten verzichten, ja auf das Leben selbst! Er ließ den Stier auf seine Weide führen, damit er sich unter die zahllosen Tiere seiner Herde mischte.

Poseidon schob mit einer ungeduldigen Handbewegung die Nebel beiseite, er entdeckte den Stier auf dem Hügel und zog seine buschigen Augenbrauen zusammen. König Minos hatte ihn getäuscht. Er grollte und fluchte empört. Schließlich schwor er Rache. An einem regnerischen Abend betrat er den Palast der Königin Pasiphaë, wie es die Träume tun. Sie schlief mit halboffenem Mund. Er schlüpfte in ihren Körper, wühlte ihr Herz und ihre Sinne auf und flößte ihrem prachtvollen Leib einen brennenden Wunsch ein: von dem großen weißen Stier geliebt zu werden und einen Tag, eine Stunde, nur einen Augenblick lang seine Frau zu sein. Am nächsten Tag erwachte sie mit diesem quälenden Verlangen in ihrem Leib, ihrem Herzen und ihrer Seele. Sie war erschrocken, wehrte sich dagegen, hätte sich am liebsten an Armen und Beinen gefesselt, um nicht zur Einfriedung zu laufen. Schließlich ging sie zu Dädalos, dem genialen Erfinder, dem unermüdlichen Baumeister und Sklaven göttlicher Träumereien.

Sie gestand ihm ihr unbändiges Verlangen und fragte Dädalos mit rauher Stimme und zitternden Händen:

»Wie nur kann ich mit diesem Tier meine Lust befriedigen?«

Dädalos trat ans Fenster. Lange verharrte er schweigend, betrachtete das Meer und die Möwen. Dann kehrte er zu ihr zurück und sagte:

»Ich weiß, wie. Du wirst dein Hochzeitsgewand tragen.«

»Mach schnell«, drängte ihn Pasiphaë.

»In drei Morgen«, erwiderte der Mann.

Im Morgengrauen des dritten Tages kleidete sie sich an, lief zur Weide und erblickte Dädalos im Morgentau. Er streichelte das schwarze Maul einer jungen Kuh mit staksigen Beinen.

»Königin«, sagte er, »so komm denn.«

Das Tier war unter der glänzenden Haut hohl und bestand aus Holz. Sein Körper öffnete sich wie eine Truhe.

»Zieh die Frauenkleider aus. Steck deine Beine in die beiden Hinterbeine und beuge dich nach vorn.«

Die verliebte Frau schlüpfte in das Tier. Dädalos verschloß das Gehäuse. Poseidons Stier erblickte sie am Rande der Einzäunung. Er schnaubte, lief auf sie zu, stellte sich aufrecht wie ein Mann und besprang die eingeschlossene Frau. Sie seufzte und stöhnte lange in dem festen Gehäuse.

Die befriedigte Königin brachte einen Sohn mit einem Stierkopf zur Welt. Er wurde Minotauros getauft. Der entsetzte König Minos fragte die Seher von Kreta um Rat.

»Wer ist der Vater dieses Wesens?«

»Das Tier, das aus dem Meer kam.«

»Durch welchen verheerenden Zauber hat es Pasiphaë verführt?«

»Dädalos kann es dir sagen«, erwiderten die Weisen.

Minos ließ den etwas zu hilfsbereiten Architekten kommen. Er packte ihn am Nacken, drückte ihn zu Boden und stellte den Fuß auf seine Schultern.

»Errichte um den Minotauros ein Labyrinth mit unendlichen Windungen und raffinierten Fallen. Ich will, daß die Königin, die der Sonne und meines königlichen Blicks unwürdig ist, mit ihrem Scheusal von Sprößling darin eingeschlossen wird. Und du, verkommener Baumeister, du wirst, sobald die Tür des undurchdringlichen Gebäudes geschlossen sein wird, mit deinem Sohn, dem jungen Ikaros, in diesem Gefängnis sterben.«

So geschah es. Lange Zeit danach entflohen Ikaros und Dädalos über den Luftweg, den die Vögel nehmen, und Theseus drang, geleitet von Ariadne, in den dunklen Raum vor, wo der Tod das Ungeheuer erwartete. Doch das ist eine andere Geschichte.

Herakles und Omphale

Als Herakles durch Lydien kam, lernte er die Königin Omphale kennen. Er zeugte mit ihr drei Söhne und lebte in ihrem prächtigen Palast so lange in süßem Nichtstun, glücklicher Unbekümmertheit und lustvoller Liebe, daß sich Menschen und Götter anfangs wunderten, dann die Nase rümpften und ihn schließlich überall verleumdeten.

»Anscheinend spinnt er Wolle«, bemerkten einige hämisch grinsend. »Und wenn er sie verwickelt oder ein Faden reißt, murrt Königin Omphale und klopft ihm auf die Finger.«

»Zudem«, behauptete ein anderer, »ist sein Löwenfell mottenzerfressen und dient nur noch als Staubtuch. Er trägt jetzt Ketten, Goldarmbänder, Frauenturbane, einen purpurroten Schal und einen goldenen Gürtel. Es ist ein Elend, ihn so zu sehen.«

»Weit schlimmer«, äußerte sich ein angeblich gut informierter Mann, »er liegt seiner Geliebten zu Füßen, ißt ihr aus der Hand und schämt sich dessen keineswegs. Er ist mit Körper und Seele verloren.«

Doch dies waren nichts als Phantastereien, Lügen, böser Klatsch und üble Verleumdungen. Hier soll berichtet werden, wie das Gerede entstand.

Omphale und ihr Prinz besuchten eines Morgens ihre Weinberge auf den Hügeln von Tmolos. Der Gott Pan beobachtete von einem angrenzenden Wäldchen aus, wie sie durch das Licht schritten. Die Königin war in Rot gekleidet, und der sanfte Wind entblößte ihre Brüste. Pan riß Mund und Augen auf. Sein Herz klopfte stürmisch, von wilder Leidenschaft gepackt. Ich will diese Frau, sagte er sich. Ich werde sie noch vor dem morgigen Tag haben.

Als Omphale und Herakles im kühlen Schatten einer Höhle verliebt Rast machten, wollte die Königin aus einer übermütigen Laune heraus ihr Gewand gegen das ihres starken Mannes eintauschen. Ihr Kampf verlief zärtlich und fröhlich. Als Herakles sich das Frauengewand überstreifen ließ, platzten die Nähte an Kragen und Ärmel, und in die goldenen Sandalen paßte er nur halb hinein. Er ließ die Armbänder über seine Finger gleiten, befestigte die Ringe an seinen Ohrläppchen und schlang die Ketten um seine Handgelenke. Omphale hingegen wirkte im Gewand ihres Geliebten völlig verloren. Sie amüsierten sich über diesen Rollentausch. Dann überwältigte sie das Verlangen, und sie liebkosten und liebten sich ausgiebig. Als es Abend wurde, schliefen beide auf ihrem Lager in der Höhle ein.

In Pans Augen glitzerte es – was nichts Gutes verhieß –, als er in die Grotte schlich, in der sie sich befanden. In der Dunkelheit ertastete er ein Tuch, drückte seine Nase hinein, spürte ein Kleid und legte sich, bereits in höchster Erregung, in der Dunkelheit verstohlen neben die Frau. Herakles glaubte im Halbschlaf, es handle sich um ein verirrtes Tier. Er brummte und versetzte ihm schlaftrunken einen Fußtritt. Der Eindringling, der dadurch mit der Stirn, dem Mund und dem Leib an die Mauer flog, quiekte wie ein Schwein am Spieß. Omphale, die aus dem Schlaf hochschreckte, entzündete eine Fackel. Auch Herakles richtete sich auf. Da entdeckten sie den blutverschmierten Gott, der im Staub seine Zähne suchte. Sie schütteten sich aus vor Lachen, Pan aber floh im fahlen Mondschein hinkend aus der Höhle.

Wer verbreitete aus Rache dieses seltsame Gerücht, der starke Herakles verbringe Tag und Nacht in einem glanzvollen Palast mit sinnlosen Beschäftigungen und weibischen Spielen? Pan, der Schelm mit den Beinen eines Ziegenbocks, der ewige Lüstling. Die Götter hörten ihm zu, und die Menschen glaubten ihm. So geht die Legende Hand in Hand mit der Verleumdung. Die beiden sind Schwestern, jedoch einander feindlich gesinnt. Die Legende ist voller Saft, die Verleumdung reines Gift. Und die Wahrheit, fragt ihr? Diese Welt ist nicht ihre Heimat.

Griechenland

Der Schuster im Kloster

Es war einmal ein Schuster, der war so heiter und arglos, daß ihm das Böse unbekannt war. Er trank ohne Bedenken, er liebte, ohne sich Sorgen zu machen, daß er in den Laken der Wollust das Paradies einbüßen könnte. Wenn ihm am Karfreitag ein Ferkel serviert wurde, band er sich eine Serviette um und schwelgte zum Wohle Gottes.

Sein Großonkel, ein Priester, war über seinen Lebenswandel so beunruhigt, daß er darob nicht mehr schlafen konnte, das Essen und Trinken verweigerte und krank wurde. Eines Morgens, als er wieder einmal mit grauen Wangen und schweren Lidern erwacht war, konnte er nicht mehr an sich halten. Er betrat entschlossen den Laden seines Neffen, in dem es nach Leder roch, setzte sich vorsichtig auf einen abgewetzten Schemel, aus dem das Stroh hervorlugte, und sagte:

»Mein lieber Neffe, bald feiern wir Pfingsten, und ich möchte dich gern einladen. Wie du weißt, befindet sich mein Haus in der Nähe der Kirche, die du ja nie besuchst. Du könntest die Gelegenheit nutzen, in die Kirche zu gehen, deine Sünden zu beichten und bei der heiligen Kommunion die Hostie zu empfangen.«

»Die Hostie? Die Kommunion?« fragte der junge Mann. »Was ist denn das, lieber Onkel? Soweit ich mich erinnere, habe ich diese Küche noch nie probiert.«

»Ah, der Gottlose, er treibt mich in den Wahnsinn, er bringt mich noch um! – Diese Küche, du schamloser Kerl, ist die Küche des Herrn. Wisse, daß Jesus aus Mitleid mit deiner höchst unwürdigen Seele an diesem Sonntag mit dir den Wein und das Brot des Lebens teilen möchte.«

»Eine ausgezeichnete Idee, lieber Verwandter. Wein? Ich liebe Wein. Von welchem Weinberg stammt er? Brot? Ist es goldbraun gebacken, duftend und schön knusprig?«

Der Priester seufzte, am liebsten hätte er sein Amt aufgegeben. Doch dann nahm er seine ganze Geduld zusammen und erklärte seinem Neffen ausführlich den Sinn und die Gründe dieser Sakramente.

»Gut«, erklärte ihm der Schuster. »Da mich Gott so liebt, daß er meine Sünden hören will, werde ich sie ihm anvertrauen. Und danach werde ich, wenn er es denn will, auch die Hostie zu mir nehmen.«

Am nächsten Morgen ging er zur Beichte und gestand mit lauter, klarer Stimme freiweg seine Fehler, seine Sünden und Verfehlungen. Er ließ nichts aus, kein quälendes Detail und keine Perversität. Der Priester war über dieses Sündenregister erschüttert. »Mein Neffe, das ist zu viel«, sagte er weinend zu ihm. »Ich kann dir die Absolution nicht erteilen. Gott selbst muß bereit sein, deine sündige Seele reinzuwaschen. Zieh dich drei Jahre in die tiefste Wüste zurück und bete. Nimm kein Brot, keinen Wein und kein Fleisch mehr zu dir. Vergiß vor allem die Frauen, und wenn man da oben Mitleid mit dir hat, wird man dir vergeben. Geh jetzt. Amen.«

Der Schuster fand, daß Gott übertrieb, aber da es nun einmal sein mußte, machte er sich auf den Weg, um sein

Zelt in der Wüste aufzuschlagen, fern der Zivilisation, zwischen grauen Büschen und den ausgebleichten Knochen von verirrten Reisenden. Er lebte dort vom Wind, verdorrten Grashalmen und schmutzigen Wurzeln. Er magerte bis auf die Knochen ab und langweilte sich schrecklich.

Eines Tages, als er so umherirrte, Läuse und Insekten verzehrend, die ihm der sanfte Wind zuwehte, erblickte er in der Ferne zwischen den Felsen die hohen Mauern eines Klosters. Er überlegte, daß er dort wohl Unterkunft finden könnte. Er machte sich auf den Weg dorthin und kämpfte gegen den schneidenden Wind an. Als er bei Nacht am Kloster angelangt war, brannte dort nur ein einziges Licht. Er warf einen Stein zu dem Fenster hoch, aus dem der matte Lichtschein fiel. Das Gesicht einer Frau erschien und beugte sich herunter.

»Was willst du, Pilger?«

»Ein Bett für die Nacht.«

Das Gesicht verschwand, und er sah, wie sich das Licht hinter dem Fenster bewegte. Dann hörte er das Knarren des Torflügels. Eine Hand griff nach seinem Arm und zog ihn in den Hof. Hier befand sich ein von vier Bäumen gesäumter Brunnen. Er ließ sich eine Treppe hinaufgeleiten. Oben war eine Kammer. In diese wurde er hineingeschubst. Höflich nahm er auf einer Bettkante Platz. Die hilfsbereite Dame betrachtete ihn.

Sie war eine junge, schöne Frau, die als Äbtissin dieses Kloster mit seinen dreihundertsechzig frommen Nonnen leitete. Sie wandte sich an ihn:

»Mein Sohn, Ihr müßt ein Bad nehmen, ein langes, duftendes Bad. Ihr habt es dringend nötig.«

Sie ließ Wasser erhitzen, seifte den ausgemergelten Eremiten von Kopf bis Fuß ein, hüllte ihn in große weiche Laken und begab sich in die Küche. Dann kehrte sie mit einem Silbertablett zurück, auf dem sich ein großes rundes Brot, eine Lammkeule, eine Flasche Wein und ein paar Süßigkeiten befanden.

»Ihr habt zuviel gelitten, mein Junge«, sagte sie zu ihm. »Eßt nach Herzenslust und trinkt den Wein, damit Ihr wieder zu Kräften kommt.«

Der junge Mann zog eine Grimasse und seufzte:

»Leider darf ich kein Brot essen.«

»Das ist kein Brot, mein Sohn, seid unbesorgt. Bei uns nennt man es eine Weihgabe.«

»Dann esse ich es gern, schöne Dame, und überlasse Euch, wenn Ihr erlaubt, diese riesige Keule, die sogar Petrus persönlich das Wasser im Mund zusammenlaufen ließe.«

»Das ist keine Keule, was denkt Ihr nur? Das ist, Gott sei es gedankt, nur ein bescheidener Imbiß.«

»Oh, wenn es so ist, dann serviert mir davon, soviel Ihr wollt. Aber bitte entfernt schnell diesen Landwein aus meinem Blickfeld. Er beunruhigt mich.«

»Das soll Wein sein? Aber nein! Das ist nur schwach gegorener Traubensaft.«

»Na dann zum Wohl, Madame, dem Himmel zum Wohl!«

Er trank und sagte mit blitzenden Augen:

»Oh, Euer Körper beunruhigt mich. Habt Mitleid mit meinen Sinnen, kommt mir nicht zu nahe.«

Die Dame nahm neben ihm Platz und öffnete mit geröteten Wangen behutsam ihr Leinenhemd, so daß ihre Brüste vorwitzig herausguckten.

»Wenn Ihr sie berühren wollt, gebt mir Eure Hände. Ich führe sie dorthin, wo Ihr sie haben wollt.«

»Leider, Madame, ist mein Onkel, der Priester, in diesem Punkt eisern. Ich darf keine Frau berühren.«

»Das ist schon in Ordnung so, mein Freund, denn ich bin keine Frau. Seht mich an, ich bin eine Nonne, nichts anderes.«

Er betrachtete sie, berührte sie, ließ sich berühren, küßte sie, bis ihm die Luft ausging, und schlief mit ihr derart leidenschaftlich, daß die Äbtissin, die jede nur mögliche Stellung mit ihm auskostete, vor Ekstase wie ein Rudel Wölfe heulte und dafür sorgte, daß dreihundertneunundfünfzig Nonnen aus dem Bett fielen. Im Morgengrauen hatten sie sich alle vor der verschlossenen Tür eingefunden, da sie mit einem erneuten Auflodern der ungezügelten Liebesspiele rechneten, und gaben einander die Neuigkeiten von der Front weiter. Als die Dame mit ihrem Liebhaber in der Tür erschien, klatschten sie laut Beifall. Eine Sprecherin löste sich aus der Gruppe und sagte im Namen aller:

»Ein Mann hier, Ehrwürdige Mutter, das ist ein Geschenk des Himmels. Wenn Ihr Euch an ihm gütlich getan habt, verlangt es die Gerechtigkeit – da ja bei uns alles allen gehört –, daß er uns ebenfalls beglückt, eine nach der anderen.«

Die Mutter Oberin sagte, allerdings ungern, zu allem ja und amen. Sie hätte es lieber gesehen, wenn ihr kleiner

Schuster sich nur um *ihre* nackten Füße gekümmert hätte, aber wie konnte sie den begehrlichen Wünschen einer ganzen Schar von Mädchen widerstehen? Unser Mann machte sich also noch am selben Abend ans Werk. Ein Jahr lang lebte er wie ein Haremsfürst. Eines Morgens aber, nachdem er die Tränen von dreihundertsechzig Frauen getrocknet hatte, verließ er das Kloster, um heimzukehren.

Drei Jahre waren vergangen. Seine Buße näherte sich ihrem Ende. Er war zufrieden, denn seiner Ansicht nach war sein Herz nun geläutert, seine Lungen ausgelüftet und seine Seele ziemlich rein. Nach zehntägigem Marsch erreichte er die Stadt und begab sich umgehend zu seinem Großonkel. Er wurde mit überschäumender Freude und großer Rührung empfangen.

»Mein Sohn, hast du brav alles so gemacht, wie ich es dir aufgetragen habe?« fragte der Priester, nachdem er ihn umarmt hatte.

»Mit Gottes Hilfe«, erwiderte der Neffe, »habe ich Eurem Wunsch entsprechend in der Wüste gelebt.«

»Hast du Brot gegessen?«

»Nein, niemals. Ich habe mich nur von einigen Gaben ernährt.«

»Hast du Fleisch verzehrt?«

»O nein, ich habe nur bescheidene Imbisse zu mir genommen.«

»Und Wein, mein Kleiner?«

»Ich trank nur Wasser aus einem halbtrockenen Brunnen und Traubensaft.«

»Wunderbar, mein Sohn, wunderbar. Und was war mit den Versuchungen des Fleisches, hast du irgendwann mit einer Frau geschlafen?«

»Mit einer Frau? Nein, nie. Ich hatte keine Zeit dazu. Ich mußte mich um dreihundertsechzig Nonnen kümmern, in einem knappen Jahr.«

»Ah, der Hurensohn! Der Wüstling! Der Satan! Dreihundertsechzig Nonnen!«

Der Großonkel setzte sich, brummelte in seinen Bart und röchelte wie ein alter Mann bei der Letzten Ölung:

»Weißt du denn nicht, daß diese Mädchen Schwestern unseres Herrn Jesus sind? Geh mir aus den Augen, Schurke! Geh! Ich verfluche dich.«

»Die Schwestern unseres Herrn Jesus?« fragte der junge Mann, und ein Gedanke durchzuckte ihn wie ein Blitz. »Also ist Jesus mein werter Schwager. Und wenn es so ist, was interessieren mich dann die Klagen und Verfluchungen einer Sakristeiratte, da ich doch zur Heiligen Familie gehöre! Los, küß meine Hand, ich kehre sofort ins Kloster zurück!«

Und er begab sich auf der Stelle dorthin.

Dort führte er ein glückliches Leben. Als er sterben mußte, beteten dreihundertsechzig Schwestern für ihn, und Gott reichte ihm seine Hand. Vor der engen Himmelspforte zögerte er keinen Augenblick. Seit dieser Zeit ist er dort der Schuster der Heiligen. Und abends erzählt er den Himmelsbewohnern von seinem langen Leben auf Erden.

Der Mann, der aus der Hölle gejagt wurde

Ein Heiliger hatte einmal zu diesem Mann gesagt: »Sei rastlos auf dieser Welt.«

Also wurde er Hausierer. Einige Menschen leben wie Bäume, haben für immer ihre Wurzeln dort, wo ihre Väter geboren wurden. Er aber stammte aus dem Land, das sich bewegt, nur unterwegs fühlte er sich wirklich zu Hause.

Als er eines Tages durch ein Ödland kam, regnete es in Strömen. Er erblickte nur Büsche, sanfte Hügel und spitze Steine. Er sah weder eine Hütte noch eine Ruine oder einen Stall, wo er Zuflucht suchen konnte. Was tat er? Er entkleidete sich, stopfte seine Kleider in seinen Tragekorb, drehte ihn um und setzte sich darauf. Er wartete, daß es zu regnen aufhörte. Als die Sonne wieder schien, schlüpfte er in seine trockenen Kleider und pfiff vor sich hin, begleitet von ein paar Amseln im Busch.

Kaum hatte er seine Stiefel angezogen, da ging eine Frau an ihm vorüber. Eine Frau? Nein, in Wirklichkeit war es eine Wunschvorstellung, eine Erscheinung.

Die begehrenswerte Schönheit in ihrem schwarzen Gewand war der Onkel des Teufels, der sich verkleidet hatte. Sie war von Kopf bis Fuß durchnäßt. Erstaunt sagte sie zu dem Mann:

»Sag, sehe ich Gespenster? Es hat doch gerade in Strömen gegossen, und du bist völlig trocken. Bist du ein

Zauberer? Ich bin neugierig. Gesteh, wie hast du das angestellt?«

Unser Hausierer war kein Mann, der sich eine gute Gelegenheit entgehen ließ. Er erwiderte, indem er mit den Augen zwinkerte:

»Das ist ein Geheimnis, meine Schöne. Ich verrate es dir gern, wenn du mit mir schläfst.«

»O du Nichtsnutz, du geiler Bock«, zeterte der Teufel im Rock. »Aber ich will es wissen. Da es deine Männlichkeit verlangt, los denn, wärme meine Brüste und bring meinen Kessel zum Sieden.«

Sie berührten sich, umarmten sich, gestanden sich gegenseitig ein, daß sie Halunken waren, vollführten einen wilden Tanz und begossen schließlich die Petersilie. Als dies geschehen war, sagte die Teufelin:

»Nun halte auch dein Versprechen. Ich höre. Und rede langsam, damit ich mühelos alles verstehe.«

Der Hausierer erklärte mit drei Gesten und vier Worten seine List.

»Ist das alles? Du hast mich reingelegt. Ich erwartete irgendeinen Zaubertrick, und nun habe ich mich umsonst vögeln lassen. Leb wohl, du Schuft«, knurrte das Untier.

Und jeder ging seines Weges.

Wer erwartete den Hausierer vor der Tür des Gasthofs, zu dem er am Abend gelangte? Es war der Tod, der auf einer Bank saß, die lange Sense zwischen den Schenkeln. Er stellte ihm ein Bein. Der Hausierer fiel auf die Steinplatten und zertrümmerte sich den Schädel. Wer stürzte sich am schnellsten auf ihn? Nicht etwa sein guter Engel, sondern der schwarze Teufel. Er führte ihn in die Hölle. An jenem Abend befand sich der Onkel des Teufels, der vor kurzem von seinem Ausflug zur Erde zurückgekehrt war, bei dem Gitter aus rotem Eisen. Er ging dem Neuankömmling entgegen, erkannte ihn, rümpfte die Nase, Feuer sprühte ihm aus den Ohren, und er schrie:

»O nein! Raus mit dir! Geh! Bloß weg mit diesem Kerl!«

Die kleinen Teufel um ihn herum sahen sich an, rissen verblüfft die Augen auf und zogen den Onkel am Schwanz:

»Sag, weshalb verjagst du diesen Mann? Er ist wohl mager, aber wenn man ihn schön röstet, gibt er einen guten Verdammten ab. Ist er der Schützling eines Heiligen? Ist er zu gut, zu hart oder zu zart?«

»Er ist zu schlecht«, erwiderte der Herr der Hölle. »Er hat mich heute für nichts und wieder nichts auf einem Ödland dreimal gevögelt. Wenn wir ihn bei uns aufnehmen, gehe ich jede Wette mit euch ein, ihr kleinen Wölfe, daß er euch noch vor Mitternacht genauso verführt haben wird wie mich.«

Der Hausierer wurde umgehend in den Himmel geleitet. Gott holte ihn eigenhändig ins Warme, denn er war so weit gelaufen und brauchte jetzt seine Ruhe!

Frankreich

Wie das Paradies verlorenging

Schon allzulange kursiert das nicht überprüfbare Gerücht, daß beim Entstehen der Welt eine Schlange, ein Apfel und die Gemahlin von Adam im Garten Eden die Zukunft der Familien verdorben hätten. Wir müssen das nun endlich einmal richtigstellen, denn wir wissen, woher unser Unglück kommt: von einer zerstreuten Biene. Sie hat alles zugegeben. In Wirklichkeit hat sich alles folgendermaßen zugetragen:

In jener Zeit lebten Eva und ihr geliebter Mann im irdischen Paradies. Womit beschäftigten sie sich? Sie liebten sich genußvoll, inmitten duftender Blumen, im Schatten einer Palme, die sich über ihr ausgelassenes Treiben beugte. Sie trieben keine Unzucht. Wenn sie nebeneinander im Gras lagen, berührten sie sich, streichelten einander Wangen, Schultern und Brüste und entdeckten lachend die zarte Weichheit ihrer geheimen Stellen.

»Was ist denn das, mein Freund?« fragte sie und betastete sein bewegliches Glied.

»Was verbirgst du, Frau, in diesem dunklen Brunnen, in dem meine Finger naß werden?« wollte Adam wissen.

Ihre Blicke strahlten, sie küßten sich auf den Mund. Weiter gingen sie nicht, und Gott war zufrieden.

An einem Tag, der genauso freundlich wie alle anderen war und an dem sie entzückt beobachteten, wie zwischen seinen nackten Beinen das pralle Schmuckstück des unschuldigen jungen Mannes hin und her schwang, nahm Eva, die ihn gern zum Erröten brachte, plötzlich ihre Hand weg, um sich an der Stirn zu kratzen. Im selben Augenblick flog eine Biene aus einem Baum durch die Sonnenstrahlen und stach Adam tief in den Rücken. Der Schmerz war beißend. Er schnellte hoch. Dabei berührte sein aufgerichteter Stachel Evas Brunnen. Er drang in ihn ein und bewegte sich rhythmisch wie ein Bauchtänzer. Eva, auf diese Weise überwältigt, schrie kurz auf, stöhnte und seufzte und gab Laute von sich, die höchste Befriedigung verrieten. Auch sie führte einen Bauchtanz auf und stieß die Worte aus, die seither auf der ganzen Welt nur allzu bekannt sind:

»O Herr, es kommt mir.«

Freilich, sie hätte nicht Gottvater anrufen sollen. Damit beging sie in jeder Hinsicht einen fatalen Fehler. Denn unser Schöpfer neigte sich zur Erde, als er seinen Namen hörte. Und dabei entdeckte er, wie Evas unterer Mund die verbotene Frucht verschlang. Er wurde zornig und deutete mit dem Zeigefinger entschlossen auf den Horizont und vertrieb die beiden Sünder auf der Stelle aus dem Paradiesgarten.

So also ging das Paradies für immer verloren. Die Schuldigen fanden sich damit ab. Sie entdeckten dafür ein anderes, an der geheimsten Stelle ihres Körpers. Seit dieser Zeit trägt auf seinem irdischen Weg ein jeder sein Kreuz, aber auch zugleich seinen Garten Eden. Die Adams nennen ihn »die Liebe zu ihr« und die Evas »die Liebe zu ihm«.

Das Lied

Auf einem Berg in der Bretagne wurde einst am Tage des heiligen Pantaleon das Fest der Märchen und Lieder gefeiert. Von allen Seiten strömten die Menschen herbei, adelige Mädchen in rauschenden Roben, schlagfertige Kirchenmänner, Musikanten und lustige Ritter. Alle trugen bunte Hemden, neue Stiefel und kecke Hüte. Einer nach dem anderen – das war so Brauch – mußte ein Abenteuer erzählen. Liebesgeschichten vermischten sich mit den kühnen Heldentaten der Maulhelden, mit ergötzlichen Novellen und den lustigen Streichen der Spaßvögel. Die Stimmen, das Gelächter und die Musik auf dem Berg wurden vom Wind zur blühenden Wiese getragen, auf der die Kinder herumtollten und sich die Alten, die auf Leinenteppichen saßen, mit den Ellbogen anstießen. Auch die Sonne lauschte und strahlte über das ganze Gesicht.

Dann kam der Augenblick, da ein Lied komponiert werden sollte. Jene, die es konnten, verfaßten eines und sangen es den Zuhörern vor, die Mund und Ohren aufsperrten. Das beste Lied wurde ausgezeichnet. Das ganze Jahr über hörte man es bei den Gauklern, auf den Straßen, in den Schenken und auf den Märkten.

Eines Tages, als man sich nach dem Geschichtenerzählen noch auf der Wiese amüsierte, beschlossen acht schöne Damen, die unter einem Mandelbaum saßen, ein Lied zu komponieren, das seinesgleichen sucht. Sie waren alle von Adel, zart und überaus angesehen bei Gott. Sie bildeten einen Kreis und besprachen sich im geheimen.

»Meine Lieben«, sagte die Fröhlichste, »wir brauchen ein neues Thema, das sowohl die alten Haudegen als auch die feinen Damen anspricht. Man liegt uns ständig in den Ohren mit galanten Liedern, ruhmreichen Taten, Liebesgeschichten und unvergänglichen Gefühlen. Gewiß, das ist alles gut und schön, aber wenn man es genau betrachtet, vergißt man dabei nicht das Wesentliche? Für wen werfen sich diese jungen Männer, die uns begehrliche Blicke zuwerfen, in die Brust? Für wen glänzen ihre Waffen in der strahlenden Sonne auf den Turnieren? Für wessen Liebe sind sie edel, großzügig und freimütig? Sagt, wißt ihr es?«

Mit gesenktem Blick und verschämtem Lachen antwortete ihr die Unschuldigste, deren Wangen sich plötzlich röteten:

»Bestimmt erwecken unsere Schwächen in ihnen eine gewisse Zärtlichkeit.«

Sogleich redeten alle durcheinander. Die Dame gebot ihnen Schweigen und sagte:

»Sicher, sie machen uns den Hof, umschmeicheln uns, küssen uns die Hände und die Augen, aber was sehen sie im Grunde in uns, das sie zu Rednern macht, die zungenfertiger sind als hundert Bischöfe? Was erregt sie und macht sie heiser? Meine Schwestern, ich sage es euch ganz unverblümt. Es ist nicht ihr Streben nach Ehre, sondern unser Schatz zwischen den Schenkeln. Was unsere schmachtenden Verehrer auch sagen mögen, wer redet denn wohl in Wirklichkeit? Einzig ihr kleiner kahlköpfiger Kobold. Und was will er, dieser Ungebärdige? Er will in den glühenden Tunnel, die verzauberte Quelle, den

Gral des Heiligen Schwertes, das Kloster, den süßen Kelch, kurzum, in das Loch eindringen, das unsere Augen strahlen läßt. Sagt mir ganz freiheraus: Würde irgendein Liebhaber auf der Welt einer Frau mit einem schönen Körper und einer edlen Seele zu Füßen fallen, wenn ihr Unterleib zugenäht wäre? Also ist die Sache klar. Da es auf dieser niederen Welt nur um unser Loch geht, wollen wir es auch zum Thema unseres Liedes machen.«

Ihre Gefährtinnen klatschten in die Hände und stimmten dieser Rede zu. Eine jede leistete ihren Beitrag zu dem Lied. Es wurde als gelungen, aufrüttelnd und überzeugend bewertet und von allen gemeinsam gesungen. Und als man bei Einbruch der Nacht zur Kirche ging, um ein letztes Vaterunser zu beten, schrieb man die Liedstrophen ab.

Ich habe nacherzählt, was Benoît le Borgne von jenem Tag berichtet hat. Ihm sei Dank gesagt. Gott möge ihn, wo auch immer er sich befindet, vor boshaften Menschen bewahren.

Das Mädchen, das obszöne Anspielungen verabscheute

Obwohl bei Fräulein Marion die Rundungen an den richtigen Stellen saßen, war sie so prüde, daß sie es nicht ertragen konnte, wenn in ihrer Gegenwart jene rüden (oder auch hitzigen) Anspielungen auf die Stelle zwischen den Schenkeln und deren unmittelbare Umgebung gemacht wurden. Bei der geringsten Unflätigkeit rang sie nach Luft und wurde kreidebleich.

Ihr Vater liebte sie abgöttisch. Er war Witwer und hatte nur diese eine Tochter. Obwohl er Felder und schöne Weinberge besaß, wagte er es nicht, auch nur einen Diener anzustellen, aus Angst (man weiß ja nie!), einer dieser Tölpel könnte irgendwann unbedacht in ihrer Anwesenheit das teuflische Wort aussprechen, das seine Marion sogleich zu den Engeln befördern würde.

An einem Sonntag im August kam ein junger, schalkhafter Mann namens David ins Dorf, er kam weiß der Teufel woher und war auf Abenteuer aus. Ihm kam zu Ohren, was man sich über den Witwer und seine Tochter erzählte. Er überlegte, daß er dort vielleicht eine Bleibe für den langen Winter finden könnte. Also begab er sich zu dem Bauernhof. Marions Vater striegelte gerade bedächtig seinen Ackergaul im Hof.

»Gott behüte Euch«, begrüßte ihn David. »Würdet Ihr einem Wanderer ein Dach über dem Kopf anbieten, der seine Ärmel hochkrempeln kann und Euch helfen möchte, Eure Weiden und Euer Vieh zu versorgen?«

»Vielleicht ja«, erwiderte der Bauer, »und gleichzeitig vielleicht nein. Ja, ich benötige dringend Hilfe, die Arbeit ist schwer, und ich werde alt, aber außer einem jungen Priester darf niemand mein Haus betreten. Siehst du, mein Junge, meine einzige Tochter ist derart prüde, daß ihr bei der geringsten obszönen Anspielung übel wird. Sie haßt nichts mehr als Anspielungen auf Sex.«

»Was habt Ihr da gesagt?« grummelte David, dem plötzlich die Augen aus den Höhlen traten und der sich an den Hals griff.

Er sah aus, als ersticke er. Er schwankte, rang nach Luft und stieß röchelnd hervor:

»Was für ein unsägliches Wort habt Ihr gerade geäußert?«

»Hast du Fieber?« fragte der Bauer besorgt. »He, komm bloß nicht ins Haus. Ich habe dir doch eben erklärt, daß meine Tochter äußerst prüde ist und Obszönitäten haßt.«

»Obszönitäten? Oh, so etwas Widerliches, Unanständiges, Teuflisches! Ihr sollt wissen, mein Herr, auch ich hasse diese anrüchigen Worte. Sie gehen mir durch und durch. Sie quälen mich, sie bringen mich um. Eure Tochter und ich leiden offenbar an dem gleichen Übel. Betet für unsere Rettung.«

Das Mädchen war vor dem Haus damit beschäftigt, Gemüse zu verlesen. Sie warf dem Pilger einen scharfen Blick zu, lächelte insgeheim und sagte mit züchtig gesenkten Augen:

»Nehmt diesen Pilger auf, Vater, er ist aus gutem Holz. Wir können ihn nicht draußen stehenlassen, zumal wir doch genug Platz haben.«

»Wenn Gott und meine Tochter es denn wollen«, sagte der brave Mann und breitete die Arme aus. »Fühl dich wie zu Hause, mein Junge.«

Der junge Mann wurde zum Abendessen eingeladen. Er sprach das Tischgebet, verzehrte die Suppe, die Keule, vier oder fünf im Ofen gebackene Kartoffeln, und zum Schluß genehmigte er sich einen Kirschschnaps.

»Wo soll David schlafen?« fragte der Hausherr und tätschelte seinen Bauch. »Oben gibt es nur zwei Kammern.«

Marion antwortete:

»Mein Vater, er kann ruhig bei mir schlafen. Ich glaube nicht, daß er mein Wohlbefinden beeinträchtigt, denn ich halte ihn für anständig.«

»Warum nicht?« erwiderte der junge Mann.

Der Vater gähnte herzhaft.

»Also dann, gute Nacht«, verabschiedete er sich.

Die Treppe knarzte kaum, als sie hinaufstiegen. Bald schlossen sie die Tür hinter sich. David und Marion legten sich nebeneinander auf das Kopfkissen. Kaum war die Kerze gelöscht, rief der junge Mann:

»Oh, was ist denn das?« Denn er hielt eine wohlgerundete Brust umfaßt.

»Das ist einer meiner zwei Hügel. Da ist der andere, David. Fühl nur.«

»Oh, wahrhaftig. Und dieser Flaum unter dem Bauchnabel?«

»Das ist meine Wiese, mein weiches Gras.«

»Herr Jesus im Himmel, welch schönes Land! Und was bedeutet da in der Mitte diese Spalte?«

»Das ist mein Brunnen, er ist tief. Du kannst einen Finger hineinstecken.«

»O Mädchen, wie heiß er ist.«

»Auf seinem Grund befindet sich eine schwarze Sonne. Aber was hast du da, David, das so schnell wächst und so hart und steif ist?«

»Meine Liebe, das ist mein rotes Pferd! Es stampft, denn es hat Hunger und Durst.«

»Dann führe es zu meiner Weide, damit es seinen Hunger und Durst nach Belieben stillen kann, es soll nicht verhungern.«

»So sei es! Schau nur, Marion, wie es kommt und geht.«

»Es soll ruhig weitermachen. Oh, meine Quelle dürstet nach ihm.«

»Marion, willst du seine Milch?«

»Oh, ja, mich dürstet danach«, erwiderte sie leidenschaftlich.

Zwischen Mitternacht und Morgengrauen tranken ihre Körper voneinander, und sie konnten es kaum abwarten, am ersten Morgen des Frühlings zu heiraten.

Das lose Frauenzimmer und der Narr

An diesem Mann war alles struppig: sein Haarschopf, sein Bart, sein Herz, seine Worte und auch sein Geist. Er war ein Dummkopf, Brummbär, Grindkopf, Tolpatsch, Schielauge und ein Hüne, kurzum, er besaß nichts, was Frauenherzen rühren konnte. Seine Gattin liebte ihn nicht, sondern ertrug ihn lediglich. Ihre Gedanken und Träume galten dem jungen Priester des Marktfleckens. Er gratulierte ihr mindestens viermal im Monat zum Geburtstag, ganz zu schweigen von den wechselnden Osterfesten und den improvisierten Himmelfahrtsfeiern.

Gerade an jenem Tag, punkt zwölf Uhr, erwartete sie ihn am offenen Fenster. Doch wen sah sie, als sie trällernd ihre Bänder löste? Ihren Tölpel von Mann, den plötzlich der Hunger von der Arbeit heimgetrieben hatte. Er stapfte ins Haus, ging zum Herd und schaute in die Töpfe. Seine Frau lief ihm nach. »Was soll ich nur tun?« überlegte sie. »Jeden Augenblick kann mein Liebhaber vor der Tür stehen.« Nachdenklich strich sie sich über die Stirn. Da kam ihr eine Idee. Sie machte eine besorgte Miene und griff nach seinem Handgelenk.

»Du hast ja Fieber, Mann«, rief sie.

»Was, ich?« erwiderte der Mann.

Er runzelte die Stirn und starrte sie verdutzt an.

»Zudem bist du leichenblaß«, fügte sie hinzu.

»Was sage ich da? Du bist ja ganz grün. Es geht dir wirklich nicht gut.«

»Glaubst du?« stammelte der Mann.

Jetzt wurde er tatsächlich blaß.

»Du mußt sofort ins Bett. Kannst du gehen? Komm.«

Sie zog ihn aus und drängte ihn in die Kammer.

»Oh, welches Elend! Du magerst ja sichtlich ab. Hörst du deine Eingeweide? Sie blubbern und kollern. Mann, du stirbst ja.«

Er betastete seine Stirn, seine Glieder und seinen Magen.

»Sprich nicht so, Weib, du machst mir angst. Es tut mir nichts weh, aber tatsächlich, ich fühle mich seltsam. Obwohl ich doch gerade noch ganz in Ordnung war.«

»Es ist kein gutes Zeichen, daß du keine Schmerzen hast. Einen Priester, schnell.«

Im selben Augenblick stand der Priester vor dem Haus und steckte die Nase durch die angelehnte Tür.

»Hallo, ist da jemand?«

»Ist er schon da?« erkundigte sich der Tölpel und ließ sich zitternd und bebend zwischen die Laken gleiten.

»Jesus, Maria und Josef. Der Himmel ist dir gnädig. Tretet ein, Herr Priester«, rief das Frauenzimmer. »Seht, in welchem Zustand sich mein Mann befindet. Er verläßt uns, er geht von uns.«

Das Liebespaar verständigte sich durch ein Blinzeln. Mit gefalteten Händen stellte sich der Priester ans Kopfende des Bettes.

»Ich sehe die Hand Gottes nach deinem Hemd greifen«, sagte er. »Beichte. Schnell, es eilt.«

Der Mann klapperte mit den Zähnen. Er antwortete nicht, er sagte weder guten Tag noch guten Abend. Der

Priester neigte sich über das leichenblasse Gesicht und sagte:

»De profundis. Ich glaube, er ist tot.«

»Bin ich wirklich tot?« stotterte der Mann.

»Ja, das bist du. Schließ die Augen.«

Der Priester zog das Laken über das Gesicht des Mannes und drängte das Frauenzimmer in die andere Ecke des Zimmers.

»Ah, ich halte es nicht mehr aus«, flüsterte er ihr zu und schob ihr Kleid hoch.

Sie berührte die Stelle, wo sich seine Soutane bauschte:

»Mach schnell, vögle mich.«

Bald lagen sie engumschlungen auf dem knarzenden Boden.

Wie sie so keuchten und stöhnten und Worte murmelten, die in keinem Lexikon stehen, ertönte plötzlich die Stimme des Verblichenen:

»Was für ein Glück für dich, Priester, daß ich gestorben bin. Verdammt noch mal, du Hurensohn, wenn ich noch lebte, würde ich dir deinen Lustschwengel gern mit dem Holzschuh polieren.«

»Lieber Freund«, erwiderte der Priester, »ich tue nicht mehr und nicht weniger als das, was ein Toter nicht mehr tun kann. Ein Feld muß bestellt werden. Auch der Tod seines Besitzers ändert nichts an diesem Naturgesetz. Ich kümmere mich also um deines. Danke mir nicht, ich bin gern gefällig. Zieh dich in aller Ruhe in deine Ecke des Paradieses zurück und laß mich bitte meine Arbeit zu Ende führen.«

»O ja bitte«, stöhnte die Frau.

Das war so überzeugend, daß sich der Mann schnell wieder unter seiner Bettdecke verkroch.

Dort blieb er drei Tage. Am vierten ging er auf die Straße und fragte die Menschen, wo er zum Himmel aufsteigen könne. Die Gattin und der Priester beobachteten, wie er im Morgengrauen verschwand. Vielleicht hat er den Weg gefunden. Gott schenkt manchmal den Narren, was er den Heiligen verwehrt.

Das Mädchen und der Fasanenjäger

Es war einmal ein Dorfherr, dessen Herz genauso ängstlich war wie das einer Amsel im bitterkalten Winter. Das Leben hatte ihn mit einer Tochter beschenkt, die in seinen Augen vollkommen wie ein Engel war. Sie war schön und natürlich, und er liebte sie über alles. Er fürchtete unablässig, daß die Welt sie verderben könne, und schloß sie deshalb in einen Turm in seinem Garten ein, fern von den Grobheiten der Menschen – das glaubte er zumindest – und den Unbilden der Witterung. Lediglich eine dicke Matrone mit gesundem Menschenverstand und üppigen Brüsten kümmerte sich um sie. Diese war ihre Amme gewesen, hatte sie aufgezogen und wiegte die Siebzehnjährige abends in den Schlaf wie einst das rosige Baby.

An einem Morgen im April, im selben Augenblick, als die Amme eine Hasenpastete in den Ofen steckte, setzte sich eine verirrte Biene auf ihre Nase. Sie wollte sie verjagen. Die Terrine fiel zu Boden und zerbarst in tausend Stücke. Die Amme schrie entsetzt auf und lief ins Haus, um eine andere zu holen. In der Eile ließ sie die Tür des Turms offen.

In diesem Moment ging ein junger Mann durch die Gasse. Er kam von der Jagd und trug über der Schulter einen Fasan. Das Mädchen entdeckte ihn und rief spontan:

»Oh, welch schönes Geflügel.«

Der junge Mann erwiderte:

»Möchtet Ihr es? Ich verkaufe es Euch.«

»Und zu welchem Preis?«

»Von Euch, mein Fräulein, verlange ich nur einen Stich.«

»Mein Herr«, erwiderte die Unschuldige, »ich habe kein Geld. Schaut, mein Geldbeutel ist leer.«

»Ihr schwindelt mich an. Nach allem, was ich hier sehe, besitzt Ihr genug Mittel, bar zu zahlen.«

»Ihr glaubt mir nicht? Nun denn, junger Mann, durchsucht mich.«

»Mit Vergnügen«, erwiderte der Schelm.

Er wühlte vorne, er wühlte hinten, er erforschte das Mieder und hob den Rock, er öffnete ihre nackten Schenkel, spreizte leicht den Eingang zu ihrer flaumigen Höhle und stieß grob seinen Stachel hinein.

»Sucht, sucht. Nun sagt, findet Ihr etwas?«

Der junge Mann strahlte plötzlich wie von einem Glorienschein umgeben und sagte entrückt: »Ja.« Einen Augenblick ließ er seine Lippen zwischen ihren Brüsten ruhen. Dann kam er wieder zu Atem, verstaute sein Gehänge, schnallte seinen Gürtel zu und sagte, indem er sich den Schweiß von der Stirn wischte:

»Mädchen, du hast mich bezahlt. Gepriesen seist du. Mein Fasan gehört dir.«

Er ging hinaus, als die Amme eintrat.

Sie blieb mitten im Speisezimmer stehen und entdeckte den Fasan auf dem Tisch. Sie berührte ihn und blickte besorgt drein.

»Wer hat denn diesen Unglücksvogel hergebracht?«

»Ein junger Mann, Amme.«

»Sprich. Gestehe. Sag mir alles. Was hast du ihm dafür gegeben?«

»Oh, fast nichts, einen Stich.«

»Einen Stich? Gott im Himmel, ich bin entehrt, und du desgleichen. Was wird nur dein Vater sagen? Nichts. Er wird es nicht erfahren. Pst, halt den Mund. Im übrigen sieht dieser Vogel sehr appetitlich aus. Nun ja, es war zwar ein Fehler, aber wenn man den Vogel mit drei Knoblauchzehen brät, ist alles nur noch halb so schlimm. Ich brauche ein Messer, um ihn zu tranchieren. Ich hole eines. Verschließ die Türe hinter mir!«

Und wieder ging sie hinaus.

Das Mädchen sah ihr von der Türschwelle aus nach. Als sie sich dem düsteren Inneren des Raumes zuwandte, blendete sie ein Sonnenstrahl, und sie sah den jungen Mann hoch erhobenen Kopfes vorübergehen.

»He, schöner Mann«, rief sie ihm zu, »kommt her, ich muß mit Euch reden. Meine Amme ist sehr erzürnt. Sie meint, ich hätte zuviel für den Fasan gezahlt. Nehmt ihn also wieder mit, gebt mir meinen Stich zurück, und Gott bewahre uns vor Bösem.«

»Wie du willst«, erwiderte der Mann und öffnete seine Hirschlederweste.

Dieses Mal ergriff sie die Initiative. Sie schob ihren Rock bis zum Bauchnabel hoch, griff nach dem Stachel mit dem roten Kopf, steckte ihn in ihren schwarzen Pelz und kostete ihn bis zum Ende aus. Der beglückte junge

Mann küßte zuerst den unteren Mund, dann den oberen und zog schließlich mit seinem Fasan weiter. Als er um die Ecke des Gäßchens gebogen war, kehrte die Alte zurück.

Das Mädchen erwartete sie strahlend vor dem Herd. Sie sagte, indem sie ihren Rock mit leichten Strichen glättete:

»Amme, alles ist gut. Der Fehler ist ausgemerzt. Er hat seinen Fasan wieder mitgenommen, und ich habe ein gutes Geschäft gemacht. Er hat mir viel mehr gegeben, als ich ihm bezahlt hatte.«

Die Matrone setzte sich. Sie schien plötzlich um Jahre gealtert zu sein. Aber sie hatte ein gutes Herz. Beunruhigt fragte sie:

»Hat es dir gefallen?«

»Amme, ich fürchte ja.«

Die Frau faltete die Hände und blickte zum Himmel hoch.

»Vielen Dank, Herr«, seufzte sie.

Denn in ihrer Weisheit wußte sie, daß wir alles von oben empfangen. Garin, der mir diese Geschichte erzählt hat, hat danach nichts weiter gesagt.

Der Ritter, der den unteren Mund der Frauen zum Reden brachte

Wie man es auch betrachtete, war er nur ein armer Ritter. Sicherlich, er war stark, schön und hatte kräftiges Haar, doch er besaß weder Felder, Weinberge noch eine Bleibe. Er war einige Zeit Söldner gewesen und hatte an vielen Wettkämpfen im Lanzenstechen teilgenommen. Doch im Lauf der Jahre fanden die Kriege unter anderen Himmeln statt, und die einträglichen Turniere wurden immer weniger. Unser Mann nagte also am Hungertuch. Es blieb ihm nichts mehr, weder ein Mantel für den Winter noch ein zweites Paar Stiefel. Um den Gasthof zu bezahlen, in dem sein Pferd untergestellt war, mußte er sogar seine Rüstung veräußern, die vor ihm sein Vater und seine Ahnen getragen hatten. Nun hörte er eines Tages von einem Fest in der Touraine, zu dem Männer wie er eingeladen wurden, Männer, die mit Säbel und Keule umgehen konnten. Es gab dort Pokale aus massivem Gold, silberne Suppenterrinen und Bronzeteller zu gewinnen. Sogleich beschloß er, sich auf den Weg zu machen.

Mit seinem Knappen, einem drolligen Burschen mit spitzer Nase, der Rote Amsel genannt wurde, brach er zu den Ufern der Loire auf. Dieser lustige Vogel ritt unermüdlich vom frühen Morgen an auf seinem munteren Maultier und war so seinem Herrn weit voraus. Plötzlich vernahm er im dichten Wald, den er im Trab durchquerte, das Gekreisch von Mädchenstimmen. Er blieb stehen, hob die

Nase in den Wind und drang mit seinem Tier in das Gebüsch vor. Dort stieß er auf einen Wasserfall, in dem drei nackte Frauen badeten. Sie tollten im Wasser herum, bespritzten sich lachend und ließen ihre tropfnassen Körper von der Sonne wärmen.

Ihre Kleider lagen am Ufer im Gras. Rote Amsel konnte den Blick nicht von ihnen wenden. Gewiß, von seinem Naturell her war er ein Draufgänger, doch wenn er Gold klingeln hörte, dann wurde er noch um einiges kühner. Die Kleider waren verziert und bestickt, als ob sie ein Schneider für eine Königin aus dem Morgenland angefertigt hätte. »Ich nehme sie mit und verkaufe sie«, beschloß der Gauner im Nu. »Dann haben wir wieder genug, um eine neue Rüstung und einen Helm mit Federbusch zu kaufen.« Er ließ sich von seinem Maultier gleiten und huschte geduckt zur feuchten Böschung. Er kümmerte sich nicht weiter um die überrascht kreischenden Frauenzimmer, sondern packte flink wie ein Jagdhund die Kleider, Gürtel und Schuhe mit Silberschnallen und ließ alles mitgehen. Dann stieg er hurtig auf sein Tier und galoppierte jauchzend zum Ausgang des Waldes.

Im selben Augenblick erreichte sein Herr den Waldrand. Er hörte Frauenstimmen um Hilfe rufen und jammern, sie seien bestohlen worden. Sofort stieg ihm seine Ritterlichkeit zu Kopf. Er gab seinem Pferd die Sporen und eilte ihnen zu Hilfe. Die beraubten Frauenzimmer berichteten ihm unter Tränen von dem Überfall des Räubers. Dabei bedeckten sie mit den Händen ihre Brüste und ihre Scham. Der Ritter ahnte sofort, daß sein Knappe dahintersteckte.

»Hört auf zu schluchzen, bedeckt euch mit Blättern, und wartet hier auf mich«, befahl er ihnen. »Ich komme bald wieder.«

Er holte seinen Knappen ein, der ein gefühlvolles Lied vor sich hin summte.

»Du Nichtsnutz! Pirat! Strolch! Schande über dich!« beschimpfte ihn sein Herr. »Gib mir die Schuhe und Kleider, und Gott wird dir vergeben.«

»Habt Ihr getrunken?« fragte ihn der Liederjan. »Wißt Ihr denn nicht, was diese zarten Tücher wert sind? Und Ihr wollt sie zurückgeben? Dann dürft Ihr Euch nicht wundern, wenn Ihr keinen Pfennig besitzt! Ihr werdet noch als Bettler enden.«

Der Ritter aber warf sich die Kleider über die Schulter und kehrte zum Wasserfall zurück.

Dort wurde er wie ein Held empfangen, der einen siebenköpfigen Drachen besiegt hat. Eine der drei Jungfrauen küßte seine Knie.

»Wir sind Feen«, sagte sie, »nimm als Belohnung dieses Geschenk: Wohin du auch gehst, mein Freund, du wirst überall mit offenen Armen empfangen werden. Dein Charme wird dir selbst die bestverschlossensten Türen öffnen. Jede Behausung wird dein sein.«

Die zweite küßte ihm die rechte Hand.

»Ich preise deine Güte und mache dir dieses Geschenk: Wenn du wissen willst, was eine Frau gewöhnlichen Männern verschweigt, befrage den geheimen Mund zwischen ihren Schenkeln. Dieser Mund, der nie gelogen hat, wird dir sogleich sagen, was du erfahren möchtest.«

Die dritte küßte seine linke Hand.

»Es könnte passieren«, sagte sie zu ihm mit Schalk im Blick, »daß das Liebeswerkzeug der Frau verhindert ist. Wenn es schweigt, dann spricht ihr Hinterteil zu dir. Diese bescheidene Macht verleihe ich dir.«

Diese wenig christlichen Reden verblüfften den Retter der Damen in höchstem Maße. Er wußte nicht, was er antworten sollte. Also stammelte er ein paar Dankesworte und setzte gedankenverloren seinen Weg fort.

Als er seinen zerknirschten Knappen einholte, sah er einen Priester auf seiner grauen Stute daherkommen. Der Ritter grüßte ihn. Der Schwarzrock blieb stehen und verhielt sich wie ein alter Kreuzfahrer, der einen verlorenen Bruder wiedergefunden hat. Er stellte ihm seinen Geldbeutel und sein Haus für vier oder fünf Nächte zur Verfügung. Kurzum, in kürzester Zeit machte er ihm solch großherzige Angebote, daß Rote Amsel verblüfft bemerkte:

»Ist er verrückt, oder macht er sich über Euch lustig?«

»Diese Damen waren doch tatsächlich Feen«, murmelte der Ritter vor sich hin. »Und ich dachte, sie spielen mir nur einen bösen Streich.«

Zu dem Knappen, der Mund und Ohren aufsperrte, sagte er:

»Du kannst das nicht verstehen. Ich scheine mithin sowohl glückbringende als auch nützliche Fähigkeiten zu besitzen. Mehr aber sage ich nicht, Rote Amsel.«

»He, ich möchte mehr darüber erfahren.«

Sie ließen den Priester zurück, der immer wieder versicherte, wie sehr er seinen neuen Bruder liebte, und setzten ihren Weg bis zum Einbruch der Nacht fort.

Als der Mond aufging, entdeckten sie am Rande einer Wiese ein prächtiges Schloß. Sie stiegen vom Pferd und klopften an das Tor. Wer öffnete ihnen? Der Schloßherr und die Schloßbewohner, seine Frau, Freunde und Knappen, Großväter und Vettern. Hätten Gottvater persönlich und Petrus vor der Tür gestanden, sie hätten nicht herzlicher empfangen werden können. Sie wurden zum hohen Saal geleitet. Man schürte das Feuer, schenkte ihnen zu trinken ein, breitete Leinentücher aus und deckte den Tisch. Dann servierte man ihnen Braten und seltene Köstlichkeiten und führte anschließend jeden in ein Gemach, das mit Feldblumen und weichen Teppichen geschmückt war. Als sie es sich gemütlich gemacht hatten, nahm die Gemahlin des Schloßherrn ihre Zofe beiseite und flüsterte ihr zu:

»Erweise unserem schönen Gast heute nacht die Ehre. Ich möchte, daß er sich hier wie zu Hause fühlt. Leg dich neben ihn und tue, was ihm beliebt.«

Nachdem alle ihre privaten Gemächer aufgesucht hatten, sah der ermattete Ritter erstaunt das nackte Mädchen vor seinem Bett stehen.

»Was willst du, mein Fräulein?«

»Herr, Ihr gefallt mir.«

»So komm, ich will dich küssen.«

Er streichelte ihre Brüste und liebkoste ihren Leib. Schließlich wagte er es, einen Finger in die behaarte Spalte zu schieben:

»Du geheime, zarte Öffnung, ich habe Zweifel. Sag, was tust du hier?«

»Die Schloßherrin möchte Euch gefällig sein. Sie verlangt von mir, daß ich Euch befriedige oder es zumindest versuche. Da bin ich also, mein Herr.«

Als die Stimme aus der Liebeshöhle kristallklar erklang, entfuhr dem oberen Mund ein lauter Schrei. Das erschreckte Mädchen griff nach ihrem Hemd und rannte davon, als wären tausend Dämonen hinter ihr her. Die Gattin des Schloßherrn hörte, wie sie durch den dunklen Gang lief. Sie öffnete die Türe und packte sie am Arm.

»Wohin rennst du, kleine Hexe?«

»Oh, gnädige Frau, oh, mein Gott.«

Sie erzählte ihr ausführlich die aufwühlende Begebenheit. Die Herrin lauschte mit weit aufgerissenen Augen, ließ sich alles ein zweites Mal erzählen. Dann meinte sie, daß dies unmöglich sei, und entschloß sich, den nächsten Morgen abzuwarten, um das Geheimnis ans Licht zu bringen.

Am anderen Morgen nach der Messe, als alle sich an den eingelegten Früchten, den gebutterten Fladen, an Wein und Tee gütlich taten, entschuldigte sich die Dame, verschwand einen Augenblick in ihren Gemächern, stopfte sich Watte in die gekräuselte Spalte und kehrte zum Tisch zurück.

»Wie es scheint, liebe Freunde, kann unser Ritter den unteren Mund der Damen nach Belieben zum Reden bringen. Ich glaube aber, er prahlt nur damit. Meiner jedenfalls bliebe bestimmt stumm, wenn er ihn zum Sprechen aufforderte.«

Alle am Tisch waren baß erstaunt.

»Madame«, sagte der Ritter, »wenn Ihr mir erlaubt, mich an ihn zu wenden, wird Euch seine Zungenfertigkeit bestimmt in Erstaunen versetzen.«

»Wenn er auch nur ein Wort äußert«, versprach ihm die Dame, »gebe ich Euch fünfzig Goldstücke.«

»Und wenn er keines von sich gibt, Madame, verpflichte ich mich, dieses Schloß ohne Stiefel und Pferd zu verlassen.«

Er bückte sich freundlich zu ihr herunter:

»Süße, begehrenswerte Liebesquelle, du kannst es entscheiden. Werde ich Pech oder Glück haben?«

Das arme, verstopfte Ding ließ mühsam ein Knurren, ein vages Stöhnen und einen Seufzer vernehmen, aber sonst nichts.

»Herr«, murmelte Rote Amsel, »die Lage ist ernst. Sollen wir nicht lieber von hier verschwinden, bevor es zu spät ist?«

»O göttlicher Po«, fuhr der Ritter fort, »sag an, was hindert deine Nachbarin, das Wort zu ergreifen?«

»Man hat sie mit Watte vollgestopft, sie hat den Mund voll.«

Alle Gäste lärmten durcheinander. Die Stimme redete französisch. Sie sprach deutlich, freiheraus und ohne erkennbaren Akzent und schien keine Mühe zu haben, sich aus ihrer Tiefe verständlich zu machen. Die Dame senkte den Blick und gestand mit roten Wangen den Betrug ein.

»Lassen wir es damit bewenden«, sagte sie, »besucht uns, wann immer es Euch gefällt.«

Fünfzig Goldstücke wanderten aus ihrer Geldbörse in die ausgestreckten Hände der Roten Amsel. Von nun an führte der Ritter ein gemächliches Leben. Wozu sollte er sich beeilen, wenn ihm alles zufiel: Freunde, Frauen, Geld und die Langmut des Himmels? Als er alt geworden war, wandte er sich an Gott und fragte:

»Ist das alles?«

Gott antwortete ihm:

»Ja.«

Da murmelte er »Danke« und starb im selben Augenblick. Wenn er im Paradies weilt, soll er mir einen Platz vorwärmen und manchmal für diejenigen beten, denen im Lauf ihres Lebens keine entkleideten Feen begegnet sind.

Der Teufel hinter der Tür

Es war einmal ein griesgrämiger Bauer. Obwohl er einige Ländereien besaß und eine bezaubernde Frau mit leuchtenden Augen, liebte er das Leben, den Spiegel unserer Seelen, nicht, und folglich wurde er auch vom Leben nicht geliebt. Auch seine Frau war ihm nicht zugetan. Sie bevorzugte den Priester des Nachbardorfes. Er bekannte sich eifrig zu seinen Fehlern, war stark, zungenfertig, gutherzig, konnte gut mit ihr reden, ja und noch besser, er machte mit ihr das, was ihr Miesepeter nie mit ihr tat.

Als eines Tages der junge Mann mit der flinken Soutane bei dem Bauernhof anlangte, wo ihn seine wunderbare Geliebte nackt erwartete (zumindest glaubte er das), hörte er, als er die Tür aufstoßen wollte, im Innern des Hauses ein Murmeln. Er spähte durchs Schlüsselloch und erblickte den beleibten Ehemann, der unverhofft vom Markt einer entfernten Stadt zurückgekehrt war und sich vor einem Weinkrug den Bauch vollschlug. Seine Frau saß neben ihm und knabberte ein paar Oliven. Sie wirkte verträumt. Der Priester trat verdrießlich zurück und kratzte sich die Nase.

Er war ein aufgeweckter Mann, sowohl körperlich als auch geistig. Er gehörte nicht zu denen, die sich sofort mit ihrem kleinen Papst wieder nach Rom zurückziehen, ohne vorher alle Mißstände genau abgewogen zu haben. Man sagt, die Begierde mache die Minderbemittelten dümmer, als sie schon sind, und die Gescheiten noch pfiffiger. Der verliebte Priester überlegte blitzschnell. Dann trat er, ohne zu klopfen, ein, stellte sich, die Hände in die Hüften gestemmt, in die Mitte des Raumes und sprach mit Donnerstimme wie einst Moses, als er gegen die Sünde wetterte:

»He, ihr Sünder, Schande über euch. Was habt ihr da gerade getan?«

»He, Pfaffe, wir haben gegessen«, stammelte der Bauer, der an seiner Hasenkeule nagte.

»Ihr seid ein schlechter Lügner! Ihr habt das Paradies verscherzt, denn ich habe beobachtet, wie ihr hinter der Tür schamlos gevögelt habt. Ihr Verkommenen! Mich ekelt es immer noch, wenn ich nur daran denke. Und ihr wagt es auch noch, alles zu leugnen.«

»Ehrwürden, ich habe Euch gesagt, was wir getan haben, und werde es tausend Male wiederholen, wenn es sein muß.«

»Aber, als ich vor Eurem Haus meinen Schnürsenkel festband«, wetterte der einfallsreiche Schelm, »blickte ich zufällig durchs Schlüsselloch und sah, was Ihr getrieben habt. Ihr, Herr Wohlbeleibt, habt die Dame auf dem Tisch festgenagelt und Euren Stab brutal in sie hineingestoßen. Was habt Ihr zu Eurer Verteidigung zu sagen?«

»Der Teufel muß Euren Blick getrübt haben, denn das, was Ihr mir vorwerft, habe ich gewiß nicht getan.«

»Vielleicht ist dieses Haus wirklich vom Teufel besessen!« Der Priester wirkte plötzlich wie ein heiliger Krieger, der den Feind mustert. »Wir müssen der Sache unbedingt auf den Grund gehen. Begebt Euch hinaus und schaut durchs Schlüsselloch, wie ich es vorhin getan habe. Wenn Ihr das seht, was ich nicht auszusprechen wage, wird man hier wohl den Teufel austreiben müssen.«

Er zog den Mann am Ärmel und bugsierte ihn in den Garten. Dann schloß er die Tür mit einem Fußtritt und verriegelte sie.

Die Dame hatte sich bereits bis zum Bauchnabel entkleidet zwischen die Reste der Mahlzeit gelegt. Die Eile erregte ihre heiße Begierde, und sie peitschten sich gegenseitig hoch zu größter Lust, vor lauter Genuß hörten sie schließlich nicht einmal mehr den Ehemann, der an die Tür hämmerte und den bösartigen Dämon verfluchte. Sobald sie fertig waren, öffnete der Liebhaber die Tür.

»Was habt Ihr gesehen, mein Freund?« erkundigte er sich wie ein Arzt, der einen Kranken untersucht.

»Ihr müßt unbedingt den Teufel aus diesem Haus austreiben, Priester. Ich bezahle alles.«

Er belohnte den Priester überreichlich, und der Teufel machte noch ein paar Zicken, bevor er einem Ort entfloh, an dem er gar nicht war, und blieb dort, wo er stets gewesen ist. Niemand hat ihn jemals mehr gesehen. Weder der Ehemann und die Gattin noch der Priester, weder Ihr noch ich.

Der Mann, der seinen Esel verlor

Dieser Tölpel von Mann hatte bei der Rückkehr vom Markt seinen Esel verloren. Eine knappe Stunde lang hatte er unter einem Baum am Wegrand genüßlich Rast gehalten. Als er aus seinem sanften Schlummer aufwachte, rief er sogleich alle Heerscharen Gottes um Hilfe an, denn sein Reisegefährte befand sich nicht mehr auf der Wiese, auf der er ihn zurückgelassen hatte, um sich im Gras zu tummeln. Er suchte überall, auch in den Büschen, und versprach dem heiligen Antonius hundert Taler. Doch die Suche verlief ergebnislos. So mußte er denn allein weiterziehen.

Er ging bis zum Abend seines Weges, die Nase in seinen Schal vergraben, und beklagte sich bitter über Gott und die Welt. Seine Schuhe drückten, ein Gewitter kündigte sich an, seine Frau betrog ihn, die Vergangenheit war hart, und die Zukunft schien ihm auch nicht zugeneigt, kurzum, das Schicksal spielte ihm übel mit. »Gewiß, ich habe heute morgen drei Hühner auf dem Markt verkauft, aber was hätte ich noch alles verdienen können, sag es mir, Allmächtiger, wenn du dir nicht in den Kopf gesetzt hättest, mir meinen Esel zu nehmen?« Bei Einbruch der Nacht machte er im Hof eines Gasthauses halt.

Dort fand gerade eine Hochzeit statt. Es wurde getrunken und laut gesungen. Unser Mann erkundigte sich nach einem Zimmer.

»Leider habe ich nicht einmal eine kleine Kammer mehr«, erklärte ihm der Gastwirt. »Die Freunde und Verwandten der Neuvermählten haben das ganze Haus mit Beschlag belegt, vom Keller, wo die Betrunkenen schlafen, bis zum Dachboden, wo die Kinder übernachten.«

Der müde Wanderer stöhnte, bettelte, wischte sich zwei Tränen aus dem Augenwinkel und schaute ihn mit so verzweifeltem Hundeblick eindringlich an, daß der Wirt Mitleid bekam.

»Guter Mann«, sagte er zu ihm, »ich sehe, Ihr seid erschöpft, und man soll ja seinem Nächsten ab und zu einen Dienst erweisen. Geht in ein Zimmer und legt Euch unter ein Bett. Zumindest seid Ihr dort vor dem Regen sicher. Verhaltet Euch aber diskret. Gebt acht, daß Ihr nicht schnarcht. Ich möchte nicht, daß morgen im Dorf verbreitet wird, daß ich jemanden unter der Matratze eines anderen untergebracht habe.«

Der Mann dankte ihm, zog seine Schuhe aus, ging die Treppe hinauf und tastete sich den dunklen Flur entlang. Als er an einer Tür anlangte, öffnete er sie, ließ sich unter das große Eisenbett gleiten, legte seinen Beutel als Kissen unter den Kopf und rührte sich nicht mehr.

Kaum hatte er die Augen geschlossen, als ein Lichtschein den Raum erleuchtete. Zwei zierliche leichte Schuhe und zwei Lackschuhe näherten sich ihm. Die Jungvermählten waren soeben der Feier entflohen.

»Oh«, murmelte der Ehemann zärtlich, »ich möchte zuerst alles sehen, bevor wir uns lieben. Laß mich alles sehen. Oh, diese Pracht, diese Rundungen, diese Kurven! Oh, meine nackte Wahrheit, ich sehe alles, alles.«

Während der frischgebackene Ehemann sich immer mehr seiner Begeisterung hingab, tauchte plötzlich ein Kopf neben der Bettkante auf.

»Entschuldigt, mein Herr, eine Frage: Da Ihr doch so gut seht, habt Ihr zufällig irgendwo meinen Esel gesehen?«

Der Ring

Der junge Mann hatte die älteste Fee des Landes zur Patin. Sie war bucklig, mißgestaltet und so boshaft, daß sogar Luzifer und seine finstere Truppe hätten neidisch werden können. Dennoch war sie zuweilen naiver und zarter als der Frühling. Sie liebte ihr Patenkind aufrichtig, wachte unbemerkt über sein Leben, war immer anwesend, wenn es nötig war, bis zu dem Tag, als ihr Beinahe-Sohn in das Alter kam, in dem man sich für Frauen zu interessieren beginnt. An einem Sonntagmorgen trat sie daher in sein Zimmer, setzte sich auf die Bettkante und tätschelte seine Wange wie eine liebevolle Großmutter.

»Mein Junge«, sagte sie zu ihm, »endlich bist du reif für die sanfte Musik. Schau dir nur diese Hirtenflöte an, wie sie das Laken hebt. Ein als Geist verkleideter Knüppel. Er hat es eilig, die Serenade zu spielen und den Spalt der Läden zu öffnen. Freilich benötigt er keine alte Frau, die ihm dabei hilft, er findet auch ohne mich den richtigen Weg, aber dieses Instrument hat manchmal so seine Grillen. Nimm diesen Silberring. Trag ihn an dem Finger, an dem gewöhnlich der Ehering steckt. Du brauchst nur ›dominus vobiscum‹ zu sagen, und dein Zauberstab geht hoch wie das Brot im Backofen. Je öfter du diese Formel der heiligen Lust wiederholst, desto mehr wird er sich seiner Lust hingeben. So lernst du alle begehrenswerten, engen, weiten oder tiefen, weichen oder trockenen Brunnen kennen. Wenn du willst, daß er wieder seine engelhafte Unschuldsmiene annimmt, sagst du ›cum spiritu tuo‹, und er wird wieder ganz friedlich. Entschuldige, ich habe zuviel geredet. Die Alten sind geschwätzig. Leb wohl! Liebe dein Leben, was auch immer geschieht, und du wirst dein Glück finden.«

Sie entfernte sich lachend mit wogendem Doppelkinn.

Ihr Patenkind war ein oder zwei Wochen glücklich. Der junge Mann verfaßte mit seinem kurzen Schwert, das er bei den Frauen wohl zu führen verstand, einige unvergeßliche Verse. Als er eines Tages in einem Fluß badete, fiel ihm der Ring vom Finger und sank zum Grund des Flusses. Sogleich wurde dieser von einer großen Karpfenmutter verschlungen, die gleichmütig den Fluß herunterschwamm. An der Böschung schnappte sie nach einem Köder, den ihr ein trauriges Kind hinstreckte, das auf der Stelle fröhlich wurde. Es verkaufte der Dienerin des Priesters seinen Fang für drei Sous.

So landete also der Karpfen gegen Mittag in der Küche, und Susanne nahm ihn über der Spüle aus.

»Oh, Ehrwürden, seht nur, was ich gefunden habe. Einen Silberring. Ihr müßt ihn einmal anprobieren.«

»Ja, er paßt mir wirklich, Susanne. Ich behalte ihn.«

Es war ein Samstag. Am nächsten Morgen, einem Sonntag, stockte die männliche Stimme des Priesters beim ersten »dominus vobiscum« des Gottesdienstes ein wenig. Beim zweiten hüstelte der Mann Gottes und fuhr sich mit einer nervösen Geste über den Leib. Beim dritten preßte er plötzlich die Knie zusammen, als ob eine Ratte seine Schenkel hinaufhuschte. Beim vierten wandte er den

Gläubigen den Rücken zu und klammerte beide Fäuste um den geilen Dämon, der offensichtlich zwischen seinen Beinen steckte. Beim fünften floh er, ohne zu sagen, wohin. Die Gläubigen waren in heller Aufregung.

»Oh, ich weiß, was er hat«, sagte ein Mann, der unter chronischem Hexenschuß litt. »Es ist ein Teufel in der Wirbelsäule. Ich kenne das, es ist schrecklich«,

»Aber nein, ich glaube, er hat gestern verdorbene Muscheln gegessen«, sagte ein fröhliches Rosenmädchen. »Er wird erleichtert zurückkehren.«

»Seltsam«, bemerkte ein Polizist. »Ich hatte eher das Gefühl, er verberge ein Gewehr unter seiner Soutane.«

Verblüfft lief Susanne zum Haus. Ihr Priester lag im Federbett, den Blick zur Decke gerichtet. Seine Augen traten aus den Höhlen, und er zog sich die Decke bis zur Nasenspitze hoch.

»Was ist Euch denn passiert, armer Mann? Erzählt es mir.«

»Gott bestraft uns, Suse. Wir haben zuviel gesündigt. Oh, wir hätten es nicht tun sollen.«

»Euch bestrafen, mein Schöner, da Ihr doch meinen schnurrbärtigen Mund so schön zum Singen bringt. Gott ist nicht so böse! Zeigt mir, was Euch solchen Kummer bereitet.«

»Seht her!«

Wie ein Märtyrer, der sich den Pranken eines Löwen ausliefert, hob der Priester die Decke. Susanne verharrte einen Augenblick mit offenem Mund, dann griff sie Halt suchend hinter sich und stieß eine Vase um.

»O Herr, das ist unglaublich!« stieß sie hervor. »Sagt, das muß doch ganz schön schwer sein, ein so wuchtiges Ding.«

»Wir müssen beten, Susanne«, erwiderte flehentlich der Geistliche mit der unglaublichen Schwellung.

»Ihr sollt wissen, ich kenne Männer, die froh wären, wenn sie nur ein Bruchteil dieses Wunderpfahls besäßen«, stammelte die kreidebleiche Suse, die sich unmenschlich anstrengte, gelassen zu wirken. »Laßt uns beten, wenn Ihr wollt.«

Die »dominus« gefolgt von den klingenden »vobiscum« erfüllten den Raum, und das gierige Glied schnellte zur Decke hoch, durchdrang sie, ohne abzuschwellen, durchstieß den Dachboden, das Dach, den Nebel, den blauen Himmel und gelangte schließlich zu Gott in seine himmlische Stadt.

»Ist das etwa ein Mann, der da kommt?« brummelte der Allmächtige. »Petrus, zieh mal an dieser seltsamen Vorhut.«

Und der heilige Petrus tat, wie ihm geheißen.

Unter den Menschen da unten, die beobachteten, wie sich der lebende Obelisk in die Wolken grub, befand sich auch das Patenkind der Fee. Es sagte sich, daß sein schöner Silberring nun wohl einen passenden Finger gefunden habe und daß sich dieser Finger irgendwo unter diesem Stachel in der Nähe des Kirchturms befand. Er eilte sogleich zum Haus des Priesters.

»Cum spiritu tuo«, rief er atemlos am Bett des Bewegungslosen. »Sprecht mir nach, was ich sage, Ihr werdet es später begreifen.«

Und sie taten, wie er empfohlen hatte, und schließlich schrumpfte der gewaltige Spargel. Leider kehrte er nicht mehr zur Erde zurück, denn Petrus hielt ihn oben fest. Also stieg der Priester zum Himmel auf. Die Leute sahen, wie er mit den Schwalben flog, und riefen ihm hinterher:

»Viele Grüße an die Seligen, an die Apostel, an Jesus und an die Jungfrau Maria.«

Der Priester antwortete:

»Ich werde es ausrichten.«

Gott half ihm bei der letzten Stufe, und seither befindet er sich im pulsierenden Herzen des Paradieses.

Deutschland

Der Mönch und die Freuden der Liebe

Es war einmal ein junger Mönch, der war naiver als ein Schmetterling. Von den Frauen kannte er nur den Leib seiner Mutter und die Milch aus ihrer Brust. Von klein auf lebte er in der Abtei, beschäftigte sich mit den Evangelien, dem Leben der Heiligen und ernährte sich von Graubrot. Die Welt war ihm fremd, und er hielt die Schwalben für vorbeischwebende Engel.

Als er eines Tages die Kammer des Abtes auskehrte, entdeckte er auf dem Tisch ein Buch, das seine blauen Augen zum Funkeln brachte. Er trat in den Gang hinaus und rief einen Diener.

»Schau dir das an! Siehst du, was da auf dem Umschlag steht?«

»Bruder, leider kann ich nicht lesen.«

Unser Mönch las ihm scheinheilig den Titel vor:

»Die geheimen Freuden der Liebe.«

»Oh, die kenne ich«, warf sich der junge Mann lachend in die Brust.

»Du lieber Himmel! Und ich weiß nichts davon! Mein Bruder, ich will diese Freuden der Liebe auch kennenlernen. Sag, wo kann ich sie finden?«

»Überall, wo es junge Frauen gibt. Unter den Daunendecken bei Nacht, wenn die Kerze gelöscht ist, im Heu der Ställe, in den Scheunen und den Gasthöfen.«

Dann flüsterte er dem Mönchlein verschwörerisch ins Ohr:

»Wollt Ihr sie entdecken? Wenn Ihr mir an einem der nächsten Tage etwas Geld zusteckt, kann ich Euch dorthin führen.«

»Ich habe ja mein Erbe, doch weiß ich nicht, ist es viel oder wenig. Ich gebe dir sechs Sous.«

Der Spitzbube war einverstanden:

»Morgen nachmittag muß ich ins Dorf, um Weißwein zu holen, Kuchen und Käse. Ich werde dem Vater Abt sagen, daß ich Eure Hilfe benötige. Bei dieser Gelegenheit suchen wir die Schenke auf, die meiner Tante Lucie gehört. Sie kennt die Freuden der Liebe. Für sechs Sous wird sie Euch damit bekannt machen, mein kleiner Bruder.«

Am nächsten Tag machten sie sich auf den Weg. Der Himmel war guter Laune, der Weg angenehm, der Wind säuselte in den Bäumen und die Vögel riefen: »Nur zu!« Behenden Schritts eilten sie zum Ort der Verheißung. Es war eine alte Herberge, die nach moderigem Feuerholz roch. In der Küche verzehrten sie rohe Zwiebeln und geräucherte Sardinen. Während das Mönchlein seine Gebete herunterrasselte, sagte der Diener zu seiner Tante:

»Liebe Tante Lucie, willst du dir ohne große Mühen drei runde Geldstücke verdienen?«

»Aber gern«, erwiderte diese.

»Dann nimm diesen braven Mönch in dein Bett und zeig ihm die Freuden der Liebe.«

»Er hat ein hübsches Gesicht, es wird bestimmt Spaß mit ihm machen.«

Sie wusch noch das Geschirr, dann zog sie ihre Schürze aus, nahm den Mönch bei der Hand, und gemeinsam stiegen sie die Treppe hinauf.

In der Kammer auf der Bettkante sitzend entkleidete die Frau den Mönch. Dann löste sie ihr Hemd, schlüpfte aus ihren Röcken und legte sich neben ihn. Sie nahm ihn in die Arme und streichelte ihn. Doch er war steif wie ein Brett. Mit zusammengepreßten Zähnen überlegte er: »Lieber Gott, was soll ich nur tun?« Doch Gott antwortete ihm nicht. Der unerfahrene junge Mann, der zu versteinert war, um in Ruhe seinen Namenspatron zu befragen, drehte sich zur Wand. Lucie ärgerte sich darüber: »Das kann doch nicht wahr sein. Er beachtet mich nicht und verschmäht meinen glutvollen Ofen. Was ist das nur für ein Mann?«

»He, du Flegel, du grober Wicht, schau mich bitte an!«

Mit einem heimtückischen Stoß ihres Knies malträtierte sie sein Geschlechtsteil, dann setzte sie sich rittlings auf den hilflosen Diener Gottes und bearbeitete sein Vollmondgesicht, seine Schultern und seinen Brustkorb mit den Fäusten. Der Jüngling, der unter den Fausthieben röchelte, sabberte und keuchte, wagte einen scheuen Blick und sagte mit lautem Wehklagen:

»Frau Wirtin, ist dies, was man ›Freuden der Liebe‹ nennt?«

»Du sagst es, du Sohn eines Wiesels. Merkst du das nicht?«

Der Mönch fand, daß ihm das Kloster dann doch tausendmal lieber war. Er ließ sich auf den Boden fallen, griff nach seiner Kutte, seiner Kordel und seinen Sandalen und lief die Treppe herunter.

In der Stube des Gasthofs schnarchte der betrunkene Diener zwischen zwei leeren Flaschen. Der Mönch packte ihn bei den Haaren und zerrte ihn zur Tür.

»Habt Ihr auch alles genossen, alle Höhepunkte, ausgefallenen Liebesspiele und Kosakenritte?« erkundigte sich der Mann schläfrig.

Der leicht hinkende, geschundene Kirchenmann antwortete verstimmt:

»Ich habe alles bis zur Neige ausgekostet. Alles ist in Ordnung. Machen wir uns auf den Weg.«

Bald wurde es Morgen. Als sie schweigend dahinschritten, grübelte der unbedarfte Bruder:

»Sag, Gefährte, es ist doch richtig, daß ein Mann und eine Frau, die im gleichen Bett schlafen und sich aneinanderreihen, einen Säugling erzeugen? Weißt du, da du doch so vieles weißt, wer das Kind zur Welt bringt?«

»Derjenige, der unten liegt«, erwiderte der Schlauberger.

Das Mönchlein bekreuzigte sich.

»Was für ein Elend, was für eine Katastrophe! Unten? Ist das dein letztes Wort? Deine Tante hat heute nacht auf mir gesessen. Also werde ich den Sprößling bekommen. Ich bin schwanger, Gott verdamme mich! Meine Ehre ist dahin! Töte mich, schaufle mein Grab, mein Leben ist vorbei.«

Während der junge Mann lamentierte, gelangten sie zum Dorf und wurden Zeugen eines Streits. Eine Witwe mit wirrem Haar putzte gerade ihren dicken Nachbarn herunter. Sie hörten sie kreischen:

»Dieser Dreckskerl hat meine trächtige Kuh geschlagen. Die Arme hat ihr Kalb vor der Zeit bekommen.«

Der Mönch sperrte den Mund auf, griff nach ihrem Arm und bat:

»Schöne Dame, bitte, wiederholt, was Ihr gerade gesagt habt, damit ich alles richtig verstehe.«

Sie wiederholte willig das Ganze dreimal, ohne Atem zu schöpfen. Das Mönchlein wandte sich seinem Weggefährten zu.

»Wenn der Leib durch eine Tracht Prügel von der Frucht der Sünde befreit wird, dann, mein Freund, bin ich gerettet! Begeben wir uns in den Wald. Wenn du mir dabei hilfst, gebe ich dir mein ganzes Geld.«

Er ließ sein Geld klingeln, und der Diener spitzte die Ohren, salutierte wie ein Soldat und erwiderte strahlend:

»Ganz zu Euren Diensten, Bruder.«

Sie rannten in den Wald. Der Mönch entkleidete sich und bot seinen Rücken dem Wind dar.

»Schlag nur zu, hab keine Angst! Gott segnet deine Faust, deinen Stock und deinen spitzen Schuh.«

Der andere krempelte die Ärmel hoch, spuckte sich in die Hände und machte sich ans Werk.

Als sich das geschundene Hinterteil in glühende Kohle verwandelt hatte, sprang plötzlich ein Hase zwischen die zitternden Beine und verschwand dann blitzschnell hinter einem Busch. Das Mönchlein schnalzte »he«, rannte ihm hinterher und kehrte dann wieder zurück.

»Er ist geboren, Gott sei gepriesen. Ich habe entbunden«, rief er. »Hast du es gesehen, mein Freund? Ich war mit einem schönen Hasen schwanger.«

Er wandte sich dem Dickicht zu, in dem sich das Tier verschanzt hatte:

»Geh, mein Sohn, und lebe dein Leben.«

Dann ordnete er seine Kutte.

»Laß uns heimgehen«, sagte er. »Ich bin der Freuden der Liebe überdrüssig. Sicher, man muß alles kennenlernen, also bereue ich nichts. Aber es ist besser, durch die Dachluke den Himmel zu betrachten, als zweifelhaften Vergnügungen hinterherzujagen.«

Von diesem Tag an bis zu seinem Tod verließ er das Kloster nur, um im Garten spazierenzugehen. Einige meinen, er sei ein Heiliger gewesen. Wer kann das so genau wissen? Gott allein kennt seine Apostel. Es ist sein Geheimnis, nicht unseres.

Rußland

Die Witwe

Es waren einmal zwei arme Muschiks. Jeder besorgte auf seinem Feld die Wintersaat. Da kam ein Landstreicher vorbei, die Nase forsch in den Wind gestreckt. Er nahm auf einem runden Stein Platz und sagte zu einem der Bauern:

»Ich grüße dich, guter Mann. Gute Arbeit! Was säst du denn da?«

Der Muschik erwiderte:

»Roggen.«

»Gutes Gedeihen für dein Korn, mein Freund.«

Er lüftete den Hut und wandte sich dem anderen Feld zu, das nur durch einen schmalen Pfad vom ersten getrennt war. Und er sagte zu dem zweiten Muschik:

»Und was säst du? Was da aus deinem Sack herausfällt, macht mich neugierig.«

»Ich, mein Herr? Ich säe die Instrumente der Männer.«

Mit erhabener Geste und einem Lied auf den Lippen verstreute er eine Handvoll davon auf seinem Feld.

»Gott möge diese Saat segnen, mein Freund!« wünschte ihm der Vagabund.

Er grüßte, genehmigte sich einen Schluck aus seiner Reiseflasche und setzte seinen endlosen Weg fort.

Es kam der Winter mit seiner klirrenden Kälte, und es folgte der Frühling mit seinen Regenschauern. In jenem Jahr war Gott sehr gnädig. Der Roggen gedieh prächtig, und auch die Stachel sahen gut aus. Anfangs waren sie wie zarte Zehen, die sanft im Winde schwankten, doch dann schwollen sie an, entwickelten sich zu so mächtigen Ruten, daß sie mit ihrer hochaufgerichteten rötlichen Eichel die Vögel erschreckten. Es kam der Juli, die Zeit der Ernte. Der eine der beiden Muschiks brachte sonnengelbe Garben ein, der andere lud die reifen Früchte der Männlichkeit auf seinen Wagen und schlug den Weg zur Stadt ein.

Am nächsten Morgen ging er schon früh durch die Straßen und bot sie feil:

»Frische Ruten! Schöne Flammenschwerter! Geheime Luststachel! Wer will meine Pfähle, meine Kerzen aus Fleisch und Blut?«

Im ersten Stock ihres Hauses runzelte eine Witwe die Stirn.

»Sieh nach, was dieser Muschik verkauft«, trug sie ihrer jungen Dienerin auf, die neben dem halb geöffneten Fenster Stiefeletten wichste.

Das junge Mädchen lief auf die Straße, fest in ihren Schal gehüllt.

»He, Händler, was verbirgst du unter der Decke deines Wagens?«

»Bettstangen, meine Süße, frisch gepflückte Ruten.«

Die Dienerin kehrte zu ihrer Herrin zurück, die gerade ihre Wangen puderte.

»Madame, er verkauft diese Dinger, die in der Hand wachsen, Lockpfeifen, glühende Flöten.«

»Ich will eine davon. Lauf ihm nach«, forderte die erregte Witwe das Mädchen auf. »Schnell, bevor er verschwunden ist!«

Die Dienerin eilte davon. Als sie zurückkehrte, trug sie ein in dünnes Papier eingewickeltes Ding behutsam in der Hand.

»Laß mich allein«, befahl ihr die Herrin und setzte sich aufs Bett.

Sie schob ihren Rock hoch, spreizte die Schenkel und führte den Stachel zu ihrer Lustquelle. Er krümmte sich wie ein störrischer Esel und rutschte zur Seite. Er weigerte sich, das zu tun, was die Dame von ihm verlangte. Sie eilte zur Tür und hielt das Ding ihrer Dienerin unter die Nase:

»Hat der Muschik erklärt, wie man mit diesen männlichen Instrumenten reden muß?«

Das Mädchen verneinte dies und starrte sie einfältig an.

»Dann geh und frage ihn, du dumme Gans. Worauf wartest du?«

Die Kleine trottete hinter dem Wagen her, erkundigte sich und kehrte erschöpft zu ihrer Herrin zurück.

»Für hundert Rubel verrät er es Euch.«

»Bring sie ihm, los, schnell.«

Das Mädchen eilte das Gäßchen in der morgendlichen Sonne hinunter und kehrte erst zurück, als dieses im Schatten lag. Gemächlich stieg sie die Treppe hinauf und stieß die Schlafzimmertür auf.

»Man muß zu dem Ding einfach ›Bitte‹ sagen.«

»Gut. Erhol dich, mein Kind.«

Die Witwe legte sich erneut aufs Bett, sagte »Bitte« und führte dann die Lustflöte ein. Als sie ermattet war, wollte sie sich von ihrem Liebhaber befreien, doch es ging nicht.

Der feurige Stachel weigerte sich beharrlich. Sie ließ sich noch ein paar Male bearbeiten, befahl dann aber befriedigt den Rückzug. Einen winzigen Augenblick lang schien das Ding zu gehorchen, zögerte kurz, tauchte dann jedoch noch tiefer ein und rackerte sich mit solcher Ausdauer ab, daß die völlig entkräftete Dame, den Rock zwischen den Zähnen, um Hilfe rufen mußte.

»Mädchen, lauf, frag diesen Hurensohn, wie man diesen brutalen Stößel wieder los wird.«

Die Dienerin eilte davon, blieb lange weg und kehrte leise vor sich hin summend zurück:

»Madame, es macht hundert Rubel.«

»Nimm sie«, keuchte die Dame, deren Leib unter der Decke immer noch von dem Kobold traktiert wurde.

Und wieder eilte das Mädchen davon. Es kehrte nach einer guten Stunde zurück. Sie stieß die Tür auf und rief:

»Man muß ›Danke‹ sagen.«

Ihre Augen strahlten, und sie biß in einen Apfel. Der Muschik hatte ihn ihr geschenkt und sie zu ihrem unteren Mund beglückwünscht. Die Witwe stieß das erlösende Wort hervor. Als sie wieder frei atmen konnte, verstaute sie ihren Schatz im Schrank. Die Dienerin verließ ihre Herrin und folgte ihrem neu gewonnenen Glück. Sie war ebenso freundlich wie arm und einfältig. Aber zum Stachel bekam sie auch noch den Mann mit den blauen Augen und eine Handvoll Rubel, feierte eine Hochzeit und gebar drei Söhne. Man erzählte sich, daß ihr das Verkaufen große Freude bereitete und sie stets ein großes Angebot bereithielt. So stand sie ihr Leben lang mit beiden Beinen fest im Leben.

Der hohe Norden

Miti

»Komm, wir wollen spielen«, sagte Gott zu seiner Gemahlin. Er hieß Tenatowan und seine Frau Miti. Sie waren recht ausgelassen und spielten sich gern Streiche.

»Ja, gern«, erwiderte sie. »Welches Spiel möchtest du heute spielen?«

»Klettern wir auf den Hügel, und lassen wir uns auf den Rücken der Seehunde heruntergleiten.«

»Gute Idee, ich bin dabei!«

Kreischend ließen sie sich mit ausgestreckten Armen in den Schnee fallen. Am Ende des Tals befand sich ein Iglu, so groß wie eine Kathedrale. Miti blieb davor stehen. Der Schöpfer wollte sich noch am Wind festhalten, aber genausogut hätte man versuchen können, einen Blitz aufzuhalten. Im stiebenden Schnee versuchte er, mit den Füßen, den Händen und den Ellbogen zu bremsen. Heulend vor Erschöpfung ließ er die Wand in tausend Eisstücke zerschellen und blieb keuchend stehen. Das Dach stürzte über seinem Kopf zusammen, und er wand sich stöhnend unter den Eisbrocken hervor.

»Oh, ich ersticke, ich sterbe«, jammerte er. »Miti, du alte Kanaille, hilf mir!«

Miti kletterte die Ruine hinauf, lachte sich krumm und schief und kehrte eilends in das gemeinsame Zuhause zurück.

Mit großer Mühe befreite sich Tenatowan aus den Eistrümmern, entfachte durch die Nase zwei Stürme und stapfte nach Hause. Dort suchte er seine Frau und fand sie schließlich in der Küche. Sie kochte gerade ein Ragout. Er packte sie am Nacken und am Hinterteil, hob sie hoch und warf sie hinaus. »Ich will dich nicht mehr sehen, du hast keine Familie mehr«, rief er ihr mit puterrotem Kopf hinterher. Sie fiel auf den schneebedeckten Weg. »Kehr in deine Tundra zurück, zu den wilden Tieren. Du verdienst meine Gastfreundschaft nicht!«

Miti rappelte sich mühsam hoch, schüttelte den pudrigen Schnee ab, der sie von Kopf bis Fuß einhüllte, und verschwand hinter einem Felsen. Dann zog sie ein Messer aus Flintstein hervor, schnitt ihre Brüste, ihr Hinterteil und ihr pelziges Geschlechtsteil ab, legte alles nebeneinander auf den Schnee und befahl mit blitzenden Augen, daß sich alle Teile in echte Männer verwandelten. Auf der Stelle standen vier flotte Burschen vor ihr.

»Wir werden meinen Gemahl an der Nase herumführen«, sagte sie zu ihnen. »Hört mir gut zu, meine Hübschen. Ich gehe jetzt nach Hause. Ihr laßt eine Stunde verstreichen, dann kommt ihr als erschöpfte Reisende zu unserem Haus. Ihr klopft an die Tür. Tenatowan wird euch aufmachen. Ihr gebt euch als meine Brüder zu erkennen und sagt ihm, ihr wolltet mich holen.«

Nachdem sie so gesprochen hatte, schnitt sie sich noch ein Stück von der Wade ab, legte es auf ihre Lebenslinie, hauchte es an und machte einen Vogel daraus. Sie murmelte:

»Flieg zum Haus, bevor die anderen kommen, setz dich aufs Dach und piepse.«

Dann ließ sie ihre fünf Komplizen allein und kehrte leicht hinkend ins eheliche Heim zurück.

Ihre Tochter erblickte sie durch das offene Fenster.

»Schau«, sagte sie, »da ist Mama.«

»Miti«, brummte Gott, »ich bin vorhin ein wenig zu weit gegangen. Gewiß, es stimmt, ich habe dich in der Tundra aufgelesen. Du hattest weder ein Dach über dem Kopf noch ein wärmendes Feuer, es ging dir elend. Aber du hast Kinder, hast eine Familie. Komm herein, du bist hier zu Hause.«

Miti kauerte sich neben das Feuer, legte Holzscheite auf und kümmerte sich um die Suppe. Ein durchdringendes Piepsen ließ sie hochblicken.

»Hörst du das, mein Gemahl?«

»Was interessiert es mich, Frau.«

»Dieser Vogel stammt aus meinem Land. Was sagt er? Ich verstehe es. Er will uns benachrichtigen. Meine vier Brüder sind auf dem Weg zu uns.«

Tenatowan bemerkte verdrießlich:

»Ich höre wohl nicht recht. Du kommst aus dem Nichts. Woher hast du plötzlich Brüder?«

»Da sind sie schon«, erwiderte Miti.

Die vier Männer standen bereits auf der Schwelle.

»Friede mit euch«, sagte der größte. »Wir sind gekommen, um unsere Schwester zu holen. Gott scheint sie schlecht zu behandeln.«

»Gut, dann nehmt sie mit, ich will sie nicht mehr sehen«, knurrte Tenatowan und fuchtelte mit der Hand wie mit einer Fliegenklatsche.

Miti packte ihr Bündel und folgte wortlos ihren falschen Brüdern.

Sie marschierten, bis sie außer Sichtweite waren. Dann blieb Miti stehen und verwandelte die Männer in ihre ursprüngliche Form zurück, in ein Hinterteil, zwei weiße Brüste und einen unteren Mund, setzte sie aber nicht dorthin, wohin sie eigentlich gehörten. Sie pflanzte sich die Brüste auf den Rücken, das Hinterteil nach vorn und den behaarten Glutofen zwischen Hals und Bauchnabel. Dann kehrte sie nach Hause zurück.

»Schau, Mama kommt wieder heim«, rief die jüngste Tochter.

Der Schöpfer donnerte:

»Du Elende, was willst du? Hast du vielleicht etwas vergessen?«

»Ja«, sagte Miti leise. »Die Liebe, die ich für dich, meine Söhne und meine Töchter empfinde.«

»Frau, du schaffst mich. Komm, wir gehen ins Bett«, seufzte Gott versöhnlich.

Kaum war er ins Bett geschlüpft, da packte ihn großes Verlangen. Er streichelte seine Frau, wollte mit ihr schlafen.

»Blitz und Donner, Miti, wo sind deine Brüste?«

»Wo sie immer sind, mein geliebter Herr. Unter dem rechten Schulterblatt befindet sich die Brust, die du suchst, und unter dem linken die andere, die du in der Hand hältst.«

»Und dein wohlgerundetes Hinterteil?«

»Fühl mal, es ist hier vorn.«

»Und das Nest für den Vogel, der zwischen meinen Beinen zwitschert?«

»Such es, mein Gemahl. Spürst du, welche Sehnsucht es nach dir hat?«

Tenatowan verbrachte die seltsamste Nacht seiner ganzen Regentschaft. Weder konnte er sich mit seiner Frau vergnügen, noch fand er erholsamen Schlaf. Er stand wutentbrannt auf, fluchte insgeheim vor sich hin, holte tief Luft und sagte, indem er sich zur Ruhe zwang:

»Hör zu, meine Liebe, laß uns aufhören mit solchen Possen. Vergessen wir's. Ich habe großen Hunger. Würdest du mir bitte eine Pastete zubereiten?«

»Unmöglich, mein Herr. Ich brauche Wurzeln und frisches Fleisch und besitze weder das eine noch das andere.«

In Tenatowans Augen blitzte es erneut auf.

»Du bist wirklich unerträglich«, sagte er. »Ich hasse dich. Bei den Rentierjägern sind die Frauen sowohl im Backen von Pasteten wie in den Liebesfreuden erfahren. Ich verlasse dich und werde eine andere heiraten.«

Und damit ging er langsam hinaus, majestätisch und traurig.

Kaum war die Tür ins Schloß gefallen, ging Miti in die Küche, hackte, schnitt, knetete, briet und bereitete tausend köstliche Gerichte zu. Dann ging sie eilends hinaus, verwandelte sich in einen Windstoß und gesellte sich zu ihrem Gatten. Sie nahm mit gespreizten Beinen hundert Schritt vor ihm Platz und blähte sich so auf, daß ihre klaffende Höhle dem Gott wie die Schwelle zu einer Welt erschien. Er zögerte nur kurz, dann drang er vorsichtig in das riesige Gewölbe ein. Kaum war der Ehemann in ihrer Grotte, als Miti den Eingang verschloß und mit ihm nach Hause ging. Einen Moment lang behielt sie ihn in der Dunkelheit ihres Körpers, dann ließ sie ihn wieder hinaus ans Tageslicht. Tenatowan war nun so kahl wie eine Eichel. Seine Gemahlin sagte zu ihm:

»Herr, bist du es wirklich? Du bist ja ganz verändert.«

»Ich?« erwiderte Gott. »Du träumst, gute Frau. Mein Kopf und meine Augenbrauen waren schon immer kahl.«

Da brachen sie beide in schallendes Gelächter aus.

»Schließen wir Frieden«, schlug er vor.

»Komm zum Essen«, forderte sie ihn auf.

Glückliche Schöpfer machen die Völker friedfertig. Sie leben in Frieden und die Menschen ebenfalls.

Gott und Miti spielen sich Streiche

Tenatowan, der Schöpfer, war endlich sorgenfrei. Er hatte seine beiden ältesten Töchter verheiratet: die älteste an den Herrn der Morgendämmerung und die zweite an den Herrn des Nebels. Seine Gemahlin Miti zog die dritte Tochter, die noch sehr jung war, mit liebevoller Fürsorge auf. Kurzum, das Herz von Gottvater war heiter wie der Himmel.

Eines Morgens zog er aus, um einen großen Fisch zu fangen. Abends kehrte er mit einem Wal zurück. Miti saß beim Feuer. Er warf das triefende Tier auf den Tisch.

»Das wird bestimmt ein schöner Festtagsbraten«, sagte er selbstzufrieden zu seiner Frau.

»Man muß den Fisch mit Kräutern und Beeren zubereiten«, erklärte ihm Miti. »Ich habe aber keine Zeit, sie zu sammeln. Ich muß mich um den Haushalt und unser jüngstes Kind kümmern.«

»Dann gehe ich eben selbst«, meinte Gott.

Er nahm einen Beutel aus Seehundfell und ging beschwingt dem Sommermorgen entgegen.

Bald ließ ihn der betörende Duft, der die Luft erfüllte, langsamer gehen. »Ich habe Besseres zu tun«, sagte er sich, »als wilde Beeren zu pflücken.« Er ließ sich auf eine Blumenwiese nieder, stützte den Kopf auf einen Stein und überlegte mit halbgeschlossenen Augen. Dann nahm er seinen Hirschfänger und schnitt sich sein Glied und seine

Hoden ab, verwandelte sie in kleine kahlköpfige Wesen und sagte zu ihnen:

»Los, füllt den Beutel mit Beeren.«

Die Knirpse trollten sich und sangen aus vollem Halse:

»Wir sind die Kinder des großen Himmelsvaters, oho, die schönen Kinder von Gott Tenatowan.«

Sie stürzten sich mit viel Lärm in die niedrigen Büsche. Auf einer Wiese trafen sie die älteste Tochter des Schöpfers, die mit ihren zehn Dienerinnen spazierenging. Da sie eine gewitzte Person war, erkannte sie die kleinen Wichte an ihrem polierten Schädel und ihrem fahlen Bart und sagte zu ihnen:

»Meine blitzsauberen Kerlchen, meine Brüderchen, laßt euren Beutel hier, wir füllen ihn für euch.«

Die Frauen schwärmten aus und füllten ihre Körbe bis obenhin. Dann wurden die schweren Beerenkörbe zu Gott geschleppt. Die Zwerge aber warteten darauf, endlich wieder ihre Rolle als Fortpflanzungsgehilfen einnehmen zu können, was dann auch im Nu geschah.

Tenatowan kehrte nach Hause zurück. »Frau, damit kannst du den Wal würzen.« Das Festmahl war köstlich. Söhne und Töchter, Fischer, Rentierjäger und Barbaren aus fernen Ländern nahmen daran teil. Am Ende der Mahlzeit sagte die Älteste zu ihrem Vater:

»Ich habe neulich auf der Wiese Zwerge getroffen, die waren kahl wie Eier. Mit meinen zehn Dienerinnen habe ich einen großen Korb voller Beeren für sie gesammelt. Ich frage mich nur, woher sie wohl gekommen sind.«

»Zwischen meinen Beinen, meine Tochter, kamen sie hervor«, antwortete der Schöpfer.

Alle lachten vergnügt, aßen nach Herzenslust und tranken so lange, bis sie betrunken waren.

Nach drei friedlichen Tagen begann Gottvater sich zu langweilen. Eines Morgens sagte er zu Miti:

»Ich will meine Ströme erforschen. Meine drei Söhne sollen mich begleiten. Und du, lieg nicht immer im Bett herum. Jag ein paar Seehunde und bereite sie zu. Wir werden im Winter Öl und Fett brauchen.«

»Das ist Männerarbeit«, erwiderte Miti. »Ich habe genug damit zu tun, mich um unsere Tochter zu kümmern.«

»He«, sagte Gott, »du regst mich auf.«

Dann begab er sich mit der langen Pfeife zwischen den Zähnen zum Ufer.

Bei Tagesanbruch packte Miti ihre Sachen: ein Zelt und einen Knüppel. Dann nahm sie ihr Kind, das sie fest in Windeln gewickelt hatte, und lief zum Strand, wo die Seehunde umhertollten. Sie entdeckte ein großes männliches Tier mit glänzendem Fell. Dieses lag auf einem Felsen und träumte vor sich hin. Sie rief ihm in der kühlen Brise zu:

»Hallo, mein schöner Fettwanst, komm, liebe mich. Ich werde deine Schnauze, deine Flossen und deine rosige Kerze verwöhnen.«

Das Tier brummte: »Warum nicht?« und watschelte zu dem Zelt, vor dem Miti bereits voller Verlangen wartete. Sie vollführten eine lustvolle Liebesbalgerei. Dann schlief das Tier auf der Seite ein. Doch es war ihm keine Ruhe vergönnt. Miti nahm ihren Knüppel und spaltete ihm den Schädel. Dann warf sie sich den Seehund über die Schulter und trug ihn heim.

Am nächsten Tag kam sie wieder, liebte ein anderes Tier, tötete es danach ebenfalls, trug es nach Hause und zerlegte es. Auch am dritten Tag wiederholte sich diese Prozedur. Am vierten Tag trieb sie es mit einem weißen Wal, tötete ihn mit der Harpune und zerlegte ihn. Am fünften Tag war ihr Haus bis oben hin vollgestopft mit Fett und Fleisch. Am sechsten Morgen kehrte ihr Gemahl zurück.

»Ich habe Hunger«, rief er auf der Türschwelle.

Miti kauerte sich unter den Tisch, schnitt ihren unteren Mund ab und füllte ihn mit Fleisch und Speck.

»In Zukunft leben wir getrennt«, sagte Gott zu ihr. »Ich sehne mich nach Einsamkeit, und du brauchst nichts mehr, denn für den Winter bist du gut versorgt.«

»Komm, iß«, forderte Miti ihn auf.

Er tat, wie sie ihn geheißen, leckte sich danach genußvoll die Lippen und begab sich in sein neues Haus, das stromaufwärts lag.

Drei Tage später trat Miti vor die Tür, in die frische Luft hinaus, und sagte zu ihrer Tochter:

»Ich werde meinen Tölpel von Ehemann besuchen.«

Sie ging den Fluß entlang und klopfte an die Tür seines Hauses. Der Schöpfer öffnete.

»Miti! Was für eine Überraschung!«

»Ich bin hier, um deinen getrockneten Fisch zu probieren.«

»Dann komm herein und nimm Platz. Ich werde dir den besten aus meinem Fang zubereiten.«

Er trat vors Haus, schnitt sich sein Glied kurz über den Hoden ab, rieb es mit frischem Öl ein und briet es. Dann servierte er es ihr auf einem Bett aus aromatischen Gewürzen.

»Guten Appetit«, wünschte er ihr.

Miti roch daran, betastete es, probierte es und spuckte es aus.

»Das ist kein Fisch«, sagte sie, »das ist dein Stachel.«

Gott schüttete sich aus vor Lachen und brüllte:

»Das war doch ein guter Streich, oder etwa nicht?«

»Du alter Dummkopf«, lachte Miti. »Ich habe deinen Finger ohne Nagel ausgespuckt. Aber du hast dich neulich an meinem behaarten Tunnel gütlich getan.«

»Ah, du Teufelin, du Kanaille!« brummte der Schöpfer. »Du bist die raffinierteste Frau der Welt, deshalb liebe ich dich ebensosehr wie unsere Kinder. Komm, wir gehen heim.«

Sie nahm seinen Arm. Gemeinsam gingen sie nach Hause und ließen hinter sich die Tür sperrangelweit offen für verirrte Vögel.

Nanok

Es war einmal ein Bär. Er war jung und liebte eine Frau, deren Augen genausooft die Farbe wechselten wie der nahe Ozean. Sie hatte einen bettelarmen Jäger geheiratet. Sobald dieser mit seinen drei Harpunen, seiner Lanze und seinem Messer den Iglu verlassen hatte, schmückte sie ihr Haar, öffnete ihr Gewand und rief:

»Nanok!«

Ihre Stimme klang leise, doch der Bär hörte sie deutlich auf seinem Horchposten oben am Berg.

Hurtig verließ er seinen Platz im Nebel und kämpfte sich hastig durch den Schnee ins Tal hinunter. Als er bei ihrem Iglu angelangt war, duckte er sich und kroch hinein. Die Frau erwartete ihn. Sie kniete auf dem Bett und zündete die Lampe an. Ihre Schenkel glänzten verlockend, Nanok brummte und legte sich auf sie. Sie liebte sein rauhes Fell, seine Schnauze, sie mochte es, nackt zwischen seinen Tatzen zu liegen. Sie genoß seine Bärenkraft, die er völlig für sie verausgabte. Wenn er den Höhepunkt erreichte, setzte sie sich rittlings auf seinen Schenkel und vergrub ihr Gesicht in seiner haarigen Brust. Dann sagte der Bär zu ihr:

»Eines Tages, kleine Frau, steigst du hoch zu mir, kommst in meine Höhle, die unter Felsen und Schnee verborgen ist, und ich heirate dich und schenke dir zwölf unbezwingbare Söhne.«

»Sag, Nanok, wie gelange ich zu deinem versteckten Haus?«

Und der Bär flüsterte sanft in ihr heißes Ohr:

»Du gehst zu jenem Felsen dort, umrundest den anderen und marschierst zwei Stunden lang weiter, bis du auf drei Felssteine stößt.«

Dann dröhnte er mit der Stimme nahenden Donners:

»Aber verrate es niemandem, mein Leben hängt von deinem Schweigen ab. Denk daran, ich höre alles da oben auf meinem Berg. Ich höre, wie du atmest, höre, wenn du schläfst, weiß, wann du aufwachst. Selbst durch den Wintersturm kann ich dich hören, wenn du mich verrätst!«

So gingen die Tage dahin. Wenn abends ihr Mann von der Jagd zurückkehrte, klagte er:

»Nichts. Weit und breit kein Tier. Nicht einmal einen toten Vogel oder einen verirrten Bären habe ich gesehen.«

Er warf seine Waffen auf das Bett, setzte sich auf den Boden und verzehrte niedergeschlagen seinen Speck. An manchen Tagen blickte er dann plötzlich wütend hoch.

»Frau, hier stinkt es nach wildem Tier.«

»Nein, mein Gemahl, es riecht nach den Fellen, die ich zusammengenäht habe.«

Sie trat auf ihn zu, schmiegte ihre Wange an seine Schulter und ließ ihre Hand zwischen seine Schenkel wandern, doch er stieß sie zurück.

»Frau, laß mich in Ruhe. Ich habe nichts von der Jagd mitgebracht. Ich bin ein armer Mann.«

So verharrte er auf der Bettkante, den Kopf in den Händen vergraben.

An einem stürmischen Abend rückte sie ganz nah an ihn heran, küßte sein Ohr und flüsterte ihm zu:

»Ich kenne einen Bären.«

Der Mann sprang aufgeregt hoch.

»Einen Bären? Wo ist er? Sag's mir, Frau.«

»Mann, beruhige dich. Löse deinen Gürtel und zieh dein Hemd aus. Gib mir deine Hand. Spürst du mein Verlangen? Schlaf mit mir.«

Als er sie schließlich stöhnend liebte, sagte sie zu ihm:

»Geh zu jenem Felsen, umrunde den anderen und marschiere zwei Stunden lang, bis du auf drei Felssteine stößt. Geh in die Höhle, die sich hinter dem höchsten Stein befindet.«

Nachdem der Mann zum Höhepunkt gelangt war, nahm er seine Messer, rief seine Hunde und ließ die Peitsche knallen.

Die Frau lauschte im Iglu auf den Wind, die Augen weit aufgerissen, und ihre Lippen zitterten. Plötzlich hörte sie oben im Schnee schwere Schritte und ein tiefes Grollen. Da versuchte sie mit ihren Nägeln ein Loch in den Boden zu kratzen, um sich darin zu verbergen. Sie stöhnte:

»Nanok! Oh, sein heißer Atem, seine riesigen Tatzen! Er wird meinen Iglu einreißen.«

Doch lediglich der Wind tobte um den Iglu. Nanok, der Verratene, war geflohen und vergoß bittere Tränen. Seinem Fell entströmte heißer Dampf. Hundegebell ertönte in der eisigen Nacht. Sie kamen immer näher, und der Tag war noch fern.

Nukar

Es war einmal ein alter Knabe namens Nukar. Er redete nur, wenn er allein war. Die anderen sagten zu ihm:

»Wasch dir dein Gesicht und schrubbe deinen Kajak, die Algen verschlingen ihn sonst ganz.«

Nukar antwortete mit einem unbestimmten Brummen. Er hatte keinen Sinn für die alltäglichen Dinge.

Eines Abends erzählte ein Jäger in ihrem gemeinsamen Haus von einem Mädchen, das er weiter oben am Seeufer getroffen hatte. Während er ihre Bewegungen, ihr Gesicht und das seltsame Funkeln in ihren Augen beschrieb, starrte Nukar im Halbdunkel auf seine Schuhe. Lange vor den anderen zog er sich zurück. Am nächsten Tag erwachte er im Morgengrauen, nahm sein Bärenfell, breitete es über seine drei schlafenden Brüder und verließ das Haus unbemerkt. Er rieb sich das Gesicht mit Schnee ein, reinigte seine Ohren und glättete sein Haar. Dann begab er sich zu seinem Kajak und schrubbte sorgfältig die Algen ab. Als dies geschehen war, paddelte er zu dem Dorf, in dem das Mädchen lebte.

Bei Einbruch der Nacht kam er dort an. Die Hausbewohner bereiteten ihm einen freundlichen Empfang. Als er sein Boot festzurrte, grüßten sie ihn:

»Herzlich willkommen.«

Nukar trat ein. Das Mädchen befand sich im hinteren Teil des Iglus. Bei ihrem Anblick erfaßte ihn sofort glühende Leidenschaft. Er zog seinen pelzgefütterten Mantel aus und legte seine Mütze aus Seehundfell ab. Dann ging er auf sie zu. Sie lächelte ihn an. Ihr Körper, ihre Augen und ihr Gesicht waren so lieblich, daß er auf die Knie sank und mit dem Gesicht am Boden in eine tiefe Ohnmacht fiel. Er sah und hörte nichts mehr. Wieviel Zeit war verstrichen? Als er wieder zu sich kam, hatte man im Iglu die Lampen angezündet. Er betrachtete das Mädchen, es lächelte. Er ging zwei Schritte auf sie zu und verlor erneut das Bewußtsein, die Erinnerung an den Geruch, die Stimmen und das Licht um ihn.

Als er wieder erwachte, hatte man die Betten an die Wand gestellt, und das Mädchen breitete neben ihrem Lager Felle für ihn aus. Er ging zu ihr, zwei, drei Schritte, berührte ihre Schulter und legte sich neben sie. Sein Verlangen nach ihr war so groß, daß es ihn fast auslöschte, ihn lähmte, als ob er nie mehr das Licht der Sonne wiedersehen sollte. Als die Lampen verlöschten, legte er sich auf sie. Sie nahm seinen Stachel zwischen ihre heißen Schenkel. Das geschah so heftig und doch so zärtlich, daß, obwohl seine Sinne in Aufruhr waren, kein Laut über seine Lippen kam. Anfangs hatte er das Gefühl, daß er von den Füßen bis zum Bauchnabel in ihr versank, dann von der Brust bis zum Kinn. Er glaubte, auch sein Mund und seine Zunge, seine Augen, sein Schädel und seine Haare würden von ihr aufgesaugt werden, sein ganzer Körper verschwinden.

Im Morgengrauen verließ das Mädchen allein den Iglu. Wie immer trällerte es ein Lied. Nukar war nicht bei ihr, weder in ihr noch außerhalb von ihr. Doch sein Kajak lag fest vertäut am Ufer. Er war leer.

Wer hundert Schritte ohne Liebe zurücklegt,
geht auf seine eigene Beerdigung.

Das Leben ist wie die Liebe.
Der Verstand spricht dagegen,
doch der Instinkt dafür.

Wo dein Stachel hingeht,
da geht auch dein Fuß hin.

Die Liebe ist nackt,
aber maskiert.

Manchmal kann die Begierde
aus einem Löwen einen Esel machen
und aus einem Esel einen Löwen.

Die Zärtlichkeit, die sie darauf verwendet,
ein Vögelchen zu wärmen,
wird sie auch dir zukommen lassen.

Die Lust ist eine Flamme,
der Genuß ihr Rauch.

Meine Liebste, öffne mein Grab und sieh den Staub,
der die Trunkenheit meiner Augen bedeckt.

Der Tod hat nur eine Befürchtung:
daß die Liebe ihn verschlingt.

Anhang

Zum Autor

Henri Gougaud, geboren in Carcassonne, ist in Frankreich als Multitalent bekannt: Autor von Science-Fiction-Romanen, Sänger, Chansontexter von Jean Ferrat, Juliette Greco, Serge Reggiani und anderen, Hörfunkmoderator, Kenner der provenzalischen Dichtung, Übersetzer und Märchensammler. Er hat mehr als ein Dutzend Bücher veröffentlicht und sich in den letzten Jahren verstärkt der mündlichen Erzähltradition zugewandt.

Inhalt

ANHANG